THÉÂTR

MÉNANDRE

Théâtre

TEXTE TRADUIT, PRÉSENTÉ ET ANNOTÉ PAR ALAIN BLANCHARD

Ouvrage publié avec le concours du Centre national du livre

NOUVELLE ÉDITION REVUE ET AUGMENTÉE

LE LIVRE DE POCHE

Cette édition a été publiée sous la responsabilité de Paul Demont.

Alain Blanchard, professeur à la Sorbonne, publie, en 2007, aux Presses de l'Université de Paris-Sorbonne (Collection Hellenica) *La Comédie de Ménandre : Politique, éthique, esthétique*. Il prépare une édition des *Sicyoniens* pour la Collection des Universités de France.

© Librairie Générale Française, 2000, et 2007 pour la présente édition.
ISBN : 978-2-253-14302-4 – 1re publication – LGF

INTRODUCTION

Né la même année qu'Épicure, en 342/1, mort en 292/1, le poète comique athénien Ménandre eut une carrière bien remplie puisque, en trente ans environ, il écrivit 105 ou 108 comédies [1]. Élève de Théophraste [2], le successeur d'Aristote à la tête du Lycée, il eut la joie de voir un autre auditeur de cette école philosophique, son ami Démétrius de Phalère [3], diriger Athènes de 317 à 307 : il avait alors de 25 à 35 ans, et il remporta plusieurs succès au théâtre : en particulier, nous le savons maintenant, son *Bourru* (*Dyscolos*) obtint le premier prix en 316 [4]. Mais, au terme de dix ans de ce que certains ont appelé une tyrannie, Démétrius de Phalère fut chassé d'Athènes par Démétrius Poliorcète et le poète faillit avoir des ennuis. Cependant il put continuer sa carrière, tout en concevant, dit-on, de l'amertume à voir d'autres poètes qui ne le valaient pas, en particulier Philémon, remporter de plus nombreuses victoires que lui [5]. Amertume bien compréhensible pour nous : opérant dans un genre désormais bien établi, le génie de Ménandre a donné à tout ce qu'il a touché un air de nouveauté piquante, et il a porté la comédie à un point de perfection tel que l'étude en est inépuisable et fortifie chaque fois davantage l'admiration que l'œuvre suscite.

---

1. Aulu-Gelle, *Nuits Attiques*, XVII, 4, 4.   **2.** Diogène Laërce, *Vies et Doctrines des philosophes illustres*, V, 36.   **3.** Diogène Laërce, *ibid.*, V, 79.   **4.** Cf. la didascalie de la pièce conservée par le *P. Bodmer* IV.   **5.** Manilius, *Astronomiques*, V, 475 ; Martial, V, 10, 9 ; Quintilien, *Institution Oratoire*, III, 7, 18, et X, 1, 72 ; Apulée, *Florides*, 16, 6. Voir aussi l'anecdote rapportée par Aulu-Gelle, *NA*, XVII, 4, 1-2.

La comédie d'intrigue

« Tant qu'il y aura un esclave rusé, un père dur, une entremetteuse malhonnête et une courtisane caressante, Ménandre vivra », affirme Ovide[1]. C'est en peu de mots suggérer l'intrigue de bien des comédies : un jeune homme a besoin d'argent pour mener joyeuse vie avec sa courtisane ; or son père n'est pas compréhensif ; qu'à cela ne tienne, un « esclave rusé » saura soutirer à ce père « dur » l'argent nécessaire. L'esclave est ici présenté comme maître d'intrigue, au point que, pour certains, le nom de Daos — le plus répandu pour les esclaves de comédie — a pu servir à symboliser la Comédie Nouvelle.

Les découvertes récentes n'ont pas amené à contredire cette intuition. Il apparaît seulement qu'Ovide n'a présenté qu'une des situations possibles et que son schéma peut être diversifié à l'extrême. La plus belle mise en scène de ruse d'esclave est sans conteste celle du *Bouclier*. Dans cette comédie, point de « courtisane caressante », mais une jeune héritière que son vieil oncle, le cupide Smicrinès, veut épouser, en vertu de la loi sur l'épiclérat, pour s'emparer du bien conquis en Asie par le frère de la demoiselle qu'on croit mort. Or la jeune fille a un jeune soupirant que le dessein de Smicrinès désespère, tout comme il met dans un terrible état de dépression un autre oncle, le bon et riche Chérestrate, qui voulait aider les jeunes gens. L'esclave Daos imagine donc, à l'acte II, une ruse destinée à détourner Smicrinès de son funeste projet : on fera croire au vieillard que son frère Chérestrate est sur le point de mourir, puis qu'il est mort ; or Chérestrate a, lui aussi, une fille unique, qui devient donc une héritière plus intéressante que l'autre ; on peut prévoir que Smicrinès abandonnera ses anciennes visées pour attraper ce nouvel appât. La ruse est mise en œuvre à l'acte III, avec l'aide d'un ami déguisé en médecin. Le papyrus s'arrête ici avant que nous puissions voir les dernières conséquences de la ruse, et l'on en a bien des regrets.

Car dans la *Double Tromperie* les choses se corsent à ce moment, après avoir paru banales. Pour que le jeune Sostrate puisse avoir sa courtisane, l'esclave Syros a extorqué, à l'acte III, l'or nécessaire au père incompréhensif en lui

---

[1]. Ovide, *Amours*, I, 15, v. 17-18.

faisant croire que son fils, envoyé à Éphèse pour récupérer un dépôt, n'a pu mener à bien cette mission par peur de pirates. Mais voici que Sostrate, rendu furieux contre sa belle à la suite d'une méprise, a rendu l'or à son père, dévoilant par là le mensonge de l'esclave. Que va faire Syros quand le jeune homme, revenu de sa méprise, retrouvera du même coup ses besoins d'argent ? Il dupera une deuxième fois son maître, désormais défiant, en lui révélant une vérité jusque-là cachée : à l'acte IV, il lui montre son fils dans les bras de sa courtisane... mais en prétendant qu'elle est une femme mariée et qu'il faut de l'argent pour étouffer le scandale !

À voir les esclaves tenir un si grand rôle — l'esclave roi — on pourrait être tenté d'évoquer la Comédie Ancienne qui se plaît à montrer un monde à l'envers, un univers de carnaval où, pour un temps, les vieilles hiérarchies n'existent plus. On aurait tort. En donnant tant d'importance à l'esclave — l'être qui n'a aucune existence civique —, le poète focalise en fait l'attention du spectateur sur le monde clos de la vie privée. La Comédie Nouvelle se montre ici dans sa plus grande opposition avec la Comédie Ancienne qui, sous les formes les plus fantaisistes, envisageait toujours très directement les grands problèmes, bien réels — politiques, sociaux et culturels —, de la cité.

Dans la réalité, la vie privée peut être assez terne et ennuyeuse. L'action des esclaves est là pour lui donner de l'intérêt, et pour cela le poète multiplie les types. Le Daos du *Bouclier* est à la fois sympathique et le plus amusant ; ancien pédagogue, il est fidèle jusqu'au bout, malgré les tentatives de débauchage, à celui qu'il a élevé, mais il connaît aussi ses poètes tragiques par cœur et il déverse sur Smicrinès toute une anthologie de maximes tirées de ces auteurs. Dans le *Héros*, on voit même un esclave noblement amoureux. Inversement certains esclaves sont des niais, comme le Parménon de la *Samienne* qui sera bien puni d'avoir voulu être la mouche du coche.

Finalement la ruse de l'esclave reste, telle une comédie dans la comédie, confinée dans une partie seulement de la pièce, de la deuxième moitié de l'acte II à la première moitié de l'acte IV : ce que Théophraste (le successeur d'Aristote au Lycée, et, nous dit la tradition, le maître de Ménandre) appelait sans doute l'épitase, « surcroît de tension » (par rapport à la protase, « tension initiale ») ; et jamais la ruse ne peut, à elle seule entraîner la catastrophe ou « renversement » de l'action. En fait, elle n'est qu'un moyen mis au service de l'amour des jeunes premiers et c'est cet amour qu'il faut considérer comme l'élément structurel important.

La comédie sentimentale

« Du charmant Ménandre aucune pièce n'est sans amour », observe encore Ovide[1]. Et, de fait, le poète comique fait de cette passion une peinture si fine que les Anciens n'ont pas hésité à reporter sur sa vie ce qu'ils voyaient dans son œuvre. Un dictionnaire byzantin affirme que Ménandre était « tout à fait fou des femmes » et, aux IIIe-IVe siècles de notre ère, Alciphron a composé un véritable petit roman par lettres dont le poète et sa maîtresse Glycère sont les héros. Il s'agit bien là d'amour sentimental et la Comédie Nouvelle s'oppose une fois de plus à la Comédie Ancienne où la sexualité s'étale plus que le sentiment et où l'on sent encore tout proches les anciens rites de fertilité.

C'est que l'amour sentimental (sans exclusion de sa composante physique et de sa fréquente conséquence : un encombrant bébé) est ce qui peut donner le plus d'attraits à la peinture de la vie privée, à la fois par son charme intrinsèque et par les conflits qu'il crée. Conflits internes d'abord et, pour commencer, conflit de l'amour et de l'amour-propre. On en a un bel exemple à l'acte V de la *Samienne* où Moschion, furieux parce que son père l'a injustement (mais non sans apparence) soupçonné d'inceste, par ressentiment, pour apprendre à son père à être plus circonspect à l'avenir, veut s'engager comme mercenaire en Asie, ou du moins fera-t-il semblant, car il aime trop sa Plangon pour s'en aller vraiment. L'amour peut aussi entrer en conflit avec une véritable ardeur militaire. Ainsi dans le *Haï*, Thrasonidès, un brillant officier, qui a participé à de nombreuses victoires sur l'ennemi, est tombé amoureux de l'une de ses captives, Crateia. Il en est devenu l'esclave, lui, le conquérant. Or celle-ci, qui avait d'abord paru accueillir favorablement ses avances,

---

1. Ovide, *Tristes*, II, v. 369.

maintenant, brusquement, lui tourne le dos. Va-t-il utiliser la force ? Non, car il est vraiment amoureux et la violence de son amour lui arrache seulement des plaintes déchirantes, en particulier à l'acte IV. L'amour est la source de conflits externes encore plus nombreux. D'abord quand l'amoureux se croit supplanté par un rival : la jalousie est une passion puissante. Ainsi dans la *Tondue*, le soldat Polémon trouvant, à son retour d'une lointaine campagne, sa concubine Glycère sur le pas de la porte et dans les bras d'un homme, Moschion (en fait, le frère de Glycère, mais il l'ignore), sort son épée et coupe la belle chevelure de la jeune femme. Dans l'*Arbitrage*, Charisios, apprenant l'existence de l'enfant de sa femme et ne s'en sachant pas le père, s'en va, pour s'étourdir, faire la fête chez des voisins. Très fréquents sont aussi les conflits avec les parents, si le jeune premier est encore très jeune et vit chez eux. Le cas a été évoqué à propos du rôle que l'esclave rusé pouvait jouer pour extorquer de l'argent au père « dur ». Mais même lorsque le père est compréhensif, comme c'est le cas dans le *Bourru* ou surtout la *Samienne*, tout risque d'incident n'est pas écarté.

Pour renforcer encore l'intérêt en compliquant l'intrigue, Ménandre présente dans chacune de ses pièces toujours deux couples d'amoureux et non pas un (c'est une erreur de croire que cette dualité est une invention de ses adaptateurs latins). Si l'on s'en tient aux trois pièces du cahier Bodmer : dans le *Bourru*, l'intrigue principale aboutit au mariage de Sostrate et de la fille de Cnémon, l'intrigue secondaire au mariage de Gorgias et de la sœur de Sostrate, Plangon ; dans la *Samienne*, l'intrigue principale conduit au mariage de Moschion et de la fille de Nicératos, Plangon, l'intrigue secondaire à la réconciliation de Déméas et de sa concubine Chrysis ; dans le *Bouclier*, deux mariages concluent la pièce : celui de Chéréas et de la sœur de Cléostrate, celui de Cléostrate lui-même et de la fille de Chérestrate. D'une façon générale on peut qualifier le couple principal de couple régulier. L'homme et la femme sont l'un et l'autre de condition libre et concitoyens, même si cette liberté et cette citoyenneté sont momentanément oblitérées : c'est ainsi que, dans les *Sicyoniens*, la jeune première, d'origine athénienne, Philouméné, a été réduite en esclavage après son enlèvement par des pirates, et Stratophanès passe pour être sicyonien ;

en fait Stratophanès est lui aussi d'origine athénienne, et, en Attique, Philouméné retrouvera la liberté et son père. La jeune fille est vierge sinon avant le mariage (mais cela n'est pas exclu, comme le montre le cas de la fille de Cnémon, dans le *Bourru*), du moins avant de rencontrer le garçon qu'elle épousera finalement (c'est, par exemple, le cas de la Plangon qu'épousera Moschion dans la *Samienne*). Car le mariage est le terme obligé de l'aventure. Variante : le couple est déjà marié quand la pièce commence et les deux jeunes gens s'aiment toujours, mais un malentendu les sépare que vient envenimer l'entourage : au terme de la pièce, ce malentendu est dissipé et le couple définitivement réuni, un enfant pouvant consacrer la solidité de cette union ; c'est le cas dans l'*Arbitrage* avec le couple formé par Charisios et Pamphilé. Le couple secondaire, au contraire, est de statut plus libre, en fait, à tout prendre, inférieur, et l'action peut aboutir ici à un simple concubinage. Par exemple, dans les *Frères*, deuxième version, celui qui aime la musicienne qu'a enlevée pour lui son frère ne saurait l'épouser, car c'est une esclave, alors que son frère, précisément, celui qui a eu un enfant d'une jeune fille de condition libre, épousera la jeune mère. Bref, il vivra avec sa musicienne comme le Déméas de la *Samienne* peut vivre avec la Samienne Chrysis — une union révocable à tout moment et qui ne saurait produire en tout cas d'enfants légitimes. On regrette de n'avoir pas plus de détails, dans les *Sicyoniens*, sur le « mariage » du parasite Théron avec celle qui a tout l'air d'être une courtisane, Malthacé.

Cependant derrière l'élément de « distraction » — renforcé par l'intervention croisée des esclaves et l'interférence des couples : on voit naître le fameux trio qui fera la fortune du moderne théâtre « de boulevard » —, se dissimule un élément sérieux. Le couple secondaire met en fait en valeur le couple principal, et plus particulièrement l'élément féminin du couple secondaire met en valeur l'élément féminin du couple principal. Un bel exemple en est fourni par le *Bourru*. Dans cette pièce, l'élément féminin du couple secondaire, c'est Plangon, la sœur de Sostrate. Elle est présentée brièvement au début de l'acte III quand elle arrive avec sa mère au sanctuaire de Pan. Mais quel portrait ! Comme Ménandre a le secret de savoir en faire, par petites touches et par allusions. Visiblement elle traîne, et l'excessive piété de sa mère l'ennuie et elle se fait houspiller par elle. Est-elle belle ? On ne nous le dit pas. Mais comme ses parents sont très riches et habitent en ville, l'art peut ici corriger la nature ou la dissimuler. Ses mœurs ? Sans doute à l'image de sa piété : médiocres. Il suffit d'entendre ce que son frère dit à propos des jeunes filles élevées à la ville pour avoir quelques inquiétudes : elle n'ignore sans doute rien des laideurs de la vie et son âme juvénile doit déjà manquer de fraîcheur. Et Sostrate veut sans doute la régénérer en la mariant — sans lui demander son avis — à son ami du jour, le paysan pauvre Gorgias ! Au contraire la jeune première, c'est-à-dire la fille de Cnémon, a toutes les qualités physiques et morales. Elle est belle, d'une beauté naturelle et sans apprêt. Elle est travailleuse, pieuse, serviable, décidée. Comme le souligne Sostrate, ébloui, ce sera une chance de l'avoir pour femme.

On est amené à faire ainsi une observation capitale : dans les comédies de Ménandre, tous les personnages peuvent faire rire ou sourire, sauf un, et ce personnage, c'est la jeune première. Celle-ci constitue la limite de la comédie, ou encore l'axe autour duquel tout va tourner, le spectateur étant amené à désirer son bonheur final, que ce soit sous la forme d'un beau mariage ou de la restauration de son ménage. Comment ce désir est-il possible ? D'abord la jeune première est un personnage qui ne suscite pas le sentiment d'envie. Elle est pauvre : c'est le cas de la fille de Cnémon dans le *Bourru*, de Plangon dans la *Samienne* et de multiples autres. Parfois elle a perdu également ses racines athéniennes par suite d'un enlèvement par des pirates, comme ce fut le cas pour la Philouméné des *Sicyoniens*. Ou alors elle est devenue butin de guerre, comme la Crateia du *Haï*. Parfois elle a été violée, comme la Pamphilé de l'*Arbitrage*. Voilà quel est son passé. Esclavage et prostitution risquent d'être son avenir. Bref, sans cesse est rappelée, à cette occasion, la précarité de la condition féminine. Ce qui achève alors de désarmer la malignité éventuelle du spectateur, c'est que la jeune première est vertueuse. Ce qui est particulièrement touchant, c'est que toujours, au fond de son malheur, elle aspire, avec humilité, à un avenir meilleur. Le spectateur ne peut que le lui souhaiter, et elle devient ainsi un guide vers le bonheur. Car après un passé si malheureux, le bonheur est possible pour elle, qu'il s'agisse de faire un beau mariage ou de consolider son ménage. Mais il n'y aurait pas de pièce de théâtre si ce bonheur possible n'était en même temps menacé. Par exemple, le bonheur de la fille de Cnémon, dans le *Bourru*, est menacé par l'humeur solitaire de son père qui écarte tous les prétendants. Certes les personnages qui font obstacle, plus ou moins gravement, au bonheur de la jeune première font rire d'eux-mêmes. Il fait rire Cnémon, lors de sa première apparition, au milieu de l'acte I, lorsqu'il envie à Persée le pouvoir de changer tout le monde en statues de pierre grâce à sa tête de Méduse. Mais aussi bien que de lui-même, Cnémon fait rire de ses victimes — surtout quand il s'agit d'un cuisinier vantard et flatteur qui vient l'ennuyer. Or, si l'on rit des victimes de Cnémon, il est des limites à ce rire, qui n'est jamais franc quand il ne s'attache pas à Cnémon lui-même, et finalement, dans la deuxième partie de la pièce, c'est de Cnémon que nous rions surtout, au moment où tout obstacle au bonheur de la jeune première est abattu.

La comédie de caractère

Dans la perspective ainsi tracée, l'essentiel de la comédie paraît devoir être la critique du défaut de caractère de celui qui fait obstacle au bonheur de la jeune première, et l'on considérera que tous les autres personnages sont créés en fonction de ce personnage principal. La comédie devient alors vraiment comédie de caractère, et c'est sur ce terrain, sans aucun doute, que la supériorité de Ménandre devait être la plus évidente, en particulier sur son rival le plus proche, Philémon, si habile à inventer une intrigue ingénieuse, mais moins profond dans sa peinture de l'âme humaine. Cette supériorité, le poète la devait certes à son génie, mais aussi à ses années de formation au sein du Lycée, à un moment où l'École s'intéressait plus particulièrement à l'analyse des caractères. En témoignent en particulier l'*Éthique à Nicomaque* d'Aristote et les *Caractères* de Théophraste.

Comme Aristote, Ménandre distingue dans la constitution du caractère deux moments. Premier moment : le choix initial, rationnel, délibéré et réfléchi. Tout homme cherche évidemment le bonheur et le choix va porter sur les moyens d'atteindre ce but. Ce choix originel peut par la suite être oublié comme tel, il n'en est pas moins important. Ménandre évoque toujours cette période de formation du caractère. Si l'on s'en tient au seul *Bourru*, à l'acte IV, Cnémon, tombé dans son puits et sauvé par Gorgias, prend conscience de l'erreur qui fut la sienne :

> (...) *Il est une erreur sans doute que j'ai commise : seul entre tous, ai-je cru,*
> *Je pouvais me suffire et n'avoir besoin de personne.*
> *Maintenant que j'ai vu avec quelle soudaineté imprévisible la vie*
> *Peut prendre fin, j'ai trouvé que j'avais tort de penser comme je le faisais alors.*
> *On doit avoir, et avoir près de soi, quelqu'un prêt à porter secours, en toute circonstance*[1].

Avouant qu'il avait cru pouvoir se passer de l'aide d'autrui, il explique comment il a eu ce désir :

> *J'avais la tête à l'envers*
> *Devant les façons de vivre que je voyais chez les gens, les calculs où*
> *L'appât du gain les conduisait*[2].

Ce mauvais choix initial, qui repose sur une erreur, est la source du défaut de Cnémon, c'est-à-dire d'une attitude qui conduit à une impasse. Cette impasse apparaît au spectateur perspicace dès la deuxième moitié de l'acte III, quand Cnémon qui refusait d'aider les autres par amour de la solitude et paraissait alors très fort, refuse, pour la même raison, d'être aidé alors qu'il aurait besoin d'aide. Sa chute dans le puits, pendant le troisième entracte (la grande césure de la pièce) et son sauvetage, au début de l'acte IV, par son beau-fils lui ouvrent enfin les yeux, et, pendant ce court instant, il cesse d'être comique. Un court instant seulement, car intervient très vite un deuxième aspect du caractère, l'habitude, manière d'être permanente. Une fois que Cnémon a décidé de rompre avec l'humanité, un acte va suivre en accord avec cette décision, puis un autre semblable : Cnémon va refuser de parler à telle personne, de l'aider, etc., puis il

---

1. Ménandre, *Bourru*, v. 713-717.   **2.** *Ibid.*, v. 718-720.

recommencera en une autre occasion, et cette succession d'actes le fera devenir ce qu'il est maintenant : un bourru ; il n'a plus désormais à délibérer avant d'agir. Et de fait, à l'acte IV, aimant plus que jamais sa chère solitude, Cnémon transmet à son sauveur sa responsabilité de père, et c'est donc son beau-fils qui devra marier sa fille. À l'acte V, cet amour de la solitude se manifeste dans toute sa force quand le vieillard refuse de se rendre au banquet de noces.

On peut à l'heure actuelle, par des moyens divers, connaître de façon assez sûre, le sujet moral de onze autres comédies de Ménandre qui se laissent alors classer assez facilement grâce aux analyses de l'*Éthique à Nicomaque*. Le thème le mieux représenté est celui de l'argent. Il faut alors distinguer le défaut dans le fait de donner et l'excès dans le fait de prendre. L'excès dans le fait de prendre est illustré par le vieux Smicrinès du *Bouclier*, celui qui prétend épouser une jeune fille qui ne lui était pas destinée et cela pour mettre la main sur la richesse d'un butin qui ne lui était pas destinée non plus. La crainte de dépenser se traduit dans la comédie des *Frères*, deuxième version, par le refus du personnage principal de voir et d'assumer les responsabilités nouvelles que lui confère sa nouvelle richesse ; dans l'*Arbitrage* par la crainte de l'appétit de jouissance qu'ont les jeunes, dans le *Bourreau de soi-même* par la crainte des excès qui sont également le propre de la jeunesse. La possession de l'argent favorise d'autre part toutes sortes de défauts qui sont autant de naïvetés : ainsi, dans l'*Andrienne*, le refus d'être contrarié, dans la *Double Tromperie*, le refus d'envisager qu'un fils puisse avoir en tête autre chose que l'augmentation du patrimoine, dans les *Sicyoniens*, l'idée que l'argent et la vertu sont synonymes. Ce sont là des passions de vieillards que l'âge renforce comme elle a renforcé la misanthropie de Cnémon, ennemi juré de ceux qui sont soumis à l'appât du gain. Parallèlement, chez les jeunes gens, Ménandre dénonce une brutalité qui consiste, par exemple, à ne voir que la valeur marchande des êtres et des choses et à exercer à partir de là un chantage sur autrui : tel est le soldat de l'*Eunuque*. Le soldat du *Haï*, Thrasonidès, exerce lui aussi un chantage, mais plus sentimental, en retournant sa violence contre lui-même et en menaçant de se suicider. Mais le thème que Ménandre développe avec prédilection à propos des jeunes gens, c'est le thème de l'honneur : les jeunes préfèrent le beau à l'intérêt, avait dit Aristote, dans sa *Rhétorique*[1]. Cet honneur juvénile a les effets les plus opposés : il plonge le Moschion de la *Samienne* dans l'embarras et l'hésitation ; il provoque chez le Polémon de la *Tondue* des actes précipités dont il ne tarde pas à se repentir.

Mais, comme on sait, le personnage principal n'est pas seul, et il convient de voir également quel entourage le poète a su lui donner. Si l'on s'en tient à l'exemple du *Bourru,* on aura tout profit à relire ce qu'Aristote écrit dans *Éthique à Nicomaque*, IV, 12. Le philosophe parle ici de l'affabilité et de ses vices opposés. En fait, il ne donne aucun nom à une disposition proche de l'amitié, mais exempte de tout facteur sentimental. Il peut le faire facilement pour les vices opposés. Certains, dans leurs relations avec autrui, veulent lui éviter toute contrariété ; celui qui vise à faire plaisir sans poursuivre aucune autre fin, est un complaisant : celui qui agit pour un avantage en argent ou autre est un flatteur. D'autres au contraire font des difficultés en toute occasion : ils sont le type de l'homme bourru et chicanier. Dans le *Bourru* de Ménandre, le personnage du complaisant est incarné par le jeune Chéréas, ami que Sostrate est allé chercher, pour avoir de l'aide dans son entreprise amoureuse, à l'acte I : on songe au schéma traditionnel de certaines comédies — surtout celles qu'a adaptées Térence — où deux amis se soutiennent en ces moments de crise. Chéréas se montre effectivement plein d'empressement : si la jeune fille avait été une courtisane, il l'aurait immédiatement enlevée pour l'offrir à son ami ; puisqu'il s'agit d'une jeune fille libre, il propose de faire l'enquête sur la famille. Le personnage du flatteur, c'est le cuisinier Sicon qui se vante, à l'acte III, d'avoir un véritable « art » de la flatterie. L'homme affable, en tout cas prompt à établir des relations d'amitié, c'est Sostrate, on le voit en particulier dans ses relations avec Gorgias, symbole d'un monde de paysannerie pauvre si différent du sien. Le bourru étant évidemment Cnémon, il est significatif que dans la pièce, sauf un court instant, il se trouve opposé non au juste milieu que représente Sostrate, mais à ses opposés, le complaisant et surtout le flatteur.

---

1. Aristote, *Rhétorique*, II, 1389a 32-33.

L'analyse des caractères et le langage approprié prêté à chacun d'eux servent ici au mieux l'art dramatique.

Éthique de la comédie

On ne saurait nier la portée morale de la comédie de Ménandre si l'on considère le soin avec lequel le poète fait ainsi la critique d'un défaut de caractère, montrant en particulier, à l'acte III, à quelles impasses conduit ce défaut, et soulignant, à l'acte V, l'impénitence et l'impuissance finales du personnage qui avait menacé le bonheur de la jeune première. De tels objectifs orientent véritablement toute la composition des pièces, et l'on peut décrypter, à ce niveau, la pensée de l'auteur sans trop craindre de se tromper. On ne saurait en tout cas s'en tenir, en les isolant — comme l'ont fait trop souvent les maîtres d'école de l'antiquité — aux seules sentences ou aux seules tirades moralisatrices dont le théâtre de Ménandre est rempli. Parfois contradictoires, elles n'expriment de façon certaine que la pensée du personnage qui les prononce, et il faut toujours, quand on le peut, les replacer dans leur contexte. La célèbre sentence de la *Double Tromperie*, « Quand on est aimé des dieux, on meurt jeune », est, comme le montre l'adaptation de Plaute (*Bacchides*[1]), prononcée par l'esclave rusé à l'adresse du père dur qui, s'il avait été aimé des dieux, ne serait pas devenu le vieillard gâteux qu'il est maintenant ! On pourrait citer aussi la tirade enflammée que prononce Cnémon, à l'acte III du *Bourru*, quand il est dérangé par l'arrivée des dévots de Pan qui viennent sacrifier un mouton dans la grotte voisine :

> *L'encens, voilà une pieuse offrande.*
> *C'est comme la galette d'orge : tout profit pour le dieu quand le feu*
> *Toute entière la consume. Mais, avec eux, c'est le croupion*
> *Et la poche de fiel, des morceaux immangeables, que les dieux*
> *Se voient offrir ; tout le reste, ils l'engloutissent*[2].

Il y a incontestablement un fond sérieux dans ces vers de Ménandre et le philosophe néo-platonicien Porphyre, au

---

1. Plaute, *Bacchides*, v. 816-817. 2. Ménandre, *Bourru*, v. 449-453.

IIIe siècle de notre ère, recopiera le début de ce passage au livre II de son traité *Sur l'abstinence*. La doctrine que Cnémon développe ici est celle que Théophraste enseignait et qui est d'ailleurs largement mise à contribution dans le traité de Porphyre. Mais il est aussi évident que Ménandre veut faire rire en même temps que réfléchir quand il met ces nobles paroles dans la bouche d'un bourru excédé par les dévotions de ses voisins.

Le ton de Cnémon est satirique : il manifeste sa colère contre l'hypocrisie des gens. Sa propre attitude, ce renfermement sur soi qui risque de porter tort à sa si charmante fille, peut provoquer à son tour la colère du spectateur, comme, dans la *Tondue*, l'attitude de l'officier Polémon qui, sous l'effet d'une jalousie aveugle, tranche avec son épée la chevelure de Glycère, sa maîtresse : l'outrage qui est fait à cette belle et innocente jeune femme est particulièrement choquant et le spectateur dont on sait qu'il va désirer instinctivement son bonheur ne peut qu'être indigné par l'acte de violence du soldat : le poète s'y attend même expressément [1]. Cette indignation, cette colère sont évidemment le moteur de la comédie, comme de toute comédie de la période ancienne ou nouvelle. Aristophane est en colère contre le démagogue Cléon, le sophiste Socrate ou l'auteur tragique décadent Euripide, et le spectateur de ses pièces l'est avec lui. Et cette colère se satisfait dans la satire et la démolition qui est faite de l'adversaire. Comme le rappelle Aristote dans sa *Poétique*, il y a un rapport entre poésie iambique et comédie [2].

Mais la comédie ne se réduit pas à la satire, comme Aristote le souligne tout aussi vite, sans donner par la suite davantage de détails sur la nature propre de cette même comédie, si du moins nous n'avons pas perdu ce qu'il a écrit sur le sujet, et l'on peut s'inspirer ici d'un ouvrage de Jules Vuillemin (*Éléments de Poétique*, Paris, Vrin, 1991) qui reprend et prolonge la *Poétique* d'Aristote. Le philosophe antique avait montré que les deux émotions tragiques, les deux ressorts de la tragédie, étaient la terreur et la pitié. Vuillemin montre bien, alors, qu'il n'y a d'émotion proprement tragique que si la terreur qu'inspire le personnage tragique peut se transformer en pitié, parce

---

1. Ménandre, *Tondue*, v. 167-168. 2. Aristote, *Poétique*, ch. 4, 1449a 4.

que, bien évidemment, on trouve une excuse aux actes de violence commis : comme le diraient nos auteurs du XVIIe siècle, le personnage tragique n'est ni tout à fait coupable ni tout à fait innocent [1]. Prolongeant ce type de réflexion à propos de la comédie, Vuillemin montre, en s'appuyant sur le théâtre de Molière, mais aussi d'Aristophane, qu'il n'y a d'émotion véritablement comique que si la colère que nous font éprouver les actes de certains personnages se transforme en rire, c'est-à-dire si elle s'accompagne de mépris, et cela se produit quand nous constatons que le personnage comique est victime d'une illusion sur lui-même, qu'il prend ses désirs pour des réalités, et se réduit lui-même à l'impuissance. On songe ici à la définition du ridicule par Platon. Dans le *Philèbe*, ce philosophe le présente comme un vice qui s'oppose directement au « Connais-toi toi-même » de Delphes ; il est le propre de ceux qui se méconnaissent eux-mêmes soit au plan de la fortune, soit au plan des avantages physiques. « Mais, ajoute Socrate, les plus nombreux, je crois, sont d'emblée ceux qui pèchent par la troisième sorte d'ignorance, relative aux qualités de l'âme, et se croient supérieurs en vertu, alors qu'ils ne le sont point [2]. » Platon insiste très bien sur cette naïveté du personnage comique qui lui fait prendre ses désirs pour des réalités, et Vuillemin estime également que le spectacle comique a pour but de prévenir cette naïveté chez le spectateur. En tout cas, le théâtre de Ménandre fournit de nombreuses illustrations des affirmations platoniciennes. Ainsi, dans le *Bourru*, quand Cnémon refuse son aide à quiconque et se met à mordre dès qu'on l'approche, il se croit sans doute un homme libre alors qu'il se conduit en esclave : l'incident du seau tombé dans le puits qui le fera descendre lui-même dans le puits le montre bien. Ce qui renforce l'illusion du personnage, c'est qu'il a la loi pour lui, comme le fait remarquer Gorgias [3]. De même, dans le *Bouclier*, l'horrible Smicrinès s'appuie sur la loi de l'épiclérat pour satisfaire son inhumaine cupidité : sans doute a-t-il bonne conscience. Vuillemin précise alors : « Abandonnée à son cours normal, la colère exige un châtiment qui donne satisfaction à la

---

1. Racine, *Préface* de *Phèdre*, à propos de Phèdre.   2. Platon, *Philèbe*, 48 e.   3. Ménandre, *Bourru*, v. 253-254.

demande de la faculté de sentir. En revanche, frustrée si elle s'arrêtait au mépris, cette dernière doit trouver une issue et sa chute soudaine se frayer accès à notre conscience. Le rire est précisément cette sanction que nous donnons à l'illusion. Il est la punition subjective et symbolique qui s'attache à l'illusion méprisée, puisque notre colère tombée a renoncé à un châtiment objectif et réel. » C'est, dans les pièces de Ménandre, le rôle du prologue — initial ou retardé, prononcé par une divinité ou l'un des personnages — de mettre d'emblée le spectateur dans des conditions telles que pour lui, ce qu'il voit soit vraiment une comédie, sa colère étant prévenue ou transformée après coup.

Esthétique de la comédie

Le génie grec n'a jamais séparé le beau et le bon, et Ménandre, plus que tout autre, en donne une preuve éclatante. Dans l'œuvre d'art réussie, la confusion qui est celle de notre vie de tous les jours cède à la clarté des lignes ; les forces de désordre sont dominées et la diversité la plus grande se résout finalement dans l'unité. « La beauté réside dans l'étendue et dans l'ordre », avait dit Aristote à ses auditeurs [1].

Les pièces de la Comédie Ancienne, celles d'Aristophane, ont privilégié la diversité ; sans manquer pour autant d'unité, elles n'ont pu atteindre à la perfection dans ce domaine : la parabase provoque une césure profonde et les scènes qui la suivent paraissent le plus souvent seulement juxtaposées. Aussi bien la Comédie Nouvelle est-elle ici plutôt l'héritière de la tragédie du Ve siècle que de la Comédie Ancienne. Dans la tragédie, il n'est point de parabase, et, si les chants du chœur introduisent des césures, ils ne rompent point un enchaînement implacable, ils le soulignent au contraire. Certes les poètes tragiques ont tâtonné sur le chemin de la plus grande rigueur et bien des tragédies du Ve siècle sont encore en six ou sept actes. Ce n'est que peu à peu que la structure en cinq actes s'est imposée. Elle est de règle dans la Comédie Nouvelle. Jusqu'à une époque récente, les modernes

---

1. Aristote, *Poétique*, ch. 7, 1450b 38.

n'avaient point compris l'insistance d'Horace dans son *Art Poétique* : « Une longueur de cinq actes, ni plus ni moins, c'est la mesure d'une pièce qui veut être réclamée et remise sur le théâtre [1] », un précepte qu'il présente sans chercher à le justifier davantage. Grâce aux comédies de Ménandre (et surtout au *Bourru*, la seule pièce complète), on peut montrer que cette structure décompose l'effet de miroir.

Qui dit miroir dit d'abord opposition symétrique, et cette opposition (entre l'obstacle au bonheur de la jeune première et celui qui sera l'agent de ce bonheur) est mise en scène à l'acte I. Qui dit miroir dit aussi similitude et celle-ci apparaît dans la ruse dont l'esclave est à l'origine à l'acte II, ruse qui consiste à aller dans le sens de celui que l'on combat et qui aboutit fréquemment à des déguisements. L'unité des deux aspects apparaît dans l'acte III où la similitude des causes provoque l'opposition des effets. L'exemple du *Bourru* est ici particulièrement éclairant : par amour de la solitude, Cnémon refuse d'aider les autres et l'obstacle auquel ceux-ci se heurtent paraît alors insurmontable ; mais ce même amour de la solitude l'amène à refuser d'être aidé alors qu'il en a le plus grand besoin ; ce sera bientôt l'accident et l'obstacle que représente Cnémon s'effondrera, plus en raison de l'illusion naturelle où se trouve le vieillard que de l'illusion artificielle dont l'esclave avait eu l'idée à l'acte précédent. On peut alors remarquer que la division fondamentale en nœud et dénouement définie par Aristote au chapitre 18 de sa *Poétique* passe par le milieu de cet acte III, et toute la comédie, sans césure apparente, se trouve à son tour répartie en deux moitiés symétriques, tout aussi fortement soudées que les deux moitiés de l'acte III lui-même, les entractes ne faisant que préparer les coups de théâtre qui résultent de ces césures cachées.

Cette unité d'une action qui se déroule dans le temps mais aussi dans l'espace (avec ses deux couples d'amoureux) n'est donc jamais ennuyeuse car elle est l'unité de contraires. Deux autres « règles », l'unité de temps (tout se passe entre deux nuits dont l'une est lourde de menaces et dont l'autre commence à la lumière des torches nup-

---

1. Horace, *Art Poétique*, v. 189-190.

tiales) et l'unité de lieu (cette place ou cette rue qu'encadrent deux maisons avec leur intérieur et leur extérieur, et ces lointains symboliques que sont la ville et la campagne, le port et l'agora), loin d'être des carcans, sont au contraire des tremplins qui permettent à l'imagination créatrice du poète de présenter à son public un spectacle susceptible de le combler à la fois parce qu'il répondra à son attente et qu'il saura le surprendre.

*

Après sa mort et pendant toute l'antiquité, Ménandre a connu un immense succès. Aboutissement de toute l'évolution du drame attique, il a été placé immédiatement après Homère par le grand grammairien alexandrin du IIe s. av. J.-C., Aristophane de Byzance. Pour Plutarque, la Grèce n'a rien produit de plus beau. Il est partout présent, au théâtre où ses comédies sont fréquemment reprises, dans les banquets, dans les écoles. Son buste orne les bibliothèques. Des peintures, des mosaïques illustrant les grandes scènes de ses comédies agrémentent les salles de réception. Le texte de ses pièces, passant du rouleau au codex, franchit allègrement les époques jusqu'à ce fatal IXe siècle qui semble bien avoir marqué la fin de sa transmission directe. On s'est interrogé sur la cause de cette disparition. Il paraît très probable qu'elle a été d'ordre politique. Déjà de son vivant, Ménandre avait eu à souffrir de l'affrontement perpétuel des démocrates, qui vivaient dans la nostalgie de l'Athènes indépendante d'autrefois, et des aristocrates pro-macédoniens. L'amitié qui le liait à l'un de ces derniers, son condisciple Démétrius de Phalère, faillit compromettre sa carrière quand celui-ci fut chassé du pouvoir. Le rôle que Démétrius de Phalère put jouer ensuite dans l'organisation du modèle culturel alexandrin (modèle que Rome adoptera) le servit durablement. Mais certains n'admirent jamais qu'on pût le préférer à Démosthène : pour eux l'histoire littéraire d'Athènes, l'histoire tout court, s'arrêtait au grand orateur, elle excluait Ménandre, comme sa langue, la *koinè*, qu'on opposait au pur attique. L'empire byzantin leur emboîta le pas et préféra au poète de la Comédie Nouvelle le représentant de la glorieuse Athènes du Ve siècle, Aristophane.

Alors qu'ils ne connaissaient plus Ménandre que de réputation et par les misérables fragments de la tradition indirecte, les modernes se sont également partagés : notre Racine et Goethe ont mis Ménandre au pinacle, Nietzsche, dans sa *Naissance de la tragédie*, l'a englobé dans le mépris qu'il portait à l'Athènes « bourgeoise ». Maintenant que nous pouvons juger Ménandre sur des bases plus solides, le débat reste plus que jamais ouvert.

PRINCIPES D'ÉDITION

En raison des découvertes incessantes de papyrus, le texte des comédies de Ménandre n'est pas définitivement fixé. Mais une étape importante ayant été franchie ces dernières années, étape que matérialise l'édition de F. H. Sandbach (voir, ci-dessous, l'Orientation bibliographique), c'est le texte de cette édition qui a été choisi comme référence principale. Cependant, pour le *Bouclier*, le *Bourru* et la *Samienne*, l'édition de J.-M. Jacques a également été consultée, pour la *Double Tromperie*, l'édition du *P. Oxy.* 4407 par E.W. Handley, et pour toutes les comédies jusqu'à la *Tondue*, celle de W. G. Arnott. Une numérotation des vers tenant compte des lacunes a été adoptée, à la suite de Sandbach, pour l'*Arbitrage* et la *Tondue* ; à la suite de Jacques, pour la *Samienne* et le *Bouclier* ; à la suite d'Arnott pour le *Haï*. Pour les *Sicyoniens*, on a adopté, quand cela était possible, la numérotation des vers que l'on trouve dans le papyrus de la Sorbonne. Dans ces derniers cas, pour faciliter le recours à l'édition de Sandbach, la numérotation de cette édition est indiquée entre parenthèses.

Les pièces sont classées dans l'ordre alphabétique de leur titre latin (indiqué entre parenthèses après le titre français). Ce titre transcrit assez fidèlement le titre de l'original grec.

N'ont été retenus ici que les ensembles, les fragments et les éléments compréhensibles et susceptibles de donner de l'intrigue d'une pièce une idée assez claire. Là nous paraît en effet résider l'essentiel pour une bonne approche de Ménandre, et il est heureux de pouvoir présenter ainsi la plus grande partie de la documentation qui est à notre disposition. On n'aura pas trop de regrets à ne rien trouver ici sur le *Cithariste*, le *Flatteur* (*Colax*), la *Leucadienne*, la *Périnthienne* ou la *Possédée*, par exemple. On trouvera inversement des scénarios inspirés par les adaptations latines des pièces de Ménandre.

Plusieurs traductions antérieures ont été consultées (en français, A. Hurst, A. Bataille, J.-M. Jacques, et G. Méautis ; en anglais, N. Miller et W. G. Arnott), mais celle qui est présentée ici, tout en leur étant parfois redevable, reste originale par le désir de suivre l'ordre des mots du texte grec, considéré comme moyen de définition des personnages.

Les parties restituées sont en italique. Les indications scéniques sont en italique et entre parenthèses. Par convention (une convention qui nous paraît, sans certitude absolue, correspondre à la réalité antique), nous avons placé à droite (du spectateur) l'entrée par où l'on arrive d'un endroit lointain (par exemple, à Athènes, le port) ; à gauche l'entrée par où l'on arrive d'un endroit proche (ainsi l'agora). Les indications sur le décor (essentiellement les deux maisons de droite et de gauche) résultent soit d'indications fournies par le poète, soit, le plus souvent, de la simple vraisemblance : dans chacun des deux cas, la part d'interprétation reste grande.

Abréviations : pour les fragments de la tradition indirecte, la mention « K-A » renvoie à l'édition de Kassel-Austin, la mention « K-T » à celle de Koerte-Thierfelder (voir, ci-dessous, l'Orientation bibliographique) ; les sigles désignant les papyrus sont, sauf exceptions (papyrus publiés hors collections), ceux de la *Checklist of Editions of Greek and Latin Papyri, Ostraca and Tablets* de J. F. Oates *et alii*, 1992[4].

ORIENTATION BIBLIOGRAPHIQUE

I. Texte grec

Poetae Comici Graeci (PCG). Ediderunt R. Kassel et C. Austin. Berlin — New York.

Vol II, Agathenor — Aristonymus, 1991.

Vol. III, 2, Aristophanes, testimonia et fragmenta, 1984.

Vol. IV, Aristophon — Crobylus, 1983.

Vol. V, Damoxenus — Magnes, 1986.

Vol. VI, 2, Menander, testimonia et fragmenta, 1998.

Vol. VII, Menecrates — Xenophon, 1989.

Vol. VIII, *Adespota*, 1995.

☞ Les *testimonia* sur la Comédie Nouvelle se trouveront dans le vol. I. Les index sont prévus pour le vol. IX. On attend également la publication des onze comédies conservées d'Aristophane dans le volume III, 1, et celle des fragments papyrologiques de Ménandre dans le vol. VI, 1.

Menandri quae supersunt edidit A. Koerte, pars II, opus postumum retractavit... A. Thierfelder. Leipzig, BT, 1959².

☞ Tome consacré aux fragments connus par la tradition indirecte.

Menandri Reliquiae Selectae... recensuit F. H. Sandbach, Oxford, OCT, 1972, 1990².

☞ Le plus complet pour les papyrus, solide, élégant, mais parfois sommaire dans la présentation.

Traduction anglaise du texte grec par Norma Miller (Penguin Books).

Menander, ed. with an English transl. by W. G. Arnott (Loeb Classical Library),
Cambridge Mass. — London, 3 vol. 1979-2000.

Ménandre. Texte établi et traduit par J.-M. Jacques. Paris, CUF.
  Tome I, 1, *La Samienne*, 1971, 1989^2.
  Tome I, 2, *Le Dyscolos*, 1963, 1976^2.
  Tome I, 3, *Le Bouclier*, 1998.
  ☞ Le t. I de la CUF est consacré aux trois comédies du cahier Bodmer ; le t. II sera consacré aux comédies du papyrus du Caire ; le t. III comportera le reste.

Plaute, *Théâtre*. Texte établi et traduit par A. Ernout, 7 vol., Paris, CUF, 1932-1940.

Térence, *Comédies*. Texte établi et traduit par J. Marouzeau, 3 vol., Paris, CUF, 1942-1949.

II. Traductions françaises

G. Méautis, *Le Crépuscule d'Athènes et Ménandre*, Paris, 1954.
  ☞ Surtout les fragments du papyrus du Caire.

Ménandre, *Théâtre. La Samienne — Cnémon Le Misanthrope — Le Bouclier*, « Lettres Universelles », Ed. de l'Aire, 1981.
  ☞ Les trois comédies du cahier Bodmer, la première et la troisième traduites par A. Hurst, la deuxième par L. Gaulis.

J.-M. Jacques, en accompagnement de son édition de ces trois mêmes comédies dans la CUF (voir plus haut).

Ménandre. *Le Dyscolos*, comédie en cinq actes et un prologue, adaptée à la scène française par A. Bataille, Paris, 1962.

Ménandre. *L'Atrabilaire*, traduit et préfacé par J. Martin, Grenoble, 1963.

III. Ouvrages généraux

Ph.-É. LEGRAND, *Daos. Tableau de la comédie grecque pendant la période dite nouvelle (Κωμῳδία Νέα)*, Lyon-Paris, 1910.

T.B.L. WEBSTER, *Studies in Later Greek Comedy*, Manchester, 1953, 1970².
An introduction to Menander, Manchester, 1974.

A. BARIGAZZI, *La formazione spirituale di Menandro*, Turin, 1965.

Ménandre. Entretiens sur l'Antiquité classique, t. XVI. Entretiens préparés et présidés par E.G. TURNER. Fondation Hardt, Genève, 1970.

A.W. GOMME — F. H. SANDBACH, *Menander. À Commentary*, Oxford, 1973.

A. BLANCHARD, *Essai sur la composition des comédies de Ménandre*, Paris, 1983.

Relire Ménandre. Publié par E. HANDLEY et A. HURST, Genève, 1990.

H.-G. NESSELRATH, *Die attische Mittlere Komödie. Ihre Stellung in der antiken Literaturkritik und Literaturgeschichte*, Berlin — New York, 1990.

D. WILES, *The Masks of Menander. Sign and Meaning in Greek and Roman performance*, Cambridge, 1991.

N. ZAGAGI, *The Comedy of Menander. Convention, Variation & Originality*, Londres, 1994.

A. BLANCHARD, *La Comédie de Ménandre : Politique, éthique, esthétique*, Presses de l'Université de Paris-Sorbonne (Collection Hellenica), Paris, septembre 2007.

LES FRÈRES

première version

(Adelphoe I)

Ébauche de scénario[1]

---

1. *Sources.* La comédie de Ménandre a été adaptée à la scène latine par Plaute dans son *Stichus*. Mais le poète latin a considérablement modifié son modèle et il n'est plus possible de retrouver le détail de l'intrigue originale. La tradition indirecte n'apporte rien à notre connaissance de celle-ci.

La scène est à Athènes et le décor représente deux maisons dans une rue.

Deux frères ont épousé deux sœurs. Mais ils ont mené trop grand train de vie, et leurs biens, y compris la dot de leur femme, ont été sérieusement écornés. Ils sont donc partis pour un long voyage d'affaires, destiné à réparer leur fortune, mais ce voyage est si long que leur beau-père, qui avait déjà mal supporté leur conduite antérieure, s'impatiente et presse ses filles de divorcer. Mais celles-ci, surtout la cadette, résistent à la volonté paternelle. Le jour de la comédie est celui où les deux maris débarquent au Pirée, une fois fortune faite. L'un d'eux exprime ainsi sa joie de retrouver Athènes :

fr. 1 K-A Salut, cher pays, après un temps si long, je te revois
Et te salue. C'est un hommage que je ne vais pas
  indistinctement offrir
À tout pays : il faut vraiment que ce soit le mien
  que je vois comme sol.

Joie des deux sœurs. Espérances excessives de ceux qui avaient profité trop largement des largesses d'antan. Le beau-père accepte de se réconcilier avec ses gendres, qui, eux-mêmes, ont appris à mieux se conduire.

LES FRÈRES

deuxième version

(Adelphoe II)

Scénario[1]

---

1. *Sources.* La comédie de Ménandre a été adaptée à la scène latine par Térence dans ses *Adelphes* et les modifications qu'il a apportées à son modèle (en particulier l'emprunt d'une scène des *Synapothnescontes*, « Ceux qui meurent ensemble », de Diphile, pour raviver le début de l'acte II) ne sont pas de nature à entraver véritablement notre accès à l'intrigue originelle. Plusieurs fragments de la tradition indirecte s'insèrent alors dans le scénario ainsi reconstitué. L'un d'entre eux donne le nom du père libéral dans la pièce de Ménandre : Lamprias, devenu Micion chez Térence.

La division en actes proposée pour l'original grec diffère de celle que le grammairien Donat (IVe s. de notre ère) propose pour l'adaptation qu'en a faite Térence (division ordinairement reproduite par les éditeurs modernes de ce poète) en deux points : le deuxième entracte est placé ici après le v. 354 (et non 287), le quatrième entracte après le v. 854 (et non 762).

ACTE I

La scène est à Athènes et le décor représente deux maisons mitoyennes, l'une riche, l'autre pauvre. Aube blafarde.

Un homme d'âge mûr et d'air avenant — Lamprias — fait les cent pas devant sa maison (la maison riche). Il attend le retour de son fils qui a participé à un banquet et n'est pas encore rentré. Il craint qu'il ne lui soit arrivé quelque accident, car il lui porte une grande affection. Comme il est de loisir, il s'explique devant les spectateurs. Ils sont deux frères. Lui, Lamprias, vit à la ville et profite de ses facilités. Il est célibataire :

fr. 3 K-A   Et ce qui est le bonheur, dit-on, je ne cherche pas
         à me marier.

Comme il est riche, il a adopté l'un des deux fils de son frère, un frère qui, fortuné lui aussi, mène cependant à la campagne la dure vie des paysans. Chacun applique à son fils son système d'éducation. Lamprias, père doux et libéral, fait fond sur le sentiment de l'honneur plutôt que sur celui de la crainte. Son frère au contraire est un père sévère : en toute occasion, il se montre partisan de la plus grande rigueur morale et financière. Chacun critique évidemment le système d'éducation appliqué par l'autre.

Arrive précisément le frère de Lamprias. Il est indigné. Venu à la ville pour une affaire, il a appris en chemin la cause du retard du fils adoptif de Lamprias : le jeune homme vient d'enlever une jeune femme à un proxénète et il a rossé ce dernier. Joli scandale dans le quartier ! Voilà ce que c'est que de mal éduquer son fils. Pourquoi Lamprias n'applique-t-il pas plutôt les principes suivis par son frère ? Lamprias réagit sans affolement apparent à la nouvelle qu'il apprend. Des dégâts ont été causés ? On les paiera ! Lamprias en vient ainsi à préciser le contexte économique de la dispute en cours. Les deux frères n'ont pas toujours été riches. Leur jeunesse a même été quelque peu nécessiteuse. Pour eux, alors, il n'était pas question de faire ce que fait actuellement le fils de Lamprias. Puis leur situation s'est améliorée. Lamprias s'est adapté moralement à sa situation nouvelle d'homme riche, prenant la vie du bon côté. Son frère est resté marqué par ses austères débuts, prenant tout avec un grand esprit de sérieux. Il s'est marié, a eu deux enfants. S'il a accepté de confier la charge de l'un d'entre eux à Lamprias, c'est que cela rendait possible pour chacun des deux enfants un accroissement du patrimoine. Et voilà ce que le fils de Lamprias remet en cause avec son dévergondage. Lamprias demande à son frère de le laisser assumer calmement ses responsabilités. L'autre, qui ne peut lui contester ce droit, s'en va en maugréant.

Resté seul, Lamprias exprime une certaine inquiétude. Son fils adoptif a un tempérament assez vif, mais, récemment, il avait manifesté l'intention de se marier. Les récents événements semblent démentir cette intention. Est-ce l'échec de l'éducation libérale et Lamprias se serait-il trompé sur la nature profonde de son fils ? Il décide d'en avoir le cœur net et il part à la recherche du jeune homme.

Sans doute n'a-t-il pas pris le bon chemin car celui-ci arrive bientôt sans avoir rencontré son père. Il fait entrer sous le toit paternel la musicienne qu'il a enlevée, mais aussi son frère. Car s'il a enlevé la musicienne, ce n'est pas pour lui, mais pour ce frère, élevé par le père sévère, et qui ne reçoit pas le moindre argent pour subventionner ses amours. Désespéré quand il s'est pris de passion pour cette musicienne jalousement gardée par un proxénète, le pauvre garçon songeait en effet à s'exiler d'Athènes et c'est alors que, sans attendre, le fils de Lamprias est intervenu en enlevant la belle et en promettant au proxénète qu'il serait dédommagé. Ce faisant, le jeune homme montrait un cœur généreux. Car lui aussi a ses problèmes. Il y a neuf mois, en effet, il a violé, au cours d'une fête nocturne, sa belle et pauvre voisine. Amoureux et honnête, il a promis à la mère qu'il épouserait la fille, mais il n'a pas encore osé tout avouer à son père. Sans doute attend-il le moment de l'accouchement, qui est imminent, pour le faire. Pour l'heure, cependant, il doit régler le problème du paiement de la musicienne qui paraît plus urgent, car le proxénète va se présenter bientôt. Le jeune homme part donc à la recherche de son père en demandant à son esclave de faire patienter le proxénète s'il arrive.

ACTE II

Le proxénète arrive en effet, comme convenu, pour être payé. Il se heurte à l'esclave, lequel se plaît à le lanterner quelque peu avant de lui annoncer que l'argent lui sera versé s'il a la patience d'attendre. Un nouveau rendez-vous est fixé et l'esclave va au marché faire les emplettes nécessaires au banquet où le fils du père sévère et sa musicienne doivent se donner du bon temps.

Mais voici qu'arrive l'esclave pédagogue du jeune amoureux. Il a appris la nouvelle de l'enlèvement et il est indigné par la conduite du fils de Lamprias. Ce qui l'inquiète, c'est que son jeune maître se soit trouvé avec ce vaurien au moment des faits.

La mère de la jeune fille violée sort de chez elle en grand émoi car sa fille va bientôt accoucher. Elle se demande où peut bien être le fils de Lamprias pour qu'il les aide en la circonstance. Or l'esclave pédagogue lui apprend que le jeune homme vient d'enlever une musicienne. Elle y voit une remise en cause de la promesse qu'il lui a faite d'épouser sa fille. Elle fait donc prévenir son frère pour qu'il assure leur protection. Elle envoie d'autre part chercher une sage-femme.

ACTE III

Arrivée de la sage-femme.

Alerté par l'esclave pédagogue, le père sévère se présente à la porte de Lamprias. Il se heurte à l'esclave de la maison qui le rassure ironiquement sur la conduite de son fils en lui affirmant que si celui-ci s'est trouvé avec son frère au moment de l'enlèvement de la musicienne, c'était pour lui faire reproche de sa conduite. Il affirme au vieillard médusé que Lamprias a accepté de financer l'achat de la musicienne et le banquet où son fils doit se donner du bon temps avec elle. Le vieillard prévoit le pire destin pour ce jeune homme dont le patrimoine est ainsi dilapidé : il devra un jour s'engager comme mercenaire ! Mais, le cœur apaisé en ce qui concerne son propre fils, il décide de rentrer chez lui, à la campagne, où il s'attend à retrouver le jeune homme.

À ce moment arrive le frère convoqué par la mère de la jeune femme qui va accoucher (on entendra bientôt les cris qu'elle pousse dans les douleurs de l'enfantement). Sachant quel est le responsable du viol, il est particulièrement scandalisé que celui-ci, au mépris de tous ses devoirs, ait enlevé une musicienne. Il prend à témoin le frère de Lamprias et lui demande d'intervenir. Celui-ci partage sans peine l'indignation de son interlocuteur, d'autant qu'il trouve là une nouvelle occasion de fustiger les méthodes d'éducation de son frère. Loin donc de vouloir arranger les choses, il fait une montagne de cette affaire d'enlèvement, et l'on comprend que son partenaire, au moment d'entrer chez sa sœur, ne soit pas très rassuré sur l'avenir. Ils décident tous deux d'avoir une explication avec Lamprias.

ACTE IV

L'amoureux de la musicienne est inquiet : que se passera-t-il quand son père découvrira qu'il n'est pas à la campagne ?

Justement voici qu'approche le père en question : il n'a pas réussi à trouver Lamprias et il veut l'attendre à son domicile. Il faut que l'esclave de la maison lui dise que Lamprias est à l'autre bout de la ville pour qu'il se décide à partir.

L'oncle de la jeune parturiente a eu plus de chance et a pu rencontrer Lamprias : ce dernier l'a immédiatement rassuré sur la conduite future de son fils. Les deux hommes vont immédiatement rassurer les deux femmes, cependant que l'oncle s'excuse encore de son intervention :

fr. *11 K-A Dans tout ce qu'il entreprend, il y a de la timidité
      chez le pauvre.
    D'un universel mépris, il se croit entouré.
    Quand médiocre est la condition, c'est avec plus
      de difficulté
    Que tous les revers, Lamprias, sont supportés.

Le fils de Lamprias, averti de la méprise de sa future belle-mère, regrette de ne pas avoir averti son père à temps.

Celui-ci, sortant de chez les voisins, obtient de lui, avec un tact admirable et un brin d'ironie, l'aveu complet de sa situation. Toutes les conditions paraissent donc réunies pour que le mariage ait lieu.

Survient alors le frère de Lamprias qui n'a pas dû aller bien loin. À l'annonce du futur mariage, il trouve à redire, car la fille est sans dot. Et la musicienne ? Lamprias, ironiquement, prétend la garder. Son frère, qui ne soupçonne encore rien du *fond de l'affaire, se permet de donner une nouvelle leçon de morale.*

Il va bientôt apprendre, très fortuitement, que son fils est dans la maison de Lamprias et que c'est lui l'amoureux de la musicienne. Il reproche alors à Lamprias d'avoir empiété sur son domaine en tolérant une semblable situation. Son frère lui répond ironiquement en citant le proverbe

fr. 13 K-A   Tout est commun entre amis.

Plus sérieusement, il lui indique qu'il ne lui a fait aucun tort financier et qu'il ne sert de rien de trop brimer la jeunesse. Le père sévère est forcé d'en convenir, mais, s'il ne trouve plus rien à redire au mariage, il prétend encore emmener la musicienne à la campagne pour l'employer à des travaux agricoles. Pour l'heure, il est entraîné au banquet.

ACTE V

Dans l'atmosphère joyeuse du banquet, le père sévère a ressenti plus fortement le succès de Lamprias et son propre échec. Lui, dit-il, est aimé de tous,

fr. *14 K-A   Tandis que moi, je suis un rustre, besogneux, austère, amer,
    Grippe-sou,

et je ne récolte que des ennuis. Il prétend donc en tirer les conséquences et renverser la situation, mais sans comprendre, au fond, la véritable attitude de Lamprias qu'il accuse toujours de complaisance. Jaloux de son frère, il va, par une série de surenchères, tenter de l'isoler et de l'appauvrir.

Il flatte donc les esclaves par quelques amabilités. Au fils de son frère, il propose de faire une percée dans la murette de pierres sèches qui sépare la maison de la jeune accouchée et celle de Lamprias afin d'éviter à la jeune femme un déplacement par la rue, pénible dans son état.

Avec Lamprias lui-même, il tente une opération plus ambitieuse. Il propose en effet à son frère d'épouser la mère de sa bru qui est pauvre. Mais Lamprias ne se dérobe pas à ce mariage financièrement désavantageux, non plus qu'à aider le frère de sa nouvelle femme, car il a une conscience nette de la dimension sociale de son libéralisme. Le père austère, ainsi devenu démagogue, est alors pris à son propre piège : il est bien obligé d'accepter que son fils puisse vivre avec sa musicienne.

L'ANDRIENNE

(*Andria*)

Scénario[1]

---

1. *Sources.* Encore une pièce de Ménandre adaptée par Térence à la scène latine. En dépit de quelques modifications dues à l'utilisation d'une autre pièce de Ménandre de thème voisin, la *Périnthienne*, et grâce à l'appui que nous apportent, en ce cas, les commentaires du grammairien latin Donat, notre accès à l'intrigue de l'original grec reste assez facile, et plusieurs fragments de la tradition indirecte trouvent aisément leur place dans le scénario ainsi reconstitué.

La division en acte adoptée ici est celle que Donat propose pour l'adaptation de Térence, abstraction faite des deux scènes ajoutées à Ménandre par le poète latin au début des actes II et IV.

ACTE I

La scène est à Athènes. Le décor représente deux maisons, l'une assez riche, l'autre sans grande apparence. Le soleil se lève.

Un père de famille, tôt levé, donne des ordres à la cantonade à ceux de sa maison (la maison riche) pour qu'on active les préparatifs d'un mariage. Mais le vieillard prévient bien vite les spectateurs : ce mariage n'est qu'une feinte, destinée à mettre à l'épreuve son fils. Ce fils lui avait d'abord paru avoir toutes les qualités. En particulier, entraîné par des amis dans la maison voisine, habitée par une courtisane originaire d'Andros, il ne s'était pas laissé corrompre. Mais voilà que cette femme est morte et qu'à l'occasion de ses obsèques, il est apparu clairement aux yeux de tous que le jeune homme était amoureux de la sœur de la disparue. Or le vieillard a un ami qui, en raison de la bonne réputation du jeune homme, avait promis de lui donner sa fille en mariage. Évidemment, dès que cet ami a appris l'histoire de l'Andrienne, il a retiré sa promesse. C'est une grosse déception pour le père du jeune homme qui, contre toute apparence, a soutenu à son ami que son fils n'était pas amoureux. Et comme il n'accepte pas l'idée que ses projets ne se réalisent pas, il va faire semblant que le mariage est toujours possible. Son fils, qu'il sait obéissant, sera ainsi peut-être amené à renoncer à sa passion.

L'esclave de la maison est envoyé par le vieillard auprès du jeune homme pour le prévenir de se préparer au mariage.

Resté seul, l'esclave, dont les sympathies vont à son jeune maître, exprime son inquiétude : le jeune homme est réellement amoureux de l'Andrienne, et l'affaire est doublement sérieuse : la jeune femme attend un enfant (elle est même sur le point d'accoucher), et d'autre part elle se sait athénienne ; si elle arrive à le prouver, le mariage des deux jeunes gens s'imposera.

Dans un prologue retardé, une divinité annonce que la jeune Andrienne est bien en fait athénienne : elle est même, plus préci-

sément, la fille de l'ami qui avait promis en mariage son autre fille au jeune homme. Jadis, alors qu'elle était petite fille, elle et son oncle, fuyant la guerre qui menaçait Athènes, ont fait naufrage à Andros. Ils ont trouvé refuge chez un habitant de l'île, et, comme cet oncle n'avait pas survécu, elle a été élevée par l'Andrien avec sa propre fille. Après sa mort, les deux adolescentes sont venues à Athènes dans l'espoir de retrouver le père de l'Athénienne. Elles n'y sont pas parvenues et l'Andrienne a dû se prostituer pour vivre. La jeune Athénienne, qui passe pour sa sœur, a eu plus de chance en étant aimée par le fils de la maison voisine. Tout se terminera bien pour elle, en dépit du caractère obstiné du père du jeune homme.

De la maison de l'Andrienne, sort une servante qui part chercher une sage-femme, car sa maîtresse va bientôt accoucher. Elle rencontre alors le jeune homme qui réaffirme son amour passionné pour l'Andrienne et se plaint que son père se montre si autoritaire avec lui : il ne l'a point consulté avant de lui annoncer qu'il devait se marier. Veut-on lui faire épouser un laideron ? Certes un fils doit obéir à son père, mais la jeune femme qu'il aime est aussi un parti respectable : encore faut-il faire la preuve qu'elle est athénienne. Quel embarras !

ACTE II

L'esclave vient de faire une découverte : passant devant la maison de l'ami de son maître, il a pu constater que tout y était calme, qu'on n'y faisait aucun préparatif pour le mariage : ce dernier est donc fictif.

À son jeune maître qui arrive, l'esclave demande alors d'imaginer ce que son père va lui dire s'il refuse le mariage proposé : qu'un fils doit obéir à son père et qu'il est très facile de faire expulser d'Athènes une étrangère sans défense. Le jeune homme est désespéré. L'esclave lui suggère alors d'obéir à son père : conduite sans risque puisque le mariage proposé est fictif. Le jeune homme accepte.

Quand son père arrive, il se soumet donc à sa volonté. L'esclave s'amuse alors à railler le vieillard qui, selon lui, ne fait pas des préparatifs dignes de son fils !

ACTE III

Le vieillard, qui est ressorti, surprend une conversation entre la servante de la maison voisine et la sage-femme qu'elle est allée chercher. Il apprend ainsi que son fils est le père de l'enfant.

Bientôt rejoint par l'esclave, il réfléchit sur ce qu'il vient d'entendre, et, réflexion faite, il estime que les deux femmes, dignes élèves de l'esclave, veulent empêcher le mariage en répandant le faux bruit que son fils a un enfant. Il a beau entendre dans les coulisses les cris de l'Andrienne qui accouche, cela ne fait que renforcer sa conviction qu'on cherche à l'abuser. L'esclave, qui avait d'abord craint pour le succès de sa ruse, admet ironiquement que son maître a été plus malin que lui !

Le vieillard, sous l'emprise de son idée fixe, s'appuie alors sur ce témoignage de l'esclave pour convaincre son ami, opportunément arrivé, de revenir sur sa décision de rompre sa promesse de mariage. Il dénonce à la fois sa propre feinte qui lui a permis d'obtenir la soumission de son fils et la feinte qu'il suppose chez autrui et pour laquelle il a le témoignage de l'esclave. L'ami se laisse convaincre, le mariage est confirmé par les deux parties.

L'esclave, quelque peu abasourdi par les derniers développements de l'action ne sait plus que faire.

fr. 43 K-A   Si Dieu le veut,
     Je ne saurais périr,

en vient-il à dire avec humour. Pressé par son jeune maître qui est désespéré, il promet de faire quelque chose, sans donner davantage de précisions.

ACTE IV

L'esclave a-t-il perdu la tête ? Il fait exposer par la servante le bébé qui vient de naître devant la porte de son maître. Or il sait parfaitement que ce dernier est sur ses gardes du côté des habitantes de la maison voisine, que l'esclave lui-même a contribué à déconsidérer.

Mais voici l'ami qui revient, après avoir ordonné chez lui de préparer le mariage. L'esclave, pour arriver à ses fins tout en restant dans son rôle de l'acte précédent, est obligé de mettre en œuvre toute une mise en scène. Sans avoir prévenu la ser-

vante de ses intentions, il feint de ne pas connaître le bébé qui se trouve là et de croire à une ruse de l'Andrienne destinée à compromettre le mariage en cours. La servante est sincèrement indignée. En écoutant la dispute qui l'oppose à l'esclave et en apprenant par ce biais que le jeune homme est le père de l'enfant et que l'Andrienne, en fait une Athénienne, peut être épousée, l'ami est suffisamment convaincu qu'il y aurait grand danger à donner sa fille au jeune homme et il renonce, une nouvelle fois, au mariage projeté. Il entre chez son ami pour l'avertir de sa décision.

Arrive alors un parent de celle qui est morte : il vient pour récupérer son héritage. Pas plus que les autres personnages de la pièce, il ne connaît les parents de la jeune accouchée, mais il peut témoigner qu'elle est d'origine attique et non la sœur de l'autre. Il entre avec l'esclave dans la maison de l'accouchée.

Cependant le père du jeune homme réapparaît avec son ami dont la décision de renoncer au mariage prévu l'a beaucoup affecté : il croit que cet ami a été victime de la ruse des femmes. Il faut qu'il voit son esclave sortir de chez celle-ci pour que sa conviction soit ébranlée : le coup de grâce lui est donné quand il apprend que son fils se trouve précisément chez ces dames, lui qu'il croyait brouillé avec elles. Tous entrent dans la maison de l'accouchée.

ACTE V

Le père du jeune homme est de nouveau en colère. Comme le parent de la morte prétend que la jeune accouchée est de naissance athénienne, il lui paraît faire partie du complot visant à empêcher le mariage, ce qu'il ne saurait supporter.

Mais voici que sortent à leur tour l'ami et le parent. Quand ce dernier cite le nom de celui qui accompagnait la fillette au moment du naufrage, l'ami reconnaît en lui son frère et dans la fillette sa fille. Le mariage désiré par le jeune homme peut alors être conclu sans que son père trouve rien à redire : il épouse simplement une fille de son ami plutôt que l'autre. Cette autre fille est mariée à un autre jeune homme.

L'ANDROGYNE ou LE CRÉTOIS

(*Androgynus siue Cres*)

Ébauche de scénario [1]

---

1. *Sources*. La comédie de Ménandre a été adaptée à la scène latine par Caecilius, mais cette adaptation est elle-même perdue et les seules lueurs que nous pouvons avoir sur l'intrigue viennent d'une comédie latine du XIIe siècle, l'*Alda* de Guillaume de Blois, pour laquelle l'auteur prétend s'être inspiré de Ménandre, sans doute par l'intermédiaire d'une traduction latine.

Un homme, Craton, a perdu sa femme quand elle a accouché de sa fille. Il a reporté sur celle-ci toute l'affection qu'il avait pour la morte et par la suite il a empêché qu'aucun garçon n'approche de l'adolescente. Mais un jeune homme s'est introduit auprès d'elle en se faisant passer pour une fille, et elle est devenue mère. Craton se lamente. Il découvre finalement l'auteur de la supercherie et en fait son gendre.

LE BOUCLIER

(*Aspis*)

Les trois premiers actes et fragments[1]

---

1. *Sources*. Cette comédie est connue essentiellement par la troisième partie (dont la fin est mutilée) d'un cahier scolaire sur papyrus du IVe siècle ap. J.-C., publiée en 1969 comme *P. Bodmer* XXVI (à compléter par les *P. Köln* 3 et 331, et le *P. Duk.* inv. 775 [antérieurement *P. Robinson* inv. 38]), et les restes d'un codex de parchemin du Ve siècle, le *PSI* 126 + *P. Schubart* 22, fr. II = *P. Berlin* inv. 13932. S'ajoutent à ces deux grands témoins les fragments d'un ou deux rouleaux : le *BKT* 9.47 = *P. Berlin* inv. 21445 du début du IIe s. ap. J.-C., et peut-être le *P. Oxy.* 678 du II-IIIe s., et d'un codex : le *P. Oxy.* 4094, de la fin du VIe s.

PERSONNAGES
par ordre d'entrée en scène

Daos, esclave et ancien pédagogue de Cléostrate
Smicrinès, frère aîné de Chérestrate, oncle de Cléostrate
La Fortune, divinité-prologue
Le Cuisinier
L'Ordonnateur des tables
Chérestrate, frère cadet de Smicrinès, oncle de Cléostrate
Chéréas, beau-fils de Chérestrate, amoureux de la sœur de Cléostrate
Le Faux Médecin, ami de Chéréas
Cléostrate, jeune soldat, neveu de Smicrinès et de Chérestrate

Figurants :

Les Captifs lyciens
Spinther (« L'Étincelle »), aide du Cuisinier
Esclaves de Chérestrate
L'Aide du Faux Médecin

ACTE PREMIER

Une rue ou une place d'Athènes. Le décor représente deux maisons, dont l'une, celle de droite, est particulièrement opulente. Bien que ce soit le petit matin, une grande agitation règne dans cette rue. Venant de droite (du Pirée), un cortège de prisonniers barbares, suivis de bêtes de somme portant des coupes et d'autres objets précieux, visiblement un butin de guerre, se déploie sur tout l'espace scénique. Le cortège est clos par un esclave porteur d'un bouclier fracassé. Arrivé à la hauteur de la maison de droite, l'esclave arrête le mouvement. Cependant le bruit a fait sortir de chez lui le propriétaire de la maison de gauche.

SCÈNE PREMIÈRE

Daos, Smicrinès

Daos (*à son maître disparu*)
Pour moi, non, il n'est pas bien gai le jour que je suis en train de vivre,
Ô mon jeune maître, à cette heure, et mes réflexions
Sont bien éloignées de ce que je voyais alors en espérance, le jour du départ en campagne.
Je pensais que tu allais revenir couvert de gloire et sans dommages, toi,
5 De cette expédition, et que c'est une existence honorable
Que désormais, à l'avenir, tu allais mener,
Avec des titres de général et de conseiller bien acquis.
Ta sœur — si tu es parti en campagne alors,
C'était bien pour elle —, tu devais, en rapport avec tes mérites, lui trouver un bon parti

Pour la marier. Quels vœux aurait comblés ton retour
   à la maison !
Et moi j'aurais pris, pour toute cette peine, un peu
De repos dans mes vieux jours, de mon dévouement
   récompense méritée.
Et voilà ! Tu nous a quittés. Contre toute attente, tu
   nous as été ravi.
Et moi qui ai guidé les pas de ton enfance, ô Cléos-
   trate,
Me voici, avec l'objet qui ne t'a pas sauvé la vie,
   revenu au pays :
Ce bouclier que j'apporte, tu l'avais pourtant sauvé
Bien des fois. Quel homme tu étais : du cœur, tu en
   avais
Plus que quiconque.

     SMICRINÈS (*s'avançant*)
        Inattendu, ce coup de la fortune,
Ô Daos !

     DAOS
  Terrible !

     SMICRINÈS
       Mais comment est-il mort ? De quelle
Façon ?

     DAOS
    Quand on est un soldat, Smicrinès, survivre,
C'est cela qui fait problème. Mourir est facile.

     SMICRINÈS
J'aimerais pourtant que tu me racontes le détail, Daos,
   à moi.

     DAOS
Il est un fleuve de Lycie[1] qu'on appelle
Le Xanthe. C'est là qu'en un nombre appréciable de
   combats,
Tout le temps, nous avons triomphé. Les barbares

---

1. La Lycie se trouve au sud-est de l'Asie Mineure.

Avaient fui. La plaine nous était abandonnée.
Mais c'est à croire que, précisément, quelques revers de fortune
Auraient pu nous servir : si l'on a fait un faux pas, on se garde mieux.
Mais nous, c'est en désordre que la suite des événements nous a trouvés,
En raison du mépris où nous tenions nos adversaires. Beaucoup d'hommes avaient abandonné
Le retranchement. Il y avait les villages qu'ils pillaient, les domaines
Qu'ils dévastaient, les captifs qu'ils vendaient ; l'argent
Chacun en avait en quantité à son retour.

SMICRINÈS

Magnifique !

DAOS

Pour ce qui est de mon maître, il rassemble des statères d'or, environ
Six cents[1], des coupes d'argent en appréciable quantité,
Une troupe de captifs, celle que tu vois là près de toi.
Et moi, il m'expédie à Rhodes[2]. Auprès d'un hôte,
Selon ses ordres, je devais laisser ce butin et le rejoindre
En faisant au plus vite demi-tour.

SMICRINÈS

Eh bien, et après ?

DAOS

Moi, je me suis mis en route à l'aube. Mais le jour de mon
Départ, ce jour-là, échappant à l'attention des sentinelles

---

1. À l'époque de Ménandre, 600 statères d'or équivalaient à environ deux talents attiques, environ 200 000 francs actuels (il s'agit là seulement d'un ordre de grandeur : pour les monnaies antiques, il est impossible de donner une équivalence exacte avec les monnaies modernes). **2.** L'île de Rhodes est toute proche de la Lycie, sur le chemin du retour à Athènes.

Que nous avions postées, les barbares à l'abri d'une
  colline,
Tout près de nous, étaient en position. Des transfuges
Les avaient informés que nos forces étaient dispersées.
45 C'était le soir. Chacun se trouvait dans sa tente, parmi
  tous ceux
Qui étaient revenus au camp après avoir pillé un pays
  où abondaient
Toutes sortes de biens, et ce qui devait arriver arrive :
Ils étaient ivres pour la plupart.

SMICRINÈS
                      Mauvais, très mauvais !
Car tout à coup, attaque surprise des barbares, je
  pense.

DAOS
Oui, comme la suite l'a montré. En effet, après une jour-
née de marche et l'installation du campement,
55   (...) au milieu, peut-être,
  De la nuit, alors que je montais la garde auprès du butin
  que je surveillais
Ainsi que les esclaves, faisant les cent pas devant
  La tente, j'entends du tumulte, des gémissements, des
  pas précipités,
Des lamentations, des gens qui s'appelaient par leur
  nom.
60 C'est par eux que l'affaire m'a été racontée. Par l'effet
  d'une heureuse fortune, une
Petite colline se trouvait là qu'on pouvait tenir. Nous
  y montons
(60) Et nous nous y rassemblons tous. Et nous voilà sub-
  mergés de fuyards,
Cavaliers, élite et tout venant de l'infanterie, blessés,
Qu'ils étaient.

SMICRINÈS
                Quelle chance tu as eue qu'on t'ait en-
voyé en mission alors !

DAOS

65 Là, dès l'aurore, nous nous retranchons
Et nous ne bougeons plus. Ceux qui s'étaient éparpillés
Pour faire du butin, comme je l'ai déjà dit, arrivaient sans arrêt
Jusqu'à nous. Trois jours après, nous sommes revenus
En arrière. On nous avait dit que les Lyciens étaient remontés
70 Vers leurs villages, emmenant leurs prisonniers.

SMICRINÈS

Et c'est parmi les cadavres
Où il était tombé que tu as vu ton maître ?

DAOS

Lui, à coup sûr,
(70) On ne pouvait plus le reconnaître. Depuis trois jours
Que les corps gisaient là, grande était la tuméfaction
Des visages.

SMICRINÈS
D'où vient alors ta certitude ?

DAOS

Il tenait encore son bouclier
75 Dans l'état où il était. Un bouclier tout cabossé. C'est pour cela, je suppose,
Qu'il n'avait tenté aucun barbare.
Pour notre chef, un bon capitaine, pas question de faire pour chacun des morts individuellement
La plainte funèbre. Cette défense s'expliquait fort bien : tout le temps qu'on aurait perdu,
Il le voyait bien, à recueillir pour chacun les ossements ! On a fait un grand tas
80 Et c'est tous ensemble que les cadavres ont été brûlés. On a expédié
Les funérailles et on a levé le camp sans tarder. Nous, c'est jusqu'à Rhodes,
(80) Que nous avons fait notre chemin pour commencer, puis, après y être

Restés quelques jours, nous nous sommes embarqués
    pour ici.
Tu as entendu toute mon histoire.

                    SMICRINÈS
                        Le nombre des pièces d'or
    que tu dis ramener,
85 C'est bien six cents ?

                    DAOS
Oui.

                    SMICRINÈS
                        Et les coupes d'argent ?

                    DAOS
Un beau poids. Sans doute le nombre de mines
    qu'elles pèsent est-il de quarante[1].

                    SMICRINÈS
                            Pas plus ?

                    DAOS
Monsieur l'héritier[2] !

                    SMICRINÈS
                        Comment ? Tu ne vas pas croire
    que je t'interroge, dis-moi,
Pour cela ! Apollon !... Et le reste a été volé ?

                    DAOS
                                Presque
Tout, si l'on excepte ce que j'avais pris en charge au
    départ, moi.
90 Des vêtements se trouvent là-dedans, des manteaux
    militaires. Devant toi,
La troupe que tu vois fait partie du patrimoine.

---

1. Quarante mines = 24 kg.   2. Daos plaisante, l'héritage revenant évidemment à la sœur de Cléostrate.

SMICRINÈS

Ah ! J'ai bien le cœur
(90) À cela ! Si seulement il était encore en vie !

DAOS

S'il l'était !
Mais il faut entrer et, porteur de cette malheureuse nouvelle,
L'annoncer à ceux à qui il aurait fallu le moins l'apprendre. (*Il fait entrer sa troupe dans la maison de droite avant d'entrer lui-même.*)

SMICRINÈS

95 Tout à l'heure, un entretien me plairait bien, Daos, avec toi,
Quand tu auras le temps. (*Resté seul*) Pour l'heure, moi aussi, je crois
Que je vais rentrer chez moi et voir comment,
Avec ces gens, on pourrait montrer le plus de gentillesse. (*Il rentre chez lui.*)

*

PROLOGUE

LA FORTUNE

LA FORTUNE (*sortant de la porte centrale*)
Eh bien, si ces gens avaient été frappés par un vrai malheur,
100 La déesse que je suis n'aurait pu venir à leur suite, non, impossible pour moi[1].
En réalité, ils sont dans l'ignorance et dans l'erreur. Ce
(100) *Qui est vraiment arrivé*, si vous écoutez attentivement, vous allez l'apprendre.

---

1. Les Anciens considéraient que les dieux évitaient de se trouver à proximité des mourants ou des morts, qui constituaient pour eux une souillure ; voir la fin de l'*Hippolyte* d'Euripide.

Quand les événements rappelés par l'esclave se sont produits, le jeune homme qu'on croit mort était en compagnie
106 D'un autre mercenaire. *A ce moment donc, le malheur,*
Avec l'offensive barbare, *a fondu sur eux*
Sans désemparer, le trompette sonnait l'alarme. Chacun s'est précipité à la rescousse *immédiatement*,
En s'équipant des premières armes qu'il trouvait à portée de main.
110 C'est ainsi que l'homme qui se trouvait dans la tente du maître de celui que vous avez vu
De là s'est précipité à la rescousse avec le fameux bouclier.
Immédiatement il tombe. La présence au milieu des morts,
Du bouclier, et, du jeune soldat, le visage tuméfié
(110) Expliquent que l'esclave se soit lourdement trompé. Quant à Cléostrate,
115 De son côté, c'est à autrui, que, pour se battre, il a emprunté ses armes.
Il a été fait prisonnier. Il est vivant et il va revenir sain et sauf
D'un moment à l'autre. Sur ce chapitre, vous voilà informés.
Il suffit. Quant au vieillard qui partout fourrait son nez à l'instant,
Par sa naissance, c'est son oncle paternel.
120 Pour ce qui est de la méchanceté, il n'est pas d'homme au monde
Qu'il ne surpasse. Lui, il n'est ni parent
Ni ami qu'il connaisse, et, dans la vie,
Il ne respecte rien. Mais sa volonté
(120) De posséder s'étend à tout. Voilà son souci, son unique souci.
125 Et il vit en solitaire avec une vieille qui lui sert de bonne.
Quant à la maison où est entré le serviteur, la maison voisine,
C'est son frère qui l'habite : le grippe-sou
A en effet un frère cadet, lui aussi oncle paternel
De notre jeune soldat, mais la bonté même,
130 Et riche. Il est marié et une fille
Unique lui est née. Il est devenu le gardien, au moment du départ

De son neveu, de la sœur de celui-ci. Et c'est comme deux sœurs
Que, l'une à côté de l'autre, les deux demoiselles ont grandi.
(130) Notre homme qui est, comme je l'ai dit, la bonté même, devant la prolongation
135 Qu'il constatait du séjour de son neveu à l'étranger, et vu le
Patrimoine d'une modestie extrême du garçon, s'est dit que la jeune fille,
Il pouvait lui-même la marier à un tout jeune homme
— C'était son plan —, fils que sa femme avait eu
D'un premier lit. Comme dot, il donnait deux
140 Talents[1]. Le jour prévu pour le mariage,
C'était aujourd'hui. Mais l'embrouille, avec ce coup dont toute la maison a été frappée
Aujourd'hui, va être complète. Les six cents
Pièces d'or dont a entendu parler il y a un instant
(140) Notre méchant personnage, les esclaves barbares qu'il a vus,
145 Les bêtes de somme, les petites servantes, c'est l'héritage de la seule jeune fille,
Une héritière à épouser. Il la voudra, son âge
Lui donnant ce privilège. Mais ils seront vains, les ennuis et les fatigues
Qu'en grand nombre il va s'attirer. Il fera seulement mieux voir à
Tous quel homme il est,
150 Avant de retourner à son premier état. Reste le nom
Que je porte à vous indiquer. Qui je suis, moi qui sur tous ces événements ai maîtrise
Comme arbitre et organisatrice ? La Fortune. (*Elle se retire.*)

*

---

1. Environ 200 000 francs.

SCÈNE II

Smicrinès

Smicrinès (*sortant de chez lui*)
Personne ne pourra dire que je suis un grippe-sou comme on en voit peu.
(150) Je n'ai pas vérifié combien il apporte d'or
155 Ni même quel était le nombre des pièces d'argenterie ; de comptes, je n'en ai exigé
Aucun. A son aise, il a tout emporté dans cette maison
Sans que j'empêche rien. Ah ! Le mal qu'ils ont l'habitude de dire de moi
En toute occasion ! — Le compte exact de tout se retrouvera
Tant que les porteurs seront des esclaves[1].
160 J'ai l'impression qu'ils préféreront observer les lois
Et la justice avec respect. Sinon,
On ne les laissera pas faire. Quant à célébrer le mariage
Dont ils ont l'idée, je vais les prévenir : je veux qu'ils y renoncent.
(160) Sans doute est-il déplacé même d'en parler. L'heure n'est pas au mariage,
165 Quand vous arrive une telle nouvelle.
Cependant je vais aller à cette porte, y frapper et appeler
Daos. Il m'écoutera, lui, et pas un autre. (*Il s'approche de la maison de Chérestrate.*)

SCÈNE III

Smicrinès, Daos

Daos (*sortant de chez Chérestrate, à la cantonade*)
On peut grandement vous pardonner votre attitude,
Mais, en la circonstance, faites de votre mieux pour supporter
170 Raisonnablement ce qui est arrivé.

---

1. Le témoignage des esclaves, obtenu obligatoirement sous la torture, passait pour être plus sûr que celui des hommes libres.

SMICRINÈS

C'est toi que je
Suis venu voir, Daos.

DAOS
Moi ?

SMICRINÈS

Oui, par Zeus !
Si seulement ce garçon, comme de juste,
Était en vie et administrait ces biens et, à ma mort
(170) À moi, devenait, de mon avoir, conformément aux lois,
175 L'héritier universel !

DAOS
Oui, et alors ?

SMICRINÈS

Alors ?
Moi, l'aîné de la famille, on me fait du tort.
Le perpétuel désir d'avoir plus qui possède mon frère, à mes dépens,
Je le vois bien, et il faut que je supporte ça.

DAOS
Tu es un sage.

SMICRINÈS

Mais, mon bon ami,
Rien ne l'arrête plus. Il me prend tout à fait
180 Pour un fils d'esclave, un vulgaire bâtard, lui qui maintenant, pour le mariage
Qu'il allait célébrer, a donné à je ne sais trop qui la jeune fille,
Sans m'en avoir référé, sans m'avoir demandé mon avis.
Pour moi comme pour lui le rapport de parenté est le même, et s'il est son oncle, je le suis
(180) Aussi, moi.

Daos
Bon, et alors ?

Smicrinès
Tout cela excite ma colère
185 Quand je le vois. Puisqu'il se conduit en étranger
À mon égard, je vais agir comme suit, moi : mon bien
Je ne vais pas permettre qu'il me soit ravi
Par ces gens, mais, selon le conseil que certaines personnes
De ma connaissance me donnent, je vais prendre cette jeune fille
190 Pour femme. Oui, elle. Et en effet la loi me paraît
Aller dans ce sens[1], n'est-ce pas, Daos ? C'est qu'à la manière
De traiter cette affaire correctement, toi aussi tu es intéressé.
Tu n'es pas un étranger.

Daos
Smicrinès, j'en suis tout à fait convaincu,
(190) Il y a une maxime qui est judicieusement pensée,
195 C'est le « Connais-toi toi-même[2] ». Si je m'y tiens, pardonne-moi.
Tout ce qu'un serviteur peut voir soumettre à son honnêteté, cela tu peux me le
Soumettre et là-dessus me demander des comptes
(...).

Smicrinès
Que tu es réservé, *à ce que je vois !*

Daos
Mais si ce sont tes affaires dans lesquelles tu m'impliques et pour lesquelles tu me demandes des comptes,

---

1. Selon la loi athénienne, une « épiclère » (héritière unique) devait épouser son plus proche parent célibataire avec priorité au plus âgé. Cette loi avait pour but de maintenir le patrimoine au sein de la famille. 2. C'est la fameuse maxime de Delphes dont Socrate et Platon ont fait un si grand cas.

₂₀₀ En tout les servantes peuvent répondre à tes questions, et les
Esclaves, en compagnie desquels j'ai reçu l'or.
Il y a les scellés apposés sur le coffre. Tous les contrats conclus avec des gens
Par mon maître à l'étranger, je peux te les expliquer, moi,
De cela, pour peu qu'on me l'ordonne, je peux donner le détail : l'endroit,
₂₀₅ Les modalités, les témoins. Mais quand il s'agit d'héritage, Smicrinès,
(201) Et, par Zeus, d'une héritière unique à marier et de naissance
Et de différences de parenté, il n'est plus question
Que Daos soit mêlé au débat. C'est une affaire d'hommes libres.
À vous de vous en occuper. Elle relève de vos compétences.

SMICRINÈS
₂₁₀ Crois-tu, au nom des dieux, que je suis en train de commettre une faute ?

DAOS
Phrygien je suis[1]. Bien des choses que vous trouvez
Belles me paraissent, à moi, inadmissibles, et vice-
Versa. Pourquoi te soucier de mes opinions ? Les tiennes, par rapport aux miennes,
Sont bien supérieures, naturellement, — les tiennes.

SMICRINÈS
    À cette heure, tu m'as tout l'air
₂₁₅ De quelqu'un qui me dit plus ou moins : « Ne viens pas me causer d'ennui » ou
(211) En substance, c'est cela. Compris ! Les responsables de cette maison,
Il faudrait que j'en voie un[2], ou j'irai sur la place du marché,
Si aucun d'eux n'est chez lui.

---

1. Voir ci-dessous, note 1, p. 66.   **2.** Smicrinès fait ici allusion à son frère Chérestrate dont le spectateur apprend, par la même occasion, qu'il est au marché.

DAOS

Aucun n'y est. (*Smicrinès sort par la gauche.*) Ô Fortune,
À quel individu, après le bon maître que j'ai eu, tu vas me donner
220 Si c'est bien ton projet. Mais que t'ai-je donc fait pour mériter cela, moi ?

SCÈNE IV

DAOS, LE CUISINIER

LE CUISINIER
(*sortant, avec son aide, de chez Chérestrate, sans voir Daos*)
C'est comme toujours ; on m'engage enfin pour un repas et j'ai le choix : ou quelqu'un meurt
Et je n'ai plus qu'à me sauver, de salaire pas question pour moi ;
Ou bien c'est une naissance dans la maison suite à une grossesse clandestine
Et l'on renonce au sacrifice sur le champ, et me voilà parti
225 Sans retour, moi. Cruel destin !

DAOS

Au nom des dieux,
(221) Cuisinier, va-t'en !

LE CUISINIER

En ce moment, que penses-tu que je fasse ?
(*À son aide*) Prends les couteaux, galopin, et plus vite que ça !
(*Aux spectateurs*) Ah ! ces drachmes, ces trois drachmes[1] pour lesquelles je suis venu, après dix jours de chômage, pas un de moins,

---

1. Environ 50 francs !

Honorer une commande que j'avais obtenue ! Je pensais bien les tenir, ces drachmes. Mais un mort
230 Est venu de Lycie me les arracher de force.
Ces drachmes. (*À son aide*) Avec ce qui leur arrive comme malheur
Aux gens de cette maison, sacrilège, et les larmes que versent, sous tes yeux,
En se frappant la poitrine, les femmes, tu l'emportes vide,
Ta fiole d'huile ? Tu vas te la rappeler, l'occasion que tu as perdue,
235 Une belle occasion. Ce n'est pas un Monsieur Étincelle, c'est un Aristide que j'ai
(231) Comme aide, un Aristide le Juste[1]. Je te verrais bien pour ma part
Privé de dîner. Mais l'ordonnateur des tables va rester
Pour le repas funèbre, c'est bien possible[2]. (*Il s'en va par la gauche.*)

SCÈNE V

Daos, l'Ordonnateur des tables

L'Ordonnateur des tables
(*sortant à son tour, à la cantonade*)
　　　　　　　　　　　　Si la drachme promise
Ne m'est pas donnée, pour ce qui est de l'air battu, je n'aurais rien à vous
240 Envier.

Daos
　　　　Va-t'en donc ! (*Montrant le cuisinier au loin*)
Celui-là, *ne vois-tu pas*
Qu'il est parti (...) ?

---

1. Homme d'État et général athénien du début du ve siècle av. J.-C. : sa réputation d'honnêteté lui avait valu le surnom de « juste ». Voir le témoignage d'Hérodote, VIII, 79, et la *Vie d'Aristide* de Plutarque. **2.** Cette plaisanterie entre dans le cadre de la rivalité traditionnelle entre cuisinier et maître d'hôtel.

L'Ordonnateur des tables

Ah ! Daos est là ! Et avec quel message, à ce que j'entends ?
Que je dois partir (...) ?

Daos

Tout à fait.

L'Ordonnateur des tables

Misérable ! Misérable est la mort que je te souhaite, par Zeus,
245 Pour une pareille conduite. Abruti ! Avec l'or
(240) Que tu avais en quantité, les esclaves, tu reviens, et à un maître
Tu le rapportes, tu n'as pas pris le large ? D'où sors-tu ?

Daos

De Phrygie.

L'Ordonnateur des tables

Tu n'es rien qui vaille, une femmelette[1]. Nous seuls,
Les Thraces, sommes des hommes. Parle-moi des Gètes[2],
250 Apollon ! c'est viril ça.

Daos

(*À part*) Aussi bien,
Ils en sont pleins, les moulins, des nôtres[3]. (*À l'ordonnateur des tables*) Allez, ouste !
Éloigne-toi de cette porte. (*Resté seul.*) De fait une
Troupe d'hommes s'avance ici.

---

1. La Phrygie, région du nord-est de l'Asie Mineure, fournissait de nombreux esclaves aux Athéniens et les gens de ce pays passaient pour lâches et efféminés. 2. Les Gètes étaient une tribu thrace résidant dans les régions est et sud des Carpates. S'ils fournissaient beaucoup d'esclaves aux Athéniens, leur réputation était celle d'une grande virilité. 3. Plaisanterie. Certes le travail à la meule demande une grande force, mais il constituait surtout une punition pour les esclaves fautifs.

Je les vois. Ils sont ivres. — Vous êtes sages. Les desseins de la Fortune
250 Sont insondables. Prenez du plaisir pendant qu'il est temps. (*Il rentre chez Chérestrate.*)

Premier intermède choral

ACTE II

SCÈNE PREMIÈRE

SMICRINÈS, CHÉRESTRATE, CHÉRÉAS

SMICRINÈS
(*entrant par la gauche, en grande conversation*)
(250) Eh bien ! Qu'as-tu maintenant à me dire, Chérestrate ?

CHÉRESTRATE
Pour commencer, mon excellent frère, il y a la question des funérailles
Qu'il faut régler.

SMICRINÈS
Ce sera une affaire réglée
Très bientôt. Mais après, ne promets la jeune fille
260 À personne. C'est une chose qui relève non de toi, mais de moi,
En aîné que je suis. Toi, tu as chez toi une femme,
Une fille. Pour moi, cela reste à faire.

CHÉRESTRATE
Smicrinès,
Tu n'as donc aucun souci de la mesure ?

SMICRINÈS
Pourquoi ? Hé !

CHÉRESTRATE
À ton âge, c'est une toute jeune fille que tu projettes d'épouser ?

SMICRINÈS
265 Quel âge ?

CHÉRESTRATE
Tu veux que je te le dise ? On ne fait pas mieux, à mon avis, comme vieillard

SMICRINÈS
(260) Serais-je le seul à m'être marié sur le tard ?

CHÉRESTRATE
De l'humanité
Dans cette affaire, c'est ton devoir, Smicrinès, au nom des dieux !
C'est avec cette jeune fille que depuis longtemps Chéréas que tu vois ici
A grandi. Il s'apprête à la prendre pour épouse. À quoi donc
270 Tendent mes paroles ? Pour toi, aucun dommage. Les biens,
Qui sont en cause, tous autant qu'ils sont, prends-les tous, sois-en le maître
Si tu veux, nous te les donnons ; à toi. Mais la petite, qu'elle trouve
Quelqu'un de son âge, avec ta permission, comme époux.
À mes frais, quant à moi, je lui donnerai deux
275 Talents de dot[1].

SMICRINÈS
Au nom des dieux, est-ce à un homme stupide comme Mélitidès[2]
(270) Que tu t'adresses, crois-tu ? Que dis-tu ? Moi, je dois prendre
Les biens, à lui revient la fille que je dois lui laisser
Pour qu'elle ait un enfant et que moi, je me retrouve devant un tribunal
Pour recel de sa fortune ?

CHÉRESTRATE
C'est à cela que tu penses ? Laisse tomber !

---

1. Environ 200 000 francs. Une dot très convenable. **2.** Mélitidès est le type proverbial du simple d'esprit.

Smicrinès

280 « Tu penses », dis-tu ? Que Daos vienne me voir :
envoyez-le
Avec un inventaire de ce qu'il a rapporté à me donner.
(*Il rentre chez lui.*)

Chéréas

(...)
(...)
(...)

Chérestrate (*à Chéréas*)

Pour moi, *quel chagrin que cette affaire ! Ma pensée*
285 De toujours a été que tu épouses cette jeune fille,
Chéréas,
(280) Et que notre soldat épouse ma fille. *Mon bien,*
Je vous l'aurais laissé : de mien il serait devenu vôtre.
Avoir quitté au plus vite cette vie
Eût été souhaitable pour moi, avant que j'aie vu ce
que jamais je ne me serais attendu à voir ! (*Il rentre
chez lui en titubant.*)

Chéréas (*resté seul*)

290 Eh bien ! C'est toi en premier lieu, Cléostrate,
Sans doute qui mérites la pitié et les larmes, logi-
quement
Après ce qui t'est arrivé ; mais en deuxième lieu, c'est
moi. Personne
Dans la famille, en effet, n'est aussi infortuné que moi.
Vois l'amour qui m'a saisi sans que j'y ai songé
295 Pour ta sœur, à toi le meilleur des amis que je possède.
(290) Je n'ai rien fait de précipité, de vil,
Non plus que de contraire au droit : j'ai demandé dans
les formes légales
La jeune fille en mariage à l'oncle à qui tu l'as confiée
Et à ma mère, auprès de qui elle est éduquée.
300 Dans ma pensée, c'était le bonheur de ma vie.
J'atteignais le but suprême. Je le pensais vraiment
Et j'étais dans cette attente. Et même sa vue me sera
interdite
À l'avenir ! C'est à un autre qu'elle est accordée
Par la loi ! Et moi je ne compte plus, au regard de cette
loi, plus du tout !

SCÈNE II

Chéréas, Daos, Chérestrate

Daos
(*sortant de chez Chérestrate, à la cantonade*)
305 Chérestrate, ce n'est pas bien ce que tu fais là. Debout !
(300) Ce n'est pas le moment de perdre courage et de rester couché. (*Apercevant Chéréas*) Chéréas,
Viens le réconforter. Ne le laisse pas faire. Notre sort
À nous tous dépend de lui ou peu s'en faut.
(*À Chérestrate*) Ou plutôt non : ouvre la porte, montre-
310 Toi. Vas-tu sacrifier tes amis, Chérestrate,
Si lâchement ?

Chérestrate
(*sur son lit, devenu visible de l'extérieur*)
Daos ! Hé ! Je me sens mal.
Je suis rendu fou par cette affaire. Non, par les dieux,
Je n'ai plus ma tête à moi. Ma cervelle est à deux doigts d'éclater.
Le gentil frère que j'ai là ! À ce point, m'avoir mis hors de moi
315 Maintenant : c'est le résultat de sa méchanceté.
(310) Son intention est d'épouser, lui !

Daos
Mais dis-moi, épouser,
Le pourra-t-il ?

Chérestrate
Il le dit, notre gentil monsieur.
Et pourtant j'étais prêt à lui donner tout le butin que
Le garçon avait fait parvenir ici.

Daos
La parfaite canaille !

Chérestrate
320 Oui, c'est une canaille. Mais je ne saurais vivre, par les dieux,
Si je dois voir cela arriver.

Daos

Comment donc
Ce fort méchant homme pourrait-il être vaincu ? Cela ne sera pas bien
Facile. *(Il a une illumination soudaine.)* Pas facile, mais possible cependant.
Oui, possible !

Chérestrate

Et certes elle mériterait tous nos soins,
325 Par Athéna, cette entreprise.

Daos

Il faut faire miroiter à Smicrinès un gain plus important que ce qu'il imaginait. S'il a l'espoir *d'avoir plus, il va*
(...) immédiatement (...)
Se précipiter, tomber dans le panneau, *tout excité*,
Tu vas voir. Et tu manipuleras notre homme facilement.
Celui dont les désirs accaparent la vue et l'attente
335 Devient aveugle, quand c'est le vrai du faux qu'il doit distinguer.

Chérestrate

Que proposes-tu donc ? Dis-moi ce que tu désires : je le fais,
J'y suis prêt.

Daos

Il vous faut, comme sur la scène tragique, représenter un malheur
(330) Familial, vous. Tu envisageais des choses tout à l'heure : Joue-les maintenant. Le désespoir
340 T'a saisi devant ce que notre jeune soldat a subi comme sort
Et devant le mariage de la petite ; il y aussi cet autre garçon-là ;
Tu le vois désespéré comme il n'est pas possible, lui que tu considères
Comme ton propre fils. L'arrivée soudaine de l'un de ces
Maux te bouscule. La plupart du temps

₃₄₅ Chez tous les hommes, les maladies ont le chagrin, ou peu s'en faut,
Comme origine. Par nature tu es amer, je le sais, et Bilieux. Là-dessus, on fera venir
₍₃₄₀₎ Ici un médecin qui expliquera la cause de toutes choses et dira :
« C'est une maladie du poumon, le mal dont il souffre, ou une maladie du diaphragme », ou
₃₅₀ Une de ces choses qui, en moins de deux, vous emportent un homme.

CHÉRESTRATE
Et alors ?

DAOS
Te voilà mort tout soudain. Nous crions : « Il nous a quittés,
Chérestrate ! », et nous nous frappons la poitrine, dehors, devant la porte.
Toi, on t'enferme chez toi. C'est un mannequin, bien en vue, figurant ton cadavre,
Recouvert d'un linceul, qu'on exposera, comme si c'était toi.

CHÉRESTRATE (*à Chéréas*)
Tu comprends
₃₅₅ Ce qu'il veut dire ?

CHÉRÉAS
Non, par Dionysos, pas du tout.

CHÉRESTRATE
Moi non plus.

DAOS
C'est une héritière que ta fille, comme l'autre, va devenir :
Elle est à son tour dans la situation de celle qui maintenant est revendiquée.
₍₃₅₀₎ Le nombre de talents que tu possèdes est de soixante[1] sans doute.

---
1. Environ six millions de nos francs actuels.

Le Bouclier

L'autre, c'est quatre. Notre grippe-sou de vieillard
360 Avec les deux demoiselles a un rapport de parenté-
identique...

CHÉRESTRATE
Maintenant je comprends.

DAOS
(*À part*) Ou alors c'est que tu as une tête de bois.
(*Haut*) L'une, sans tarder et avec joie,
Il va la donner, en présence de témoins aussi nom-
breux que tu voudras,
Au premier qui la demandera, l'autre il va l'épouser...

CHÉRESTRATE
Ça va lui coûter cher !

DAOS
... en imagination. La maison
365 Toute entière va être par lui régentée. On va le voir
partout, un trousseau de clés
À la main. Il va faire apposer sur les portes des scellés.
Il va rêver
Qu'il est riche !

CHÉRESTRATE
Et le mannequin qui me représentera ?

DAOS
Il restera exposé.
(360) Nous tous, autour de lui, nous nous tiendrons assis
En veillant à ce que l'autre n'approche pas. (...)
370 (...)
*Si des amis surviennent, ignorant la ruse, ce sera une bonne
occasion de mettre leurs sentiments à l'épreuve. Quant à
Smicrinès, s'il pénètre chez Chérestrate, pour prendre
quelque chose, il devient son débiteur. Et alors gare à lui,
car telle est la loi : si quelqu'un se fait voler,*
(...) c'est le double qu'il reçoit en dédommagement,
sans contestation possible.

CHÉRESTRATE
Bonne idée que tu m'exposes là, Daos, et bien adaptée à mon caractère.

DAOS
Et comme punition pour un méchant homme, que pourrait-on
(370) *Imaginer* de plus énergique ?

CHÉRESTRATE
Je le punirai, par Zeus,
380 De sorte que les chagrins qu'il a jamais pu me causer
trouvent leur juste châtiment.
Le proverbe dira vrai, et comme « le loup,
La gueule ouverte », notre homme s'en ira « bredouille ».

DAOS
Aux actes
Maintenant ! Il faudrait un étranger[1] que tu
connaisses comme médecin, Chéréas,
Quelqu'un d'astucieux et sachant en imposer.

CHÉRÉAS
Par Zeus, je n'en connais pas du tout.

DAOS
385 Et pourtant on en aurait grand besoin.

CHÉRÉAS
Qu'est-ce que
cela peut faire ? J'ai un camarade :
Je vais revenir avec lui. Il aura une perruque
D'emprunt, comme le manteau et le bâton
Que je lui donnerai, et, pour l'accent étranger, il fera
tout ce qu'il pourra.

---

1. À l'époque de Ménandre, les grandes écoles de médecine se trouvaient en Sicile, à Cos et à Cnide. Dans tous ces lieux, le dialecte était dorien, et c'est avec l'accent dorien que parlent les médecins de comédie.

DAOS
Fais vite alors. (*Chéréas sort par la droite.*)

CHÉRESTRATE
(380) Et moi, que dois-je faire ?

DAOS
Ce qui a été convenu.
390 Tu meurs, et à la Bonne Fortune !

CHÉRESTRATE
C'est ce que je vais faire.

DAOS
Que personne
Ne sorte au moins, veillez-y. Et gardez pour vous, avec détermination,
Cette affaire. Mais qui mettrons-nous dans le secret ?

CHÉRESTRATE
Seulement
Ma femme et les petites. Les explications
Qui leur seront données éviteront qu'elles ne pleurent. Les autres, qu'on les laisse
395 Céans insulter ma mémoire quand ils me croiront mort.

DAOS
Bien dit. (*Désignant Chérestrate*) Qu'à l'intérieur on ramène celui-ci.
(*Resté seul*) Nous allons avoir, à n'en pas douter, un passe-temps réussi,
Et de la bagarre, avec notre malheur, pour peu qu'il se mette en train
(390) Et que notre médecin soit convaincant dans son rôle.
(*Il entre chez Chérestrate.*)

Deuxième intermède choral

ACTE III

SCÈNE PREMIÈRE

SMICRINÈS

SMICRINÈS (*sortant de chez lui, sarcastique*)
⁴⁰⁰ Quelle rapidité a mis Daos à venir me trouver avec l'inventaire des biens
Qu'il devait m'apporter ! Vraiment, de moi, il a grand souci !
Daos est de leur côté ? Bravo, par Zeus.
Il a bien fait. C'est un prétexte que je saisis avec joie
Contre lui pour ne pas me montrer trop bon désormais
⁴⁰⁵ Au moment de la vérification : je songerai d'abord à mes intérêts.
Car pour les biens non apparents, je pense, il y va du double.
Je le connais ; je connais ses ruses d'esclave fugitif.

SCÈNE II

SMICRINÈS, DAOS

DAOS (*sortant de chez Chérestrate
et feignant de ne pas voir Smicrinès*)
Ô puissances divines ! C'est affreux, par le Soleil,
(400) Ce qui nous arrive. Je n'aurais pas cru, non jamais,
⁴¹⁰ Qu'un homme à ce point, si vite,
Dans un malheur pareil pût tomber. C'est un coup de foudre que notre maison
A vu tout soudain s'abattre sur elle.

SMICRINÈS

Que peut-il bien
[vouloir ?
(...)

DAOS
(*feignant toujours de ne pas voir Smicrinès*)
« Il n'est point d'homme qui en tout soit heureux[1] ».
Voilà encore qui est bien et remarquablement dit !
Vénérables dieux !
420 Qu'elle est inattendue l'affaire qui nous arrive (...)

SMICRINÈS
(410) Daos ! Misérable ! Où cours-tu ?

DAOS (*même jeu*)
Et comme le veut quelque part ce vers :
« C'est à la Fortune que les hommes sont soumis, non
à la Réflexion[2]. »
Tout à fait vrai. « La divinité trouve toujours une cause
à inventer pour les mortels
Quand c'est le malheur d'une maison — malheur total
— qu'elle veut. »
425 Ça, c'est de l'Eschyle[3], le poète sublime qui...

SMICRINÈS
Tu débites des maximes, triple misérable ?

DAOS (*même jeu*)
« Incroyable, inexplicable, terrible[4]. »

SMICRINÈS
Ne va-t-il pas cesser ?

---

1. Début de la tragédie perdue d'Euripide, *Sthénébée*. **2.** Fragment d'*Achille meurtrier de Thersite*, tragédie perdue de Chérémon, poète tragique du IVe siècle. **3.** Plus précisément de sa tragédie perdue *Niobé*. **4.** Fragment d'une tragédie inconnue, à moins qu'il ne s'agisse d'un commentaire de Daos.

DAOS (*même jeu*)
« Qu'y a-t-il d'incroyable dans ce que les hommes subissent comme malheurs[1] ? »,
Carcinos le dit. « En un seul jour,
L'homme heureux tombe dans le malheur du fait de la divinité[2]. »
430 (*Consentant enfin à voir Smicrinès*) C'est bien vrai, tout cela, Smicrinès.

SMICRINÈS
Tu veux dire quoi ?

DAOS
(420) Ton frère — ah Zeus, comment dire ? — il s'en faut d'un rien, ton frère...
Qu'il ne soit mort !

SMICRINÈS
Lui ? Il me parlait tout à l'heure, ici même, à moi.
Que lui est-il arrivé ?

DAOS
La bile, le chagrin, une dépression psychique,
Un étouffement.

SMICRINÈS
Poséidon ! Dieux ! Le terrible malheur !

DAOS
435 « Il n'est rien de terrible, à vrai dire,
Ni malheur[3] »...

SMICRINÈS
Tu m'énerves, toi !

---

1. Fragment d'une tragédie inconnue de Carcinos, un poète tragique mineur du IVe siècle. **2.** Fragment d'une tragédie inconnue. **3.** Euripide, *Oreste*, v. 1-2.

Daos

« Les malheurs
Imprévus, c'est une puissance divine qui les ordonne[1]. »
C'était de l'Euripide tout à l'heure, maintenant du Chérémon.
Ce ne sont pas les premiers venus !

Smicrinès

Est-il arrivé un
440 Médecin ?

Daos

Non. Mais j'ai vu partir Chéréas
(430) En chercher un.

Smicrinès
Qui donc ?

Daos

Le voici, par Zeus,
Selon toute apparence. (*À l'ami de Chéréas déguisé en médecin*) Cher Monsieur, hâtez-vous !

Le Faux Médecin

Voilà !

Daos
« Rien ne satisfait les malades dans leur inquiétude[2]. »
(*Chéréas et son ami entrent chez Chérestrate.*)

SCÈNE III

Smicrinès, Le Faux Médecin

Smicrinès (*resté seul*)
Si je me montre, pour cette absence de délai, tout de suite à la joie

---

1. Fragment d'une tragédie inconnue de Chérémon, attribué par d'autres sources à Euripide. **2.** Euripide, *Oreste*, v. 232.

⁴⁴⁵ Ils vont attribuer ma venue, je n'en ai pas le moindre
doute, moi.
Et lui-même ne serait pas heureux de me voir.
*Mais comment, en même temps, être informé ? Le mieux est
de ne pas trop s'éloigner. Justement, il y a du bruit à la
porte. Le médecin n'est pas resté longtemps chez Chérestrate : mauvais signe pour le malade. Il explique, avec un
fort accent étranger, que le mal de Chérestrate est foudroyant
et que le patient va bientôt mourir, l'art de la médecine
étant, dans son cas, impuissant. Smicrinès, voulant être certain de ce qui va arriver, questionne le médecin sur les causes
du mal. Le médecin met en avant les différents malheurs qui
ont assailli Chérestrate. Un excès de bile a fait le reste.*

SMICRINÈS
Cela, je le comprends.

LE FAUX MÉDECIN[1]
⁴⁷⁰ (...) C'est le diaphragme lui-même, que je crois,
Voir saillir. Le nom habituel
Pour nous est « phrénite » dans le cas de ce mal.

SMICRINÈS
Je comprends, et alors ?
N'est-il pas d'espoir de salut ?

LE FAUX MÉDECIN
L'issue est fatale, à moins qu'il ne faille te bercer d'illusions
⁴⁷⁵ *En la matière.*

SMICRINÈS
Ne me berce pas, c'est la vérité que tu dois me dire.

LE FAUX MÉDECIN
(450) Elle est nulle, absolument nulle, vois-tu, son espérance
de vie.

---

1. Le texte grec prête au faux médecin une sorte de parler dorien. On pourrait transposer en français en lui donnant un accent germanique (*p* transformés en *b*, *c* en *g*, *v* en *f*, *a* allongés, etc.).

Il vomit une partie de sa bile. *Un voile
est répandu par l'affliction sur sa vue. Il écume. Il a déjà
l'apparence d'un mort.*

SMICRINÈS

(...)

LE FAUX MÉDECIN
(*À son assistant*) Partons ! Hé toi !

SMICRINÈS
Attends, toi ! Je veux te
Dire un mot, le médecin.

LE FAUX MÉDECIN
Est-ce moi que tu rappelles ?

SMICRINÈS
Absolument.
Viens ici ; un peu plus loin de cette porte encore.

LE FAUX MÉDECIN
Je t'ai tout dit. Tu ne saurais forcer la main des dieux.

SMICRINÈS
485 *Tu me fais rire.* Sa santé à lui mérite bien tes prières,
de quelque manière que ce soit.
(460) *L'inattendu* souvent se produit.

LE FAUX MÉDECIN
Tu peux bien rire,
Mais je connais bien, je te le dis, mon métier.
(...) Pour ce qui est de toi-même, tu me parais
Ne pas être bien solide ; déjà s'insinue en toi
490 Quelque phtisie. En te regardant, c'est vraiment la
mort qu'on voit. (*Le faux médecin sort, avec son assistant, par la droite.*)

SCÈNE IV

Smicrinès, Daos

Daos (*à la cantonade,*
faisant semblant de ne pas voir Smicrinès)
J'en suis sûr. Il y a du pillage par les femmes comme
En territoire ennemi. Des instructions sont données aux voisins
Par les conduites d'eau. (*À part*) Je vais jeter le trouble dans l'esprit de cet homme-là !
(...)

Daos va en effet contribuer au trouble de Smicrinès en lui dépeignant l'agitation où est plongée la maison de Chérestrate : l'état de ce dernier, que les médecins ont abandonné, est de plus en plus critique ; les deux filles pleurent. L'esclave souligne au passage la richesse de la maison. Smicrinès est alors bien embarrassé : la situation lui échappe. Il voulait faire l'inventaire du butin ramené par Daos. Mais un héritage plus important s'annonce ; comment éviter qu'il ne soit pillé ? Finalement, il se résout à entrer chez Chérestrate.

Troisième intermède choral

ACTE IV

Smicrinès sort de chez Chérestrate dans un état de vive excitation. De loin, il a vu le mannequin entouré par les proches de son frère, tous gémissant et pleurant. Leur nombre l'a dissuadé d'aller y voir de près, mais il est maintenant persuadé que Chérestrate va bientôt mourir, et il ne songe plus qu'à épouser sa fille et unique héritière. Il avait dit qu'il épouserait la sœur de Cléostrate. Qu'à cela ne tienne ! Puisqu'elle doit épouser son plus proche parent et que son oncle Smicrinès n'est plus disponible, qu'elle épouse son cousin Chéréas. Smicrinès, en tout cas, s'en désintéresse. Des cris retentissent alors : « Chérestrate est mort ! » Tout en feignant de prendre part au deuil de son frère, Smicrinès se dispose à régler la situation à son avantage et il va avec Chéréas à l'agora pour régler les aspects financiers du mariage du jeune homme avec la sœur de Cléostrate.

SCÈNE DERNIÈRE

Cléostrate, puis Daos

Cléostrate (*arrivant par la droite*)
Ô mon cher pays, salut ! (...)
Je t'adresse ma prière (...)
Après bien des travaux dont je me suis sauvé (...)
725 Je suis de retour sain et sauf (...)
(...)
Si de son côté, ayant échappé *à tous les dangers*
Daos a eu la chance de revenir (...),
Je m'estimerai moi-même *le plus heureux des hommes.*
730 Mais il me faut frapper à cette porte. (*Il frappe à la porte de Chérestrate.*)

DAOS (*derrière la porte*)
Qui frappe à cette porte ?

CLÉOSTRATE
(500) C'est moi.

DAOS
Qui cherches-tu ? Car le maître
De cette maison est mort. (...)

CLÉOSTRATE
Il est mort ? Ah ! Infortuné que je suis !

DAOS
Va-t'en
Et ne viens pas troubler notre deuil (...).

CLÉOSTRATE
735 Ah ! Malheur ! Mon oncle ! *Ouvre-moi la porte*,
Individu misérable !

DAOS
Ne t'en iras-tu pas,
Jeune homme ? (*Ouvrant et reconnaissant son maître*) Ô
Zeus ! *Notre bonheur est complet.*

CLÉOSTRATE
Daos, que veux-tu dire ?

DAOS
Chérestrate est vivant et
Je te tiens dans mes bras !
Daos propose alors à Cléostrate de lui donner de plus amples explications à l'intérieur. Ils entrent.

Quatrième intermède choral

ACTE V

SCÈNE PREMIÈRE

Daos

Daos sort de chez Chérestrate et annonce la joie que le retour de Cléostrate a provoquée dans toute la famille[1], *en particulier chez les deux jeunes filles. Désormais*
(521) (...) se prépare un double mariage
Chérestrate marie à Cléostrate sa propre fille
760 *Et à Chéréas, il donne sa nièce derechef.*
Cléostrate ayant récupéré tout son bien *peut doter sa sœur.*
Mais voici Chéréas qui revient le premier de l'agora.

SCÈNE II

Daos, Chéréas

Daos lui annonce l'heureuse nouvelle du retour de Cléostrate. Chéréas se précipite à l'intérieur pour embrasser le jeune homme. Smicrinès arrive à son tour de l'agora.

---

1. En raison de son importante charge d'émotion, la scène est écrite en tétramètres trochaïques.

SCÈNE III

DAOS, SMICRINÈS

Avec un brin d'insolence, Daos annonce à Smicrinès que Cléostrate est revenu sain et sauf. Smicrinès feint de se réjouir du retour de Cléostrate, mais il réaffirme avec d'autant plus de force son intention d'épouser la fille de Chérestrate.

On imagine sa déconvenue quand il apprend que Chérestrate est, lui aussi, vivant.

Mais tout est bien qui finit bien. Smicrinès, qui n'a pas eu le temps de commettre une faute irréparable en pillant la maison de son frère, va pouvoir participer au banquet de noces : après tout, ce banquet, et en partie, l'établissement de ses nièces, il vient d'y contribuer en donnant de l'argent à Chéréas, une sorte d'avance sur l'héritage qu'un jour ou l'autre il sera bien obligé de leur léguer. Qu'il se laisse maintenant entraîner au banquet nuptial : au moins il n'aura pas tout perdu !

LA DOUBLE TROMPERIE

(*Dis exapaton*)

Scénario et fragments[1]

---

1. *Sources.* La comédie de Ménandre a été adaptée à la scène latine par Plaute dans ses *Bacchides*, mais l'accès au scénario de l'original grec est compliqué à la fois par le mauvais état de la tradition de la pièce latine et par les modifications que Plaute a apportées à son modèle grec. Le *P. Oxy.* 4407, fragment de rouleau de la fin du IIIe siècle ap. J.-C., permet de mesurer l'importance et la nature de ces modifications, en même temps qu'il nous permet de retrouver directement la fin de l'acte III et le début de l'acte IV de l'original de Ménandre. Le *P.IFAO* inv. 337, fragment d'argument, éclaire la première scène de la pièce. Un fragment de la tradition indirecte, au moins, s'insère parfaitement dans le scénario ainsi établi. On a un écho de la réputation de la comédie dans Martial, XIV, 214.

La division en actes de la pièce latine est l'œuvre des modernes. Pour l'original de Ménandre, et compte tenu du papyrus, on a admis les divisions suivantes : Plaute, *Bacch.*, v. 1-108 (acte I ; il faut savoir que le début de la pièce de Plaute est perdu) ; v. 109-384 (acte II) ; v. 385-525 (acte III) ; v. 526-1075 (acte IV) ; v. 1076-1206 (acte V).

PERSONNAGES

Moschos, ami de Sostrate, amoureux de la jumelle résidant à Athènes
La Jumelle d'Athènes
La Divinité-Prologue
La Jumelle de Samos
L'Esclave du soldat
Lydos, esclave pédagogue de Moschos
Syros, esclave de Sostrate
Le Père de Sostrate
Sostrate, amoureux de la jumelle arrivant de Samos
Le Père de Moschos
Le Soldat, rival de Sostrate

ACTE I

La scène est à Athènes. Le décor comporte deux maisons.

Un jeune Athénien, Moschos, recherche dans la ville, pour le compte de son ami Sostrate, une jeune fille arrivée de Samos à Athènes. Sostrate en est en effet tombé amoureux alors qu'il était en route pour Éphèse où son père l'envoyait récupérer de l'or déposé chez son hôte Théotime. Or, tout près de la maison de son ami, Moschos a trouvé une femme accueillante qui dit précisément attendre l'arrivée imminente de sa sœur en provenance de Samos. Cette femme veille aux derniers préparatifs et bouscule quelque peu le jeune homme. Celui-ci, persuadé d'avoir trouvé ce qu'il cherche, se promet de revenir.

Dans un prologue retardé, une divinité précise le statut exact des deux sœurs qui sont jumelles et se ressemblent comme deux gouttes d'eau et elle annonce leur bonheur prochain.

La jumelle en provenance de Samos arrive chez sa sœur, accompagnée par l'esclave d'un soldat envers lequel elle a des obligations financières.

Moschos se présente à son tour. La jumelle d'Athènes lui confie une mission : celle de paraître être son amant, afin de tenir en respect le militaire s'il se présente. Moschos accepte d'autant plus volontiers de jouer ce rôle qu'il se sent un fort penchant pour celle qui le lui demande. Il part au marché pour acheter les provisions destinées à préparer un somptueux banquet.

ACTE II

Moschos revient du marché avec toutes sortes de victuailles. Il est accompagné par son esclave pédagogue, Lydos, à la mine revêche. Le précepteur s'est attaché aux pas de son élève quand il a vu celui-ci revêtir en pleine matinée des habits de fête. Moschos, apparemment peu impressionné par les diatribes morales du personnage, le fait entrer dans la maison des deux sœurs.

Mais voici qu'arrive Syros, l'esclave de Sostrate. Il précède son maître, qui, après être débarqué au Pirée, est allé à l'agora, saluer les dieux et ses amis, avant de rentrer chez lui.

Moschos, sortant de la maison voisine, apprend à Syros le succès de la mission que lui a confiée Sostrate, mais aussi les impératifs financiers qu'elle comporte. L'esclave va donc — et ce sera la première tromperie — dire à son maître que Sostrate, à cause de pirates, n'a pas pu rapporter l'or et qu'il a préféré le laisser à Éphèse, chez Théotime, prêtre du temple d'Artémis. Le jeune homme pourra ainsi en disposer.

Le vieillard se laisse prendre en effet à la ruse de l'esclave qui va à l'agora prévenir Sostrate des récents événements.

Lydos sort alors de chez les voisins, scandalisé par la conduite de son élève qui se donne du bon temps avec une courtisane. Il décide d'aller prévenir le père du jeune homme.

ACTE III

Sostrate se présente devant la maison des deux sœurs, tout heureux du succès de la mission de Moschos et de la tromperie de Syros.

Arrive Lydos avec le père de Moschos : il se plaint de la conduite de son élève. Apercevant Sostrate, il lui demande d'essayer de ramener son ami Moschos dans le droit chemin. Mais

en écoutant Lydos, Sostrate est amené à croire qu'il est trahi par son ami et que celui-ci courtise celle qu'il aime. Les autres se méprennent alors sur son air sombre et sur la nature des reproches qu'il peut faire à Moschos.
(...)

LE PÈRE DE MOSCHOS (*à Sostrate*)
(11) (...)   toi, appelle-le dehors,
(...)   admoneste-le bien en face ;
Tu dois le sauver, lui et la maison entière de ses amis.
(*À Lydos*) Lydos, en avant !

LYDOS
Mais si, moi aussi, tu me laissais...

LE PÈRE DE MOSCHOS
(15) En avant ! Il suffira bien de celui-ci.

LYDOS
Avec lui, Sostrate,
Sois dur. Malmène ce débauché.
Tous sans exception, il nous déshonore, nous ses amis.
(*Le père de Moschos et Lydos sortent par la gauche.*)

SOSTRATE
(*resté seul, dans une grande agitation d'esprit*)
Désormais, il est perdu ; d'un seul coup, d'un seul,
Elle va le posséder complètement. Sostrate a été ta première proie.
(20) Certes elle va le nier, cela ne fait pas un pli pour moi,
Car c'est une effrontée. Dans son discours, c'est tous les dieux
Qu'elle va faire intervenir. « Que toute chance m'abandonne, si je l'ai fait ! » Oui, par Zeus !
« Que, misérable, misérablement je périsse... » (*Il s'est approché de la maison des deux sœurs, puis change d'avis.*) Retire-toi, Sostrate.
Peut-être va-t-elle te convaincre. « C'est en esclave, que tu es venu ici, à ce que je vois, l'esclave d'un père ! »
(25) Absolument. Elle aura affaire à quelqu'un qui a les mains vides : qu'elle me convainc

Quand je n'aurai rien. Sans en rien garder, je le rendrai
  à mon père,
Cet or. Car les cajoleries de la belle vont cesser
Quand elle s'apercevra, comme dit le proverbe,
Que c'est à un mort qu'elle parle. Eh bien ! Maintenant
  je dois
(30) *Aller* le trouver. Mais je vois justement venir mon père.
(...)

SCÈNE DERNIÈRE

LE PÈRE DE SOSTRATE, SOSTRATE

Le père de Sostrate exprime à son fils la surprise que lui a causé le récit de Syros. Mais c'est au tour de Sostrate de plonger son père dans l'étonnement quand il lui dit que, contrairement aux affirmations de l'esclave, tout s'est bien passé et que l'or est bien là.

SOSTRATE
(50) (...) *Ne fais aucun* reproche à un excellent hôte.
(...) Me voici pour remettre entre tes mains
Toutes choses.

LE PÈRE DE SOSTRATE
                 Pour ce qui est de l'or, donnez-le. Holà !
Ne tardez pas.

SOSTRATE
Tu vas le recevoir de nos mains. Ne fais pas attention à
  une absurde histoire.

LE PÈRE DE SOSTRATE
Il n'y a eu ni violence ni complot ?

SOSTRATE
                           De personne.

LE PÈRE DE SOSTRATE
(55) Il n'y a pas eu, chez Théotime, dépôt de l'or ?

SOSTRATE
Que veut dire ce « chez Théotime » ? Lui-même l'a géré qui l'avait reçu.
Et pour ce qui est des intérêts, la récolte est double.

LE PÈRE DE SOSTRATE
L'excellent homme vraiment.
Il a eu de l'idée. Qu'est-ce donc que Syros prétendait ?

SOSTRATE
Laisse tomber. Viens à ma suite et reçois
(60) L'or.

LE PÈRE DE SOSTRATE
Tu plaisantes ?

SOSTRATE
Suis-moi et reçois-le.

LE PÈRE DE SOSTRATE
Tu vois bien que je te suis. Donne-le seulement, et c'est bien pour moi.
Parfaite est ta conduite. Avant de l'avoir reçu, j'irais te chercher noise ?
Pour moi, plus que tout, c'est le récupérer qui est important.

Troisième intermède choral

ACTE IV
SCÈNE PREMIÈRE
LE PÈRE DE SOSTRATE, SOSTRATE

SOSTRATE (*continuant une conversation*)
Est-ce bien ce que tu dis ? Parce que l'or confié à ton hôte, il l'a récupéré, de ce fait,
(65) Il est absolument justifié à tes yeux ?

LE PÈRE DE SOSTRATE
                                  Oui.

SOSTRATE
Et, plus que jamais, il est dans tes bonnes grâces ?

LE PÈRE DE SOSTRATE
                        Plus que jamais, Sostrate.
(...)

Sostrate est heureux d'avoir ainsi obtenu que Syros ne soit pas puni pour sa ruse, après la remise de l'or. Mais désormais son père garde une certaine méfiance à l'égard de l'esclave. Sostrate promet qu'à l'avenir il contrôlera mieux Syros.

LE PÈRE DE SOSTRATE (?)
                      Mais même si tu y arrives,
Comme je l'ai dit, ne lui fais pas confiance.

SOSTRATE
                                  (...)

LE PÈRE DE SOSTRATE
Vois le cas que je fais de Syros : le soleil que je vois,
(85) Si cet esclave était là à me dire qu'il brille, à cause de cela, c'est à l'obscurité
Que je préférerais croire, et que la nuit est tombée ; c'est un imposteur
Incorrigible.

SOSTRATE
Donc ce point m'est acquis, père,
« En rien tu ne perdras la faveur de ton père, toi, si tu es un bon fils. »
Eh bien ! Ne l'oublie pas.

LE PÈRE DE SOSTRATE
Cette affaire, je m'en vais à l'agora
(90) La régler. Ce que tu as à régler par ailleurs est entre tes mains. (*Il sort par la gauche.*)

SOSTRATE (*resté seul*)
Ah oui ! Je le pense, cette gentille femme,
Je la verrai, elle que j'aime, avec plaisir, alors que j'ai les mains vides,
Me cajoler et me montrer des espoirs pressants tout de suite,
À propos (suppute-t-elle en elle-même) de tout ce que je rapporte comme or.
(95) Tout à fait du genre : « En apportant cela, par les dieux,
Il agit en homme généreux. Qui fait mieux ? Il agit de façon digne de moi. »
Mais cette femme de façon suffisante (comme elle a bien fait !) s'est révélée
Telle que je l'avais pensé. Quant à ce grand sot
De Moschos, il me fait pitié. D'un côté, j'éprouve de la colère.
(100) De l'autre, ce n'est pas à lui que, dans cette affaire, la responsabilité
Du crime incombe, à mon jugement, mais à la plus effrontée
De toutes les femmes, à elle.

SCÈNE II

Sostrate, Moschos

Moschos (*à la cantonade*)
                    Il a pourtant appris que c'est là
Que j'étais. Où est-il ? (*Apercevant Sostrate*) Salut, Sostrate !

Sostrate (*sèchement*)
À toi aussi.

Moschos
            Que signifient cette tête basse et cette mine
renfrognée, dis-moi ?
(105) Et ce regard mouillé ? Serait-ce un nouveau
Désagrément que tu viens de découvrir ici ?

Sostrate
                                                    Oui.

Moschos
Alors ? Tu restes muet.

Sostrate
                    C'est qu'il s'agit de ce qui se
passe dans cette maison, évidemment, Moschos. (*Il désigne la maison des deux sœurs.*)

Moschos
                                            Comment ?

Sostrate
Celui qui, d'une façon extraordinaire, était mon ami, auparavant
J'ai appris qu'il me trahissait. Voici ce qu'en premier j'ai à te dire :
(110) Il est absolument terrible le mal que tu m'as fait.

MOSCHOS

                                                 Le mal
Que je t'ai fait ? Aux dieux ne plaise, Sostrate !

SOSTRATE
Ce n'est pas ce que j'attendais non plus, moi.

MOSCHOS

                                  Tu veux dire quoi ?

SOSTRATE
Le mal que tu m'as fait à moi et à mon amour. Les circonstances m'ont chagriné fort.

Assez rapidement, Moschos comprend la raison des soupçons de Sostrate et il dissipe tout malentendu : les deux sœurs, qui sont jumelles, se ressemblent comme deux gouttes d'eau, et celle que lui, Moschos, courtise, n'est pas celle dont Sostrate est amoureux. Au terme de cette scène, Sostrate se retrouve donc avec le même problème qu'auparavant : il a besoin d'argent pour payer le soldat.

Syros survient alors pour goûter le triomphe que doit lui valoir le succès de sa première tromperie. Il ne trouve que consternation et se voit dans l'obligation d'imaginer une nouvelle tromperie pour laquelle, à l'étonnement des deux amis, il va tabler sur la rancune que le père de Sostrate doit lui garder à la suite de son premier mensonge. Il fait écrire à Sostrate une lettre l'accusant de vouloir encore tromper son maître.

Le père de Sostrate revient à propos de l'agora où il n'est pas resté longtemps. Syros lui remet la lettre. Son maître le fait alors ligoter, mais, même dans ces conditions, l'esclave s'amuse à le railler, suggérant qu'il est maintenant gâteux, qu'il a vécu trop vieux :

SYROS

fr. 4   Celui que les dieux aiment meurt jeune.

Pour convaincre le vieillard, il lui montre son fils dans les bras de celle qu'il aime.
Le soldat, qui arrive à ce moment, sert sans le vouloir son plan. Il est en effet présenté par l'esclave comme le mari de la femme

avec laquelle se trouve Sostrate. Fâcheuse affaire d'adultère ! Le père de Sostrate est alors tout heureux de pouvoir étouffer le scandale en versant au soldat la somme que celui-ci réclame en fait pour le dédit de la jeune fille. Le soldat et le père de Sostrate se rendent à l'agora pour faire cette transaction.

ACTE V

Le père de Sostrate revient de l'agora dans un grand état de fureur. Il a eu tout le temps, en discutant avec le soldat d'éclaircir la situation. Il veut châtier Daos.

Cependant les deux jumelles ont pu montrer qu'elles étaient athéniennes. Elles pourront épouser chacune leur amoureux. Les pères de ceux-ci donnent leur accord.

LE BOURRU

(*Dyscolus*)

Les cinq actes [1]

Comédie représentée pour la première fois à Athènes sous l'archontat de Démogénès, au concours des Lénéennes (janvier 316 avant J.-C.), avec comme acteur principal Aristodémos de Scaphai[2]. *Elle a valu le premier prix à son auteur.*

---

1. *Sources*. Essentiellement la partie centrale d'un cahier scolaire du IVᵉ s. ap. J.-C., publié en 1958 [1959] comme *Papyrus Bodmer* IV. Par ailleurs des restes soit de rouleaux : *P. Oslo* 168 (IIIᵉ s. av. J.-C.), *P. Oxy.* 2467 et 4019 (IIIᵉ s. ap. J.-C.) ; soit surtout de codex de parchemin : *P. Bodl. Gr. class.* G 50 (P) (IIIᵉ-IVᵉ s.), *P. Oxy.* 4018 (IVᵉ-Vᵉ s.) ; ou de papyrus : *P. Berlin* inv. 21199 (VIᵉ-VIIᵉ s.) ; et quelques fragments transmis par la tradition indirecte. De la renommée de la pièce dans l'antiquité témoignent en particulier Elien, *Épîtres rustiques* 13-16, l'empereur Julien, *Misopogon* 8, et l'épigramme d'Agathias le Scolastique (VIᵉ s.), *Anthologie Palatine*, V, 218, v. 12. **2.** On prendra garde que dans cette pièce, l'acteur principal (le « protagoniste ») ne jouait pas le rôle qui nous paraît être le plus important, celui de Cnémon, mais essentiellement ceux de Sicon et de Gorgias.

PERSONNAGES
par ordre d'entrée en scène

PAN, dieu-prologue
CHÉRÉAS, ami de Sostrate
SOSTRATE, amoureux de la fille de Cnémon
PYRRHIAS, esclave de Sostrate
CNÉMON, le Bourru
LA FILLE DE CNÉMON
DAOS, esclave de Gorgias
GORGIAS, frère utérin de la fille de Cnémon
SICON, cuisinier
GÉTAS, esclave de Callippidès
LA MÈRE DE SOSTRATE
SIMICHÉ, vieille servante de Cnémon
CALLIPPIDÈS, père de Sostrate

Figurants :

PLANGON, sœur de Sostrate
PARTHÉNIS, joueuse d'aulos
MYRRHINÉ, femme de Cnémon
DONAX, joueur d'aulos

ACTE PREMIER

C'est le point du jour, salué par des chants d'oiseaux. Le décor est campagnard. A gauche une assez grosse ferme, à droite une plus petite. Au centre, dans la demi-obscurité, on aperçoit une grotte, d'où sort un personnage qu'il est facile d'identifier comme le dieu Pan.

PROLOGUE

Pan

Pan
C'est en Attique qu'il vous faut situer le lieu de ce drame,
À Phylé[1]. L'antre des Nymphes d'où je sors,
C'est aux gens de Phylé qu'il appartient, des gens que n'effraient pas les pierres
De ce pays à labourer, et leur sanctuaire est illustre sans conteste.
5 Le domaine qui est à ma droite est habité, regardez ici,
Par Cnémon. Il déteste la compagnie des hommes, cet homme, ça oui !
Bourru avec tout le monde, n'aimant pas la foule,
La foule ? Que dis-je ? Vivant depuis un temps passablement
Long, il n'a tenu de propos aimables, durant son existence,

---

1. Phylé est un dème campagnard sur les pentes du Parnès, aux confins de l'Attique et de la Béotie, à moins d'une vingtaine de kilomètres au nord-nord-ouest d'Athènes. Il comporte, outre le sanctuaire de Pan et des Nymphes, un petit fortin où Ménandre a dû passer quelques jours lors de son éphébie.

10   À personne, il n'a adressé son salut le premier à personne,
Si ce n'est par nécessité — il est mon voisin et il faut bien qu'il passe par là — à moi,
Pan. Et encore, cela aussitôt il le regrette,
Je le sais bien. Cependant avec le caractère qu'il a,
Voilà une veuve qu'il a épousée ; elle venait de perdre
15   Tout récemment son premier mari,
Et le fils qu'il lui laissait était en bas âge alors.
Avec cette femme, ce fut la guerre conjugale non seulement de jour,
Mais il y employait encore une bonne partie de la nuit.
Vie de malheur. Une fillette lui naît,
20   Ce fut encore pis. Comme le mal dépassait
Toute imagination, et que l'existence n'était plus que peine et amertume,
Retour chez son fils de la femme, elle retrouve
Celui que son premier lit lui avait donné. Un petit champ
Était tout ce qu'il possédait, pas bien grand, ici, regardez,
25   Dans le voisinage ; il en tire maintenant une méchante subsistance
Pour sa mère, lui-même, et un fidèle esclave, un seul,
Hérité de son père. C'est déjà un petit jeune homme
Que ce garçon et il dépasse ceux de son âge en raison.
Pas de meilleure formation que l'expérience des difficultés.
30   Quant au vieillard, il a gardé sa fille, et il vit dans la solitude
Avec une vieille servante, faisant du bois, bêchant, toujours
À la peine. À commencer ici par ses voisins
Et par sa femme pour finir à Cholarges[1], en bas,
Il déteste à la file tout le monde. Quant à la jeune fille,
35   Elle est devenue ce que laissait attendre son éducation ; entière
Est son ignorance du mal. Mes compagnes
Les Nymphes sont l'objet de sa part d'une dévotion pleine de soins et ses hommages

---

1. Cholarges est un gros bourg dans la plaine, à peu près à mi-chemin entre Phylé et Athènes.

Nous ont persuadés de prendre d'elle aussi quelque soin.
Nous avons songé à un jeune homme ; la richesse
40 De son père, un gros laboureur, le nombre de talents que valent les terres
Qu'il possède dans le pays, sont considérables ; c'est à la ville qu'il vit ;
Venu à la chasse avec un chasseur
De ses amis, par hasard il est tombé en ce lieu ;
Pour la jeune fille, il a quelque peu perdu la tête ; j'en suis cause.
45 Vous avez là l'essentiel. Les détails,
Vous les verrez, si vous voulez. Or c'est le moment.
Il arrive, je le vois, me semble-t-il, regardez,
C'est l'amoureux avec son compagnon de chasse.
Ils font porter sur ce sujet leur conversation. (*Le dieu rentre dans la grotte.*)

*

SCÈNE PREMIÈRE

Chéréas, Sostrate

Chéréas (*entrant par la droite avec son ami*)
50 Que dis-tu ? Tu as vu dans le pays une jeune fille de naissance libre,
Et les Nymphes, ses voisines, qu'elle couronnait. Et toi, Sostrate,
C'est en amoureux que tu es reparti, tout de suite ?

Sostrate
Tout de suite.

Chéréas
Quelle hâte !
Alors, c'était ton dessein, en sortant, de tomber amoureux ?

Sostrate
Tu railles ; mais moi, Chéréas, je suis malheureux.

Chéréas

55 Est-ce que j'en doute ?

Sostrate

Aussi bien suis-je ici en sollicitant
Ton aide pour régler l'affaire : tu es un ami et tu sais y faire,
Ai-je jugé, comme personne.

Chéréas

Dans ce genre de choses, Sostrate,
Voici mes principes. Suis-je sollicité par un ami
Pour une histoire d'amour avec une courtisane ? Sur l'heure je l'enlève, je l'amène,
60 Je m'enivre, j'incendie, la raison n'est absolument pas mon fait.
Avant d'avoir cherché qui elle est, il me la faut.
Si l'on tarde, l'amour augmente considérablement.
Agir avec promptitude a la vertu de le faire cesser bientôt.
Est-ce de mariage dont on parle et de fille libre,
65 C'est un autre homme que je suis alors. Je m'informe de la famille,
Des ressources, du caractère : il subsistera tout le reste du temps
Le souvenir que cette fois mon ami gardera
De ma conduite en la matière.

Sostrate

Fort bien !
(*À part*) Mais cela n'est pas du tout de mon goût.

Chéréas

Et ton cas justement exige
70 Que ces renseignements soient d'abord en notre possession.

Sostrate

Dès l'aube
Pyrrhias qui nous accompagnait à la chasse a quitté la maison
Sur mon ordre pour aller...

CHÉRÉAS
Chez qui ?

SOSTRATE
C'est le père lui-même
Qu'il devait aller voir, pour cette jeune fille, ou le maître
De la maison, quel qu'il soit.

CHÉRÉAS
Par Héraclès !
75 Qu'est-ce que tu me dis là ?

SOSTRATE
J'ai commis une faute ; car ce n'est pas à un serviteur
Que convenait, sans doute, pareille mission. Mais il n'est pas facile,
Quand on aime, de voir son intérêt.
Et ce retard qu'il a, voilà beau temps
Qu'il m'étonne ; moi qui lui avais dit de ne pas traîner en rentrant
80 Avec les informations qu'il aura prises là-bas pour moi.

SCÈNE II

CHÉRÉAS, SOSTRATE, PYRRHIAS

PYRRHIAS (*entrant en courant par la gauche*)
Arrière ! Attention, tout le monde ! Ne restez pas au milieu !
J'ai un fou à mes trousses, un fou !

SOSTRATE
Qu'est-ce qui te prend, toi ?

PYRRHIAS
Sauvez-vous !

SOSTRATE
Qu'y a-t-il ?

PYRRHIAS
On me jette des mottes de terre, des pierres.
Je suis mort.

SOSTRATE
On te jette quelque chose ? Où fuis-tu, misérable ?

PYRRHIAS
Il n'est plus,
85 Peut-être, à mes trousses ?

SOSTRATE
Non, par Zeus !

PYRRHIAS
Je le croyais.

SOSTRATE
Qu'est-ce que c'est
Que cette histoire ?

PYRRHIAS
Allons nous-en ! Je t'en supplie !

SOSTRATE
Où cela ?

PYRRHIAS
Loin de cette porte, loin d'ici, le plus loin possible !
Le Chagrin l'a pour fils ; c'est un possédé ou
Un dément, l'homme qui habite, ici,
90 Cette maison, et chez qui tu m'as donné l'ordre d'aller. *Dieux*,
Le fléau ! J'ai les orteils *en capilotade*,
Ou peu s'en faut, à force de trébucher. Le mal est complet.

SOSTRATE
(*À Chéréas*) Est-il allé commettre quelque sottise ici ?

CHÉRÉAS
Certes,
Il m'en a tout l'air.

PYRRHIAS
Par Zeus, que je sois plutôt anéanti,
95 Sostrate, plutôt la mort ! Tiens-toi sur tes gardes !
Mais impossible de parler, tant que je n'aurai pas repris
Mon souffle. — J'ai frappé à la porte de la maison ;
« C'est le maître que je cherche », ai-je dit. J'ai vu venir à moi
Une vieille femme. La misère ! De l'endroit même où je vous parle en ce moment,
100 Ici, debout, elle me l'a montré, sur le coteau
Là-bas, allant et venant à la recherche de poires ou de beaucoup de...
Bois à carcans qu'il ramassait.

SOSTRATE
(*commentant le ton de Pyrrhias*)
Quelle colère !

PYRRHIAS
Eh quoi ! mon cher ! Sur son terrain
Je mis le pied, je m'avançai vers lui et de très
105 Loin — être aimable, ça oui,
Et courtois, voilà ce que je voulais — je lui ai adressé mon salut et
« Me voici », lui dis-je, « auprès de toi, père, pour que tu vois,
J'en ai hâte, parce qu'elle est dans ton intérêt, certaine affaire. » Lui aussitôt : « Impie
Que tu es ! », dit-il, « Sur mon terrain à moi
110 Te voici, toi ? Qu'est-ce qui t'a pris ? » Et voilà une motte de terre qu'il ramasse
Et qu'il me jette en pleine figure.

CHÉRÉAS

Au diable !

PYRRHIAS

Le temps d'un « Que Poséidon te... » que je prononce
En fermant les yeux, voilà un échalas qu'il prend cette fois ;
Il se mettait à m'en frotter : « Qu'avons-nous à faire ensemble,
115 Hein ? », disait-il, « Le chemin public, tu ne le connais pas pour circuler ? »
Suraigus étaient ses cris.

CHÉRÉAS

Il est fou,
Fou à lier, ton paysan.

PYRRHIAS

Pour finir, j'ai pris la fuite,
Lui à mes trousses. Combien de stades avons-nous parcouru ? Bien une quinzaine [1] !
Autour du coteau pour commencer, puis en descendant
120 Jusqu'à ce fourré. Et il me bombardait avec des mottes de terre, des pierres,
Avec ses poires, lorsqu'il n'eut plus rien d'autre.
Sauvage individu ! Le véritable impie
Que ce vieillard ! Je t'en supplie, partez !

SOSTRATE

Ce serait de la lâcheté.

PYRRHIAS

Vous ne savez pas quel fléau c'est. Il va nous dévorer,
125 Nous.

CHÉRÉAS

Peut-être bien que cet homme a des sujets de chagrin en ce moment

---

1. Soit plus de 2,5 km. L'esclave exagère.

Si cela se trouve. C'est pourquoi tu devrais remettre,
   à mon avis,
Cette visite, Sostrate. Sache bien ceci :
En toute entreprise, il faut, pour bien faire,
Choisir son temps.

Pyrrhias
Soyez raisonnables.

Chéréas
Rien de plus amer,
130 S'il est pauvre, qu'un paysan ; pas celui-ci seulement,
Mais presque tous. Allons ! Dès l'aube, demain,
Moi, j'irai le voir, seul ; sa maison,
Aussi bien, je la connais. Maintenant, rentre chez toi
Et sois patient. Tout ira bien.

Pyrrhias
135 Faisons comme il dit.

Sostrate (*À part*)
C'est un prétexte sur lequel il est tout content
De sauter. Il est clair qu'il répugnait
À m'accompagner et qu'il n'approuvait pas du tout
L'idée de ce mariage. — (*À Pyrrhias*) Misérable que tu es,
Misérablement, tous autant qu'ils sont, te fassent périr
   les dieux !
140 (...)

Pyrrhias
Que t'ai-je donc fait, Sostrate ?

Sostrate
Tu as commis quelque *larcin* sur son terrain, c'est
   évident,
Quand tu y as pénétré.

Pyrrhias
Moi, un larcin ?

SOSTRATE
Alors, tu t'es fait rosser par quelqu'un
Sans avoir rien fait ?

PYRRHIAS (*apercevant son poursuivant*)
Justement, le voici, regarde.

SOSTRATE
Lui-même ?

PYRRHIAS
Je m'en vais. (*Il sort par la droite.*)

SOSTRATE
Mon excellent ami, toi, parle-lui.

CHÉRÉAS
145 Je ne saurais. Je manque de persuasion, toujours,
Dans mes paroles. Que dis-tu pour ta part de cet homme-là ? (*Il sort par la droite.*)

SOSTRATE (*resté seul*)
Il n'a pas du tout l'air amical, à ce que je vois,
Non, par Zeus ! Rien d'un plaisantin ! Je vais m'écarter un peu
De sa porte ; cela vaut mieux. Mais le voilà même qui crie
150 Tout seul en marchant ; il n'est pas dans son assiette, à mon avis.
Il me fait peur, par Apollon et les dieux,
Cet homme. Pourquoi ne pas dire la vérité ?

SCÈNE III

Sostrate, Cnémon

Cnémon
(entrant par la gauche, sans voir Sostrate)
Après cela, comment nier qu'il fût heureux, Persée[1].
À un double
Titre, ce héros : grâce aux ailes qu'il avait,
155 Il était à l'abri de toute rencontre avec ceux qui marchent sur terre.
Ensuite la propriété d'un objet qu'il possédait était de pétrifier
Absolument tous les gêneurs. Ah ! cet objet, si moi
Aujourd'hui, je l'avais ! Rien ne serait moins rare
Que les statues : il y en aurait partout.
160 Vraiment la vie n'est plus possible, non, par Asclépios !
Pour me parler, voilà qu'on envahit mon terrain,
Maintenant. Car c'est juste en bordure de la route peut-être, par Zeus,
Que j'ai l'habitude de passer mon temps ! Moi qui ne cultive même pas
Cette partie de mon terrain et l'ai désertée
165 À cause des passants ! Eh bien ! Voilà qu'il grimpent sur les coteaux là-haut,
Maintenant, pour me faire la chasse. Oh ! La grouillante foule !
(Apercevant Sostrate) Holà ! Encore un, regardez, devant ma porte,
Planté là. Que nous veut-il ?

Sostrate *(à part)*
          Est-ce qu'il va me frapper ?

Cnémon
La solitude, nulle part où la trouver,
170 Pas même pour vous pendre, si l'envie vous en prend !

---

1. Persée, fils de Zeus et de Danaé, reçut des Nymphes des sandales ailées. Il put ainsi tuer la Gorgone Méduse dont le regard était pétrifiant, et, lui ayant coupé la tête, avec cette arme, transformer en statues tous ses ennemis.

SOSTRATE (*à part*)
C'est à moi qu'il en a — (*À Cnémon*) J'attends, père, quelqu'un
En ce lieu. Je lui ai donné rendez-vous.

CNÉMON
Qu'est-ce que je disais ?
Ici, c'est un portique, à votre avis, ou le temple des filles de Léôs[1] ?
À ma porte ? Pour y voir quelqu'un ?
175 C'est ce que vous voulez ? Faites les choses complètement !
C'est un banc que vous devez construire, allons ! Un peu d'idée !
Ou mieux, une salle de réunion ! Misère de moi,
C'est de la vexation. Voilà ce dont je suis victime, je crois. (*Il rentre chez lui.*)

SOSTRATE (*resté seul*)
Il sort de l'ordinaire, je crois, l'effort
180 Qu'exige la présente affaire. Il va falloir serrer les dents,
La chose est claire. Irai-je trouver
Gétas, l'esclave de mon père ? Oui, par les dieux,
J'y vais ! Il a de la vivacité et, pour les affaires,
Il a une expérience des plus complètes. Le caractère bourru
185 De notre homme, il aura tôt fait de le mettre en déroute, j'en suis sûr,
Car, ajourner mon entreprise,
J'en repousse l'idée. Bien des choses en un jour, un seul jour,
Peuvent arriver. Mais la porte résonne : c'est quelqu'un.

---

[1]. Les filles du héros Léôs avaient été sacrifiées pour sauver Athènes d'une pestilence et de la famine et un temple, le *Léôcorion*, leur était consacré dans le coin nord-ouest de l'Agora. C'était devenu un lieu de rendez-vous. Peut-être le « portique » dont parle Cnémon juste avant est-il le Poecile, lieu de promenade très apprécié, le long du côté nord de l'Agora.

SCÈNE IV

Sostrate, La Fille de Cnémon

La Fille de Cnémon (*tenant une cruche*)
Ho là, là ! Misère de moi ! Comme j'ai du malheur !
190 Que faire à présent avec ce seau que la nourrice,
En voulant tirer de l'eau, a laissé tomber dans le puits ?

Sostrate (*à part*)
                                    Zeus Père,
Et toi, Phoibos Péan, et vous, Dioscures bien aimés,
Quelle beauté irrésistible !

La Fille de Cnémon
                        Comment faire chauffer l'eau
comme j'avais reçu l'ordre
De le faire de papa quand il est sorti ?

Sostrate (*aux spectateurs*)
                            Messieurs, *que dire ?*

La Fille de Cnémon
195 S'il s'en aperçoit, il va la faire périr misérablement
Sous son bâton, la pauvre. Il n'y a pas de temps à perdre, par les deux déesses[1] !
Très chères Nymphes ! C'est chez vous qu'il faut en prendre.
Mais j'ai scrupule, s'il y a des sacrifiants
À l'intérieur, à les déranger...

Sostrate
        Eh bien ! Si tu consens à me la confier,
200 Je vais puiser de l'eau et, *une fois ta cruche remplie*, je viendrai te la rapporter.

La Fille de Cnémon
Oui, au nom des dieux, *fais vite*.

---

1. Déméter et Coré, les deux divinités d'Éleusis, par lesquelles jurent les femmes.

SOSTRATE (*à part*)
                         Quelle noble liberté
Chez cette paysanne ! Ô vénérables dieux,
Est-il, pour me sauver, quelque divinité ? (*Il entre dans la grotte.*)

LA FILLE DE CNÉMON
               Misère de moi !
Qui vient de faire ce bruit ? Est-ce papa qui sort ?
205 Alors les coups vont pleuvoir, s'il me surprend
Dehors.

SCÈNE V

DAOS, SOSTRATE, LA FILLE DE CNÉMON

DAOS (*à la mère de Gorgias, à la cantonade*)
         Le temps passé à te servir a été long
Et je suis là alors que lui, bêche sans aide. Je dois aller
Le rejoindre. — (*À part*) Maudite
Pauvreté, pourquoi avons-nous si bien fait ta connaissance ?
210 Pourquoi, à ce point, nous es-tu si fidèle et te trouves-tu depuis si longtemps
Chez nous installée, et partageant notre vie ?

SOSTRATE (*tendant la cruche à la jeune fille*)
                                       Prends-
La.

LA FILLE DE CNÉMON
Apporte ici.

DAOS
         Que peut bien vouloir cet
Individu ?

SOSTRATE
         Au revoir. Prends bien soin de ton père.
(*La jeune fille rentre.*)

(*À part, mais assez haut*) Que je suis malheureux ! —
Cesse de gémir, Sostrate.
215 Ça ira.

DAOS (*à part*)
Ça ira, quoi ?

SOSTRATE (*toujours sans voir Daos*)
N'aie pas peur,
Mais, comme tu t'apprêtais à le faire tout à l'heure, va chercher Gétas
Et reviens, dès qu'il aura toute l'affaire bien en tête grâce à tes explications. (*Il sort par la droite.*)

DAOS (*resté seul*)
La méchante affaire que voilà. Qu'est-ce que c'est donc ? Je ne peux pas dire du tout
Que la chose me plaise. Un jeune homme au service
220 D'une jeune fille : mauvais ! Mais c'est ta faute, Cnémon : misérable,
Que misérablement, tous autant qu'ils sont, te fassent périr les dieux !
Une innocente jeune fille, c'est seule que tu la lâches dans la nature
À l'abandon, sans protection aucune, comme il aurait convenu,
De ta part. Voilà ce qu'il aura appris sans doute,
225 L'autre, et il s'est précipité, flairant
La bonne aubaine. De toute manière, son frère doit,
Dans son cas, être prévenu au plus vite, pour que
Nous puissions veiller sur la jeune fille, nous.
Dès maintenant, j'y vais, c'est décidé.
230 Aussi bien, je vois arriver des dévots de Pan
En ce lieu, légèrement imbibés, c'est manifeste.
Rester dans leurs jambes n'est pas opportun, je crois !
(*Il sort par la gauche.*)

Premier intermède choral

ACTE II

SCÈNE PREMIÈRE

Gorgias, Daos

GORGIAS (*entrant par la gauche
avec Daos et continuant une conversation*)
Et c'est avec cette insouciance, dis-moi, que tu as pris l'affaire ?
Quelle légèreté de conduite !

DAOS
Comment ?

GORGIAS
Et ton devoir, par Zeus !
235 Quand la jeune fille a été abordée par ce garçon, Daos, quel qu'il pût être,
Tu aurais dû aller le trouver tout de suite, et, concernant l'avenir,
Tu aurais dû lui dire de ne pas se faire reprendre
À agir ainsi. Au lieu de cela, comme si rien ne nous concernait
Dans cette affaire, tu es resté à l'écart. Il est impossible sans doute d'échapper
240 Aux liens du sang, Daos. C'est une sœur et encore un sujet de préoccupation
Pour moi. Son père vit comme un étranger, volontairement,
Son père à elle, et c'est nous qu'il ignore ; son caractère bourru
Ne doit pas être un modèle pour nous. Si c'est dans le déshonneur
Qu'elle tombe, moi aussi j'ai
245 À m'en soucier. Celui qui voit les choses du dehors, ce n'est pas le responsable,

Quel qu'il puisse être, qu'il connaît, mais ce qui s'est passé.
Frappons à cette porte.

Daos
Mon bon, chez le vieillard ! Gorgias,
Il me fait peur, lui et sa porte. Si je m'en approche
Et qu'il m'y prend, il va me pendre impromptu.

Gorgias
Pas facile à manier, certes,
Cet homme. Se battre contre lui et de cette manière
Le contraindre à s'améliorer
Ou le faire changer de sentiment en le raisonnant, le
  moyen n'en est connu de personne.
Contre la violence, c'est la loi
Qu'il a de son côté ; contre la persuasion, son caractère.

Daos
Attends un peu, attends. Ce n'est pas pour rien que
  nous sommes venus.
Comme je te l'avais dit, le voici qui revient.

Gorgias
L'homme au beau manteau ? C'est celui dont tu parles ?

Daos
C'est lui.

Gorgias
Un vaurien ! Cela se voit tout de suite à son air.

SCÈNE II
Gorgias, Daos, Sostrate

Sostrate
(*entrant par la droite, sans voir les deux autres*)
Gétas n'était pas à la maison : impossible de le trouver.
Comme c'était le dessein de ma mère de sacrifier à un
  dieu,

J'ignore lequel — c'est son occupation quotidienne :
Elle va à la ronde offrir des sacrifices dans le dème, elle en fait le tour
Complet —, il a été envoyé pour trouver sur place quelqu'un
À louer comme cuisinier. « Adieu le
265 Sacrifice », ai-je décrété, et je suis revenu voir ce qui se passe ici.
Je suis décidé : ces allées et venues, j'y renonce ;
C'est moi-même qui plaiderai ma propre cause. (*Allant vers la porte de Cnémon*) Cette porte,
Je vais y frapper pour couper court à toute délibération.

GORGIAS

Jeune homme, me permets-tu de te parler
270 Un peu sérieusement ?

SOSTRATE

Mais bien volontiers. Parle.

GORGIAS

Il existe, je crois, pour tous les hommes,
Les chanceux comme les misérables,
Une limite à leur état et un moment où ça change.
Celui qui a de la chance voit jusqu'à un certain point subsister
275 La prospérité continuelle de sa vie :
Aussi longtemps qu'il se contente de son bonheur
Sans faire le mal — mais s'il le fait, s'il
En vient là, victime de l'entraînement des richesses, c'est là, je suppose,
Que la situation se renverse et devient mauvaise pour lui.
280 Tandis que pour ceux qui sont dans le besoin, si aucun crime
N'est le fruit de leur misère et qu'ils endurent bravement
Leur sort, grâce au crédit auquel ils parviennent avec le temps,
Meilleur est le lot qu'ils peuvent escompter.
À quoi tend ce discours ? Garde-toi, pour ta part, même si tu es très riche,

De te fier à ton état, et ne va pas, à l'égard des pauvres
Que nous sommes, être méprisant. Ta chance, toujours
Tu dois montrer au regard des autres que tu en es digne.

SOSTRATE

Y a-t-il quelque chose de déplacé, à tes yeux, dans ma conduite présente ?

GORGIAS

C'est une action, me semble-t-il, pas très belle que tu t'es mise en tête
En espérant séduire une jeune fille
De naissance libre et en guettant une occasion
De commettre un crime capital
Mille fois.

SOSTRATE

Apollon !

GORGIAS

Il n'est pas juste à tout le moins
Que, du fait de ton désœuvrement, nous qui avons de l'ouvrage devions pâtir,
Comme c'est notre cas. En ce monde, sache-le bien,
Un pauvre qui a subi une injustice est l'être le plus bourru.
D'abord il excite la pitié ; et puis il ne prend pas
Comme une simple injustice le tort qu'on lui fait, mais comme de l'insolence.

SOSTRATE

Jeune homme, sur ton bonheur, un instant, je te prie,
Écoute-moi.

DAOS (*à Gorgias, sans écouter Sostrate*)
Bien dit, maître, aussi vrai que je *me* souhaite beaucoup
De bonheur.

SOSTRATE

Toi aussi, le bavard, prête-moi attention.
Il y a une jeune fille que j'ai vue ; j'en suis amoureux.
Si c'est un crime selon toi, je suis criminel sans doute.
Que dire ? Si je viens ici
305 Ce n'est pas pour la trouver : je veux voir
Son père. Car, moi qui suis de naissance libre et qui ai de quoi vivre
En suffisance, je suis prêt à l'épouser
Sans dot, à m'engager en outre à toujours
La chérir. Si c'est dans un mauvais dessein que je suis venu ici
310 Ou dans l'intention de tramer quelque méfait à votre insu,
Que votre dieu Pan, jeune homme, et ses Nymphes avec lui
Me frappent d'égarement sur place près de cette maison
À l'instant. Je suis bouleversé, sache-le bien,
Et profondément, si, sur toi, j'ai fait pareille impression.

GORGIAS

315 Eh bien, si, de mon côté, la mesure a été dépassée
Dans mes paroles, ne t'en chagrine plus.
Tu me fais revenir sur mon jugement, et c'est un ami que tu trouves en moi.
Je ne suis pas un étranger, mais le frère de la jeune fille :
Nous avons même mère ; c'est pour cela, mon cher, que je tiens ce discours.

SOSTRATE

320 De plus, c'est un garçon précieux que tu vas être, par Zeus, à l'avenir, pour moi.

GORGIAS (*surpris, après un temps d'arrêt*)
En quoi précieux ?

SOSTRATE

La générosité que je vois dans ta nature...

Gorgias

Ce n'est pas un prétexte que je cherche pour te renvoyer, un vain prétexte,
Mais c'est le fond des choses que je veux te faire voir. Elle a pour père
Un homme comme il n'y en a jamais eu ni dans le passé
325 De l'humanité ni de nos jours.

Sostrate

Le mauvais coucheur ?
Je crois le connaître.

Gorgias

Il n'y a pas de pire fléau.
Les terres qu'il possède valent deux talents sans doute, tu vois ici ? — deux talents[1] ! —,
Et ce bien, lui-même le cultive sans repos
Tout seul. Aucune aide, personne au monde,
330 Ni esclave domestique ni un homme du pays
Comme ouvrier à gages ni voisin. Non, il est tout seul,
Car son plus grand plaisir, pour ce qui est des gens, c'est de n'en voir
Aucun. Sa fille l'accompagne au travail
La plupart du temps. Il ne parle qu'à elle seule ;
335 Avec quelqu'un d'autre, il ne le ferait pas aisément.
Il prétend ne la marier qu'à
Un homme de son espèce : voilà la personne qu'il lui faudra trouver.

Sostrate
Autant dire
Qu'il ne la trouvera jamais.

Gorgias

Ne cherche pas les ennuis, mon cher, non.
Ce sera pour rien que tu en auras. C'est aux parents que tu dois les laisser.

---

1. Environ 200 000 francs. Gorgias suggère évidemment que le domaine de Cnémon n'est pas rien, étant donné le peu de valeur des terres dans le coin ; il est en tout cas trop important pour être cultivé convenablement par un homme seul.

340 C'est à nous à les supporter, nous à qui les envoie la fortune.

Sostrate
Au nom des dieux, n'as-tu jamais été amoureux,
Jeune homme ?

Gorgias
Impossible, mon cher.

Sostrate
Comment cela ?
Qui t'en empêche ?

Gorgias
Les maux
Dont la pensée, sans trêve, me tient, jour et nuit.

Sostrate
345 Tu n'as donc pas été amoureux, selon toute apparence. Aucune expérience en tout cas ne transparaît dans ton discours
Sur la question. L'abstention, voilà ce que tu prêches. Trop tard !
Cela ne dépend plus de moi mais du dieu.

Gorgias
Aussi bien
N'avons-nous rien à te reprocher. Mais c'est en pure perte que tu te tracasses.

Sostrate
Je ne saurais obtenir la jeune fille ?

Gorgias
Non.
350 *Tu le sauras par toi-même si tu me suis
Et restes à mes côtés. Car c'est tout près, dans le vallon,
Qu'il travaille.* Nous y serons bientôt.

SOSTRATE
Explique-toi.

GORGIAS
Je vais lui parler comme ça
Du mariage de la jeune fille. La chose,
À moi aussi, ne serait pas pour me déplaire.
355 Aussitôt il va faire la guerre à la race humaine, la couvrant d'insultes
Pour le genre de vie qu'elle mène. Mais si tu te présentes à sa vue
Avec ton oisiveté et tes habits élégants, ta seule apparence lui sera insupportable.

SOSTRATE
Maintenant, il est là-bas ?

GORGIAS
Non, par Zeus ! Mais un peu plus tard
Il va s'y rendre par son chemin habituel.

SOSTRATE
Mon ami, la jeune fille,
360 Il va l'emmener avec lui, à ce que tu dis ?

GORGIAS
Comme cela
Se trouvera.

SOSTRATE
Marcher, j'y suis prêt, jusqu'où tu dis.
Mais je t'en supplie, prête-moi ton aide.

GORGIAS
De quelle manière ?

SOSTRATE
De quelle manière ? Allons jusqu'où tu dis !

Gorgias

                              Quoi donc !
Pendant que nous travaillerons, tu vas rester debout à nos côtés avec
365 Ton joli manteau ?

Sostrate
Pourquoi pas ?

Daos
                              Les mottes de terre vont voler
Sans tarder sur toi et il va te traiter de sale fainéant. Non il faut
Que tu bêches avec nous, toi. Et si cela se trouve, à cette vue,
Peut-être accepterait-il d'écouter, même venant de toi, quelque
Parole, en pensant que tu es un petit cultivateur aux ressources
370 Limitées.

Sostrate
Je suis prêt, en tout point, à t'obéir. En avant !

Gorgias
Pourquoi ces tracas que tu t'imposes ?

Daos (*à part*)
                              Je veux pousser
Au maximum notre travail aujourd'hui.
Qu'il ait les reins cassés et du même coup
Qu'il cesse de nous importuner et de venir ici.

Sostrate
375 Passe-moi une pioche.

Daos
Voici la mienne. Prends-la et va.

La murette n'est pas terminée. Je vais y travailler pendant ce temps-là.
En ce qui me concerne. C'est une tâche qu'il faut faire aussi.

Sostrate
Donne.
(*À Gorgias*) Tu me rends la vie.

Daos
Je me retire, maître. Rejoignez-moi là-bas. (*Il sort par la gauche.*)

Sostrate
Voilà où j'en suis. Mourir sur l'heure
380 Ou vivre avec la jeune fille.

Gorgias
Si tu dis
Ce que tu penses, puisses-tu réussir !

Sostrate
Honneur des dieux !
Les raisons d'abandonner que tu viens de me donner selon ton jugement
M'encouragent dans mon entreprise doublement.
Si ce n'est pas au milieu des femmes que la jeune fille
385 À été élevée, si elle n'a pas été initiée à ce que la vie comporte
De funestes laideurs par une tante
Qui aura fait son éducation ou par une aïeule, si elle a reçu au contraire la noble éducation qui convient à un être libre
Auprès d'un père d'humeur sauvage, ennemi du mal par tempérament,
Comment ne pas penser que l'obtenir serait une bénédiction ?
390 Mais cette pioche en pèse des talents ! Au moins quatre [1],

---

1. Environ 110 kg. Sostrate exagère.

La belle ! Je serai bientôt mort de fatigue. Il ne faut pas mollir pourtant.
Puisque j'ai commencé de m'attaquer à cette entreprise, je dois l'achever. (*Les deux hommes sortent par la gauche.*)

SCÈNE III

Sicon, puis Gétas

Sicon (*entrant par la droite et traînant un mouton maigre et récalcitrant*)
Vous voyez là un mouton qui n'est pas ordinaire. Quelle beauté !
Au diable ! Si je le soulève pour le porter,
395 Ainsi perché, il s'accroche des dents à une branche de figuier,
Il dévore les feuilles et tire de toutes ses forces.
Mais si on le laisse aller à terre, il n'avance pas.
Quel renversement des rôles ! J'ai le dos scié, moi
Le cuisinier[1], par cet animal, à le remorquer tout le long de la route.
400 Mais c'est heureusement l'antre des Nymphes que je vois ici,
Là où nous allons sacrifier. Pan, je te salue. Eh ! Mon petit Gétas,
Comme tu t'es laissé distancer !

Gétas
(*arrivant à son tour et chargé comme un baudet*)
Au nombre de quatre pour la porter,
Des ânes auraient juste suffi à la charge ficelée sur mon dos par ces maudites femmes
Et que j'ai dû porter pour elles, moi !

---

1. Plaisanterie. D'ordinaire, c'est le cuisinier qui est qualifié de « sciant », parce qu'il ennuie ses interlocuteurs, cf. un peu plus loin, v. 410.

SICON
Ce sera un grand rassemblement
De foule, à ce qu'il paraît : comme couvertures, c'est incroyable tout
Ce que tu portes.

GÉTAS
Qu'est-ce que *j'en fais* ?

SICON
Mets ça là.

GÉTAS
Voilà.
Et dire que si jamais elle voit en songe le Pan de Péanie[1], pour lui nous devrons reprendre la route, j'en suis sûr,
Et aller lui offrir un sacrifice immédiatement.

SICON
Qui donc a eu un songe ?

GÉTAS
Ah ! l'homme ! Cesse d'être sciant !

SICON
Pourtant, dis-le-moi, Gétas,
Qui a eu le songe ?

GÉTAS
La maîtresse.

SICON
Et c'était quoi, au nom des dieux ?

GÉTAS
Tu me feras mourir. Il lui semblait que Pan...

---

1. Le village de Péanie se trouve sur le versant est du mont Hymette — quasiment à l'autre bout de l'Attique par rapport à Phylé.

SICON
C'est celui d'ici que tu veux dire ?

GÉTAS
Celui d'ici.

SICON
Faisait quoi ?

GÉTAS
À mon jeune maître, Sostrate...

SICON
L'élégant jeune homme !

GÉTAS
Clouait des entraves...

SICON
Apollon !

GÉTAS
Puis lui donnait une peau de bique et
Une pioche et, là où le voisin a son champ,
C'était à bêcher qu'il l'invitait.

SICON
Étrange.

GÉTAS
Aussi bien nous sacrifions
Espérant par là voir en bien tourner ce terrifiant présage.

SICON
Compris ! Reprends ces couvertures et porte-les
À l'intérieur. Notre tâche est que les lits y soient dressés
Et tout le reste apprêté. Que rien ne vienne mettre obstacle
Au sacrifice quand ils seront là. Mais à la bonne fortune !

Tu fronces les sourcils. Cesse donc, pauvre diable,
Je vais te gaver comme il faut aujourd'hui.

Gétas
425 Pour faire l'éloge de ta personne et de ton art,
Je suis toujours là. (*À part*) Sans croire à tes promesses, pourtant ! (*Ils entrent dans la grotte.*)

Deuxième intermède choral

ACTE III

SCÈNE PREMIÈRE

CNÉMON, LA MÈRE DE SOSTRATE, GÉTAS

CNÉMON (*à sa servante restée à l'intérieur*)
Toi, la vieille, une fois la porte fermée à clé, n'ouvre à
  personne
Jusqu'à mon retour. La nuit
Sera tombée, je pense.

LA MÈRE DE SOSTRATE (*arrivant par la droite
    avec fille, serviteurs et servantes*)
430 Plangon, allons ! plus vite ! Ce sacrifice,
Nous devrions l'avoir fini.

CNÉMON (*à part*)
Voyez la calamité. Qu'est-ce que ça veut dire ?
Une foule de gens. Au diable !

LA MÈRE DE SOSTRATE
Joue donc, Parthénis,
L'air de Pan. Ce n'est pas en silence que ce dieu
Veut être abordé.

GÉTAS (*sortant de la grotte*)
Par Zeus, vous êtes enfin arrivés !

CNÉMON (*à part*)
435 Ô Héraclès ! Quel ennui !

GÉTAS
Nous étions là
Depuis si longtemps à vous attendre.

La Mère de Sostrate

Les préparatifs
Sont-ils achevés pour notre sacrifice ?

Gétas

Oui, par Zeus,
Au moins le mouton : peu s'en faut qu'il ne soit mort !

La Mère de Sostrate

Malheur !
(*À Plangon*) Il ne va pas attendre avec tes lenteurs !
(*Aux autres*) Allons ! Entrez !
440 Que les corbeilles soient prêtes et l'eau lustrale et les offrandes,
Activez-vous ! (*À un serviteur*) À quoi rêves-tu, l'ahuri ?

Cnémon (*resté seul*)

Misérables ! Misérable est la mort que je vous souhaite. Ils font de moi
Un oisif. Car laisser sans défense ma maison,
Je ne le saurais. Les Nymphes sont pour moi un fléau
445 À être en ce lieu mes voisines, si bien que j'ai résolu
De m'établir plus loin et je vais démolir ma maison
Pour ne plus être ici. Mais voyez leur façon de sacrifier, à ces brigands !
Les bourriches qu'ils apportent, les bonbonnes. Ce ne sont pas les dieux
Qui les préoccupent, mais eux-mêmes. L'encens, voilà une pieuse offrande.
450 C'est comme la galette d'orge : tout profit pour le dieu quand le feu
Toute entière la consume. Mais, avec eux, c'est le croupion
Et la poche de fiel, des morceaux immangeables, que les dieux
Se voient offrir ; tout le reste, ils l'engloutissent. (*Frappant à sa porte*) Toi, la vieille,
Ouvre en vitesse la porte. Le devoir
455 Est pour nous de vaquer aux besognes domestiques,
j'en ai l'impression ! (*Il rentre chez lui.*)

SCÈNE II

Gétas, Cnémon

GÉTAS (*sortant de la grotte et continuant
de parler aux servantes restées à l'intérieur*)
Le chaudron, dis-tu, vous l'avez oublié ? Vous êtes complètement
Saoules ! Et maintenant qu'allons-nous faire ?
Il va falloir déranger les voisins du dieu,
Oui, apparemment. (*Frappant à la porte de Cnémon*)
Petiot ! — (*À part*) Non, par les dieux,
460 Des servantes plus misérables, nulle part
Je crois, on n'en nourrit. — Garçons ! (*À part*) Une seule chose,
Se faire baiser, voilà tout ce qu'elles connaissent. —
Mes beaux petits !
(*À part*) Et vous calomnier si on les prend sur le fait.
— Petit !
Ça ne va pas ! Qu'est-ce qui se passe ? Garçons ! il n'y a personne
465 Là-dedans ? Ah ! Voilà qu'on accourt, à ce qu'il semble.

CNÉMON
Qu'est-ce que ma porte t'a fait pour y toucher, triple coquin. Explique-toi,
L'homme !

GÉTAS
Ne mords pas

CNÉMON
Si fait, par Zeus,
Et je vais même te dévorer tout vif.

GÉTAS
Non, non, par les dieux !

CNÉMON
Suis-je lié par contrat, scélérat,
470 Avec toi ?

GÉTAS
Par contrat ? Non point. Aussi bien,
Si je suis venu te trouver, ce n'est pas pour une question de dette que je réclamerais ou avec
Des huissiers : c'est pour te demander un petit chaudron.

CNÉMON
Un petit chaudron ?

GÉTAS
Un petit chaudron.

CNÉMON
Pendard !
Je sacrifie des bœufs, à ce que tu t'imagines, et je fais ce que
475 Vous, vous faites ?

GÉTAS (*à part*)
Tu ne sacrifierais pas même un escargot à ce que je m'imagine.
(*À Cnémon*) Eh bien ! salut mon bon ami. Si j'ai frappé à ta porte
C'est sur ordre des femmes qui m'ont dit de faire cette demande.
Je l'ai faite. Tu n'as rien. Au rapport !
Je les rejoins. (*À part*) Honneur des dieux !
480 C'est une vipère chenue que cet homme-là. (*Il rentre dans la grotte.*)

CNÉMON (*resté seul*)
Sanguinaires bêtes ! Immédiatement, dirait-on, les voilà vos amis
Et ils frappent chez vous. S'il en est un qui s'approche de ma porte
Et que je l'y prenne sans faire pour tous ceux de ces lieux

Un exemple de ma main, considérez que c'est un homme quelconque
485 Que vous voyez en moi, un homme comme il y en a mille. L'individu de tout à l'heure, je ne sais comment
Il a eu la chance de s'en tirer, lui, quel qu'il ait pu être.
(*Il rentre chez lui.*)

SCÈNE III

Sicon, Cnémon

Sicon (*sortant de la grotte au moment même où Cnémon est rentré chez lui, à Gétas resté à l'intérieur*)
Malheur à toi ! Il t'injuriait ? Peut-être
Faisais-tu ta demande grossièrement. (*Aux spectateurs*) Ah ! l'ignorance de certains
Sur la façon de s'y prendre en pareil cas ! J'ai inventé, moi, cet art.
490 Je sers des milliers de personnes en ville
Et pour eux j'importune les voisins et j'obtiens
Des ustensiles de tout le monde. C'est qu'il faut savoir flatter
Quand on a besoin de quelque chose. Est-ce un vieillard qui, à la porte,
Répond ? Aussitôt les noms de « père » et de « papa » me viennent à la bouche.
495 Une vieille femme ? Le nom de « mère ». Un âge moyen *chez la dame*
Me fait prononcer le nom de « prêtresse[1] ». Un serviteur, je l'appelle
« Mon bon ami ». Mais vous : « Va te faire pendre », *dites-vous*.
Quelle sottise ! (*Frappant à la porte de Cnémon*) Petiot, garçons ! Entendez-vous ?
Je vous appelle. (*À Cnémon qui paraît*) Avance, petit père, j'ai quelque chose à te dire.

---

1. Dans la religion païenne, religion de la cité, les prêtrises sont plus des charges honorifiques que l'indice d'une vocation religieuse.

CNÉMON
500 Encore toi !

SICON
Comment cela ? Que veux-tu dire ?

CNÉMON
C'est de la provocation. On dirait
Que tu le fais exprès. Ne t'ai-je pas dit de laisser ma porte
Tranquille ? (*Il saisit le bras de Sicon.*) La courroie, vite, la vieille !

SICON
Non, pas ça !
Lâche-moi !

CNÉMON
Lâche-moi ?

SICON
Mon bon ami, oui, au nom des dieux !

CNÉMON (*après l'avoir battu*)
Reviens donc !

SICON
Que Poséidon te...

CNÉMON
Tu parles encore ?

SICON
505 C'est une... marmite[1] que j'avais l'intention de te demander en venant.

---

1. Sicon évite prudemment de prononcer à nouveau le mot de « chaudron » employé précédemment par Gétas.

Le Bourru 138

CNÉMON

Je n'ai
Pas de marmite, pas de hache, pas de sel,
Pas de vinaigre, pas d'autre chose, non, rien. J'ai dit une bonne fois
De ne pas m'approcher à tous les gens de ce lieu.

SICON
À moi, tu ne l'as pas dit.

CNÉMON
Eh bien ! à présent je le dis.

SICON
(*À part*) Oui et il t'en cuira. (*À Cnémon*) Il y a bien un endroit, dis-moi,
Où aller pour en trouver une : pourrais-tu me l'indiquer ?

CNÉMON
Qu'est-ce que je disais ?
Tu continues de me parler.

SICON
Je te salue bien.

CNÉMON
Je ne veux
De salut d'aucun de vous, aucun !

SICON
Je ne te salue pas alors !

CNÉMON
Il n'y a pas de remède à ces fléaux ! (*Il rentre chez lui.*)

SICON (*resté seul*)
La belle façon
Dont il m'a ameubli. Ce que c'est que de mettre son habileté
À présenter sa demande. La belle différence, par Zeus ! Quant à frapper à une autre porte,
Faut-il y songer ? Si l'on vous boxe en ce lieu

Avec autant d'entrain, c'est difficile. Est-ce que pour moi,
Le mieux n'est pas de faire rôtir les viandes toutes autant qu'elles sont ? C'est tout vu.
520 J'ai un poêlon. Adieu dis-je
Aux Phylasiens. Ce que j'ai sous la main me servira.
(*Il rentre dans la grotte.*)

SCÈNE IV

Sostrate

Sostrate (*arrivant par la gauche,
vêtu d'une peau de bique*)
Si vous désirez des désagréments, c'est à Phylé qu'il faut aller
Chasser. Ah ! trois fois infortuné que je suis ! Comme me voilà !
Mes reins, mon dos, mon cou, en un mot
525 Tout mon corps ! D'emblée, j'ai foncé en force
En gamin que j'étais ; levant haut,
Très haut, ma pioche, comme un ouvrier agricole, je creusais profond
À grands coups. Je me suis donné du mal — pas bien
Longtemps ! Puis je me suis retourné un peu. Quand donc
530 Le vieillard viendrait-il et sa fille avec lui ?
J'étais aux aguets, et, par Zeus ! je me suis tenu alors
Les hanches, discrètement d'abord. Comme ça faisait longtemps,
Une éternité, que cette situation durait, les courbatures commençaient,
Je devenais raide comme du bois, tout doucement. Personne ne venait.
535 Le soleil me brûlait. Le spectacle que je donnais aux regards
De Gorgias était celui du balancier d'une machine à puiser : je
Peinais à me relever, puis de tout mon corps

À nouveau me penchais. « Je ne crois plus, à cette heure », me dit-il,
« À la venue de notre homme, mon garçon ». « Quoi ? », fis-je
540 Aussitôt, « que devons-nous faire ? » « Demain, nous guetterons
Sa venue. Pour l'instant, laissons cela. » Et Daos était là
Pour bêcher à ma place. Première
Tentative : vous voyez ce qu'elle fut. Et me revoici.
Pourquoi ? Je ne suis pas capable de le dire, non par les dieux.
545 Je suis attiré spontanément par l'affaire en ce lieu.

SCÈNE V

SOSTRATE, GÉTAS

GÉTAS (*sortant de la grotte et se frottant les yeux, à Sicon resté à l'intérieur*)
Qu'est-ce que cette calamité ? Tu n'imagines pas que mes bras sont au nombre de soixante,
L'homme ! Si je les avais ! Il y a les braises que je ravive.
Je reçois, je porte, je lave, je coupe les abats ; en même temps
Je pétris, je porte à la ronde (...)
550 La fumée m'aveugle *par-dessus* le marché. J'ai le rôle de l'âne,
À mon avis, dans cette fête[1].

SOSTRATE
Gétas, mon garçon !

GÉTAS (*se frottant toujours les yeux*)
Je suis appelé par qui ?

---

1. L'âne transporte les ustensiles destinés à la fête. Il est à la peine alors que les autres s'amusent.

SOSTRATE
Par moi.

GÉTAS (*même jeu*)
Et toi, tu es qui ?

SOSTRATE
Tu ne le vois pas ?

GÉTAS (*cessant de se frotter les yeux*)
Je vois.
Mon jeune maître !

SOSTRATE
Que faites-vous en ce lieu, dites-moi ?

GÉTAS
Ce que nous faisons ?
Nous venons de sacrifier à l'instant et nous préparons
555 Un déjeuner à votre intention.

SOSTRATE
Elle est là, ma mère ?

GÉTAS
Depuis longtemps.

SOSTRATE
Et mon père ?

GÉTAS
Nous l'attendons. Mais entre, toi !

SOSTRATE
Pas avant d'avoir fait une petite course. Accompli ici,
en un sens
Il ne tombe pas si mal, ce sacrifice ; je vais inviter
Ce jeune homme en toute hâte
560 Ainsi que son serviteur. Quand ils auront pris part
À la cérémonie, ils seront à l'avenir très utiles
Pour nous comme alliés en vue de ce mariage.

GÉTAS

Que dis-tu ? Au déjeuner ? Des invitations
Que tu parles d'aller faire ? S'il ne tient qu'à moi, vous
    pouvez bien être trois mille,
565 Ça oui ! Pour ma part, depuis longtemps, je sais bien
    que
Je ne goûterai à rien. Où y aurait-il de quoi ? Faites un
    rassemblement
Général. Magnifique, la victime que vous avez offerte
    en sacrifice, oui vraiment !
Elle valait le coup d'œil, mais ces petites femmes,
Ces charmantes petites femmes, pensez-vous qu'avec
    moi elles vont partager quelque chose ?
570 Non, pas même, par Déméter, un grain de sel !

SOSTRATE

                                    Tout ira bien,
Oui, Gétas, aujourd'hui. Je rendrai
Cet oracle moi-même, Pan. D'ailleurs je t'adresse
Toujours une prière au passage — et ne cesserai de te
    faire des présents. (*Il sort par la gauche.*)

SCÈNE VI
SIMICHÉ, GÉTAS

SIMICHÉ (*sortant, dans un état
de terreur panique, de chez Cnémon*)

Ah ! quel malheur ! Ah ! quel malheur ! Ah ! quel malheur !

GÉTAS (*à part*)
575 Au diable ! elle vient de chez le vieux, la femme
Qui est sortie.

SIMICHÉ
Que va-t-il m'arriver ? Le seau
Qui était dans le puits, je voulais à l'insu du maître,
Au cas où je le pourrais, le retirer toute seule sans qu'il
  en sache rien.
Et j'ai attaché la pioche à une méchante
580 Cordelette pourrie qui m'a cassé dans les doigts,
Celle-là, aussitôt...

GÉTAS (*à part*)
Bien fait !

SIMICHÉ
Et j'ai envoyé, pour mon malheur
Aussi la pioche dans le puits, avec le seau.

GÉTAS (*à part*)
Jettes-y maintenant ta propre personne ; tu n'as plus
  que ça à faire.

SIMICHÉ
Et lui comme par hasard, c'est un tas de fumier dans
  la cour
585 Qu'il a l'intention de déplacer ; il se démène en tous
  sens depuis un moment
À sa recherche et il crie — le voici justement qui fait
  du bruit à la porte.

GÉTAS
Sauve-toi, malheureuse, sauve-toi. Il va te tuer, la
  vieille.
Ou plutôt, non. Défends-toi !

SCÈNE VII

SIMICHÉ, GÉTAS, CNÉMON

CNÉMON (*se précipitant hors de chez lui*)
Où est-elle, la brigande ?

SIMICHÉ
C'est sans le vouloir, maître, que je l'ai laissé tomber.

CNÉMON
Allons !
Rentre !

SIMICHÉ
Quelle est, dis-moi, ton intention ?

CNÉMON
Mon intention ?
Je vais t'attacher et te faire descendre...

SIMICHÉ
Non, pas ça ! Malheur !

CNÉMON
Si ! Et avec la même corde encore, parbleu !
Tant mieux si elle est complètement pourrie !

SIMICHÉ
Je vais appeler Daos de chez les voisins.

CNÉMON
Appeler Daos ? Tu n'as que scélératesse à la bouche.
Je te le répète, plus vite que ça, rentre ! (*Simiché obéit.*)
   Misère
De moi, misère ! Ma solitude actuelle, j'y tiens
Comme pas un. Je vais descendre dans le puits : que
Faire d'autre ?

GÉTAS
Nous pourrions te fournir un crochet
Et une corde...

CNÉMON
Misérable ! Misérablement les dieux
Tous autant qu'ils sont te fassent périr, si tu continues
de me parler ! (*Il rentre précipitamment chez lui.*)

GÉTAS (*resté seul*)
Et ce serait bien fait pour moi ! D'un bond, le voilà
   rentré chez lui.
Trois fois infortuné cet homme ! Quelle vie il mène !
Le paysan attique tout craché.
605 À se battre contre des cailloux qui ne produisent que
   du thym et de la sauge,
Il ne gagne que des chagrins, sans rien récolter de bon.
Mais voici mon jeune maître qui approche
Amenant avec lui son petit supplément d'invités — des
   ouvriers agricoles
Du lieu, c'est cela ! Il y a vraiment lieu !
610 Que lui arrive-t-il ? Pourquoi ces gens ici amenés par
   lui à cette heure ? Où
A-t-il fait leur connaissance ?

SCÈNE VIII

GÉTAS, SOSTRATE, GORGIAS, DAOS

SOSTRATE (*entrant par la gauche avec ses amis*)
                              Je ne saurais te laisser
Refuser.

GORGIAS
Tout ce dont nous avons besoin, nous l'avons.

SOSTRATE
                              Héraclès !
Est-ce que cela se refuse ? Est-il un homme au monde
Pour ne pas se rendre à un repas lorsqu'un familier a
   offert un sacrifice ?
615 Je suis en effet, tu dois bien le savoir, pour toi, depuis
   longtemps, un ami.
Je l'étais avant de t'avoir vu ! (*À Daos*) Prends ces
   outils et porte-les à l'intérieur, Daos,
Puis reviens.

Gorgias

Non. Ce serait laisser seule ma mère
À la maison et je ne le veux pas. (*À Daos*) Sur elle tu vas veiller,
Que rien ne lui manque. J'aurais vite fait, quant à moi, de revenir. (*Daos entre dans la maison de droite, les autres dans la grotte.*)

Troisième intermède choral

ACTE IV

SCÈNE PREMIÈRE

SIMICHÉ, SICON

SIMICHÉ (*sortant, dans un état
de terreur panique, de chez Cnémon*)
620 Qui viendra à mon aide ? Oh là là !
Qui viendra à mon aide ?

SICON (*sortant de la grotte*)
　　　　　　　Héraclès Seigneur !
Laissez-nous, au nom des dieux et des divinités !
Nous avons des libations à faire. Vous lancez des injures, vous donnez des coups,
Vous poussez des gémissements. Quelle maison de fous !

SIMICHÉ
625 Mon maître est dans le puits.

SICON
Comment cela ?

SIMICHÉ
　　　　　　　　　Comment cela ?
Il avait sa pioche à en retirer et le seau.
Il était en train d'y descendre quand il a glissé d'en haut si bien
Qu'il est tombé.

SICON
　　　　N'est-ce pas ce mauvais coucheur de vieillard comme on en fait peu ?

SIMICHÉ

C'est lui.

SICON

Bien fait, par Ouranos !
630 Très chère vieille, maintenant c'est à toi d'agir.

SIMICHÉ

Comment cela ?

SICON

Tu as bien un mortier, un bloc de pierre ou quelque
chose de ce genre ?
D'en haut jette-le sur lui de tes mains.

SIMICHÉ

Très cher ami,
Descends, toi.

SICON

Poséidon ! Pour que le proverbe s'applique à moi ?
Que dans le puits, avec un chien, je doive me battre[1] ?
Ça non !

SIMICHÉ (*allant à la porte de Gorgias*)
635 Gorgias ! où donc es-tu ?

SCÈNE II

SIMICHÉ, SICON, GORGIAS

GORGIAS (*sortant de la grotte*)
Où je suis ?
Qu'y a-t-il, Simiché ?

---

1. Proverbe issu de la fable 155 d'Ésope (éd. Chambry) : « Le chien d'un jardinier était tombé dans un puits. Le jardinier, voulant l'en retirer, descendit lui aussi dans le puits. S'imaginant qu'il venait pour l'enfoncer plus profondément, le chien se retourna et le mordit. (...) Cette fable s'adresse aux hommes injustes et ingrats. »

SIMICHÉ
Ce qu'il y a ? Je te le répète,
Mon maître est dans le puits.

GORGIAS (*se retournant vers la grotte*)
Sostrate !
Sors, viens ici ! (*À Simichê*) Passe devant ! Entrons
vite ! (*Tous trois entrent chez Cnémon.*)

SICON (*resté seul*)
Il y a des dieux, on ne saurait le nier, par Dionysos !
Tu ne veux pas donner
640 De chaudron pour un sacrifice, sacrilège que tu es ?
Tu refuses ? Bois tout ton puits après être tombé
dedans !
Ainsi, même l'eau, tu n'auras à en donner à personne.
Aujourd'hui les Nymphes m'ont vengé
De lui, et j'ai eu justice. Nul individu
645 À un cuisinier n'a fait de tort impunément.
Il y a une sorte de majesté sacrée dans notre art.
Ce n'est pas comme avec un maître d'hôtel, là on peut
y aller[1] !
Mais serait-il mort ? « Papa chéri »,
Appelle une voix féminine en se lamentant. Je ne suis
pas
650 [*ému outre mesure. Le « papa chéri »
va sans doute être sauvé
par ces deux gaillards.
L'un, descendu dans le puits, va lui passer,*]
C'est clair, *une corde sous les bras*
655 Et ainsi le ramener à la surface (...).
Quelle mine va-t-il faire (...),
À votre avis, je vous le demande au nom des dieux,
tout trempé
Et grelottant ? Elle va être jolie. Pour moi, je voudrais
La voir, Messieurs, j'en atteste Apollon, ici présent[2].

---

1. La rivalité entre cuisinier et maître d'hôtel est un lieu commun de la comédie, voir aussi *Bouclier*, v. 238.   2. Sicon montre ici la pierre cultuelle d'Apollon *Agyeus* — protecteur des rues et des chemins — dressée devant la maison de Cnémon.

Pour vous, c'est l'occasion, femmes, de faire des libations :
Demandez dans vos prières que le vieillard soit sauvé... misérablement,
Estropié et boiteux. Comme cela il devient
Quelqu'un de supportable ici comme voisin pour le dieu
Et pour ceux qui, tour à tour, viennent lui sacrifier. C'est une pensée que je
Dois avoir au cas où l'on viendrait à louer mes services. (*Il entre dans la grotte.*)

SCÈNE III

SOSTRATE

SOSTRATE
(*sortant de chez Cnémon, aux spectateurs*)
Messieurs, non par Déméter, non par Asclépios,
Non par les dieux, jamais durant ma vie
Avec plus d'à propos un homme n'a été, de se noyer,
Sous mes yeux, si près. Délicieux instants !
Gorgias, dès que nous sommes entrés,
Sans perdre un instant, a sauté d'un bond dans le puits. Moi et
La petite, nous étions en haut à ne rien faire — que
Pouvions-nous faire ? Évidemment, il y avait ses cheveux
Qu'elle s'arrachait, ses pleurs, les coups qu'elle se donnait sur la poitrine, ô combien !
Et moi, j'avais un rôle en or, j'étais, pour ainsi dire, par les dieux,
Comme une nourrice à ses côtés, je la priais de ne pas faire
Cela, je l'en suppliais, le regard tourné vers cette statue
D'une sorte peu commune. Quant au blessé, en bas,
Je m'en souciais moins que de rien. Évidemment je devais constamment

680 Tirer pour le hisser et c'était d'un ennui pour moi, ô combien !
J'ai même failli, par Zeus, le laisser tomber et causer sa mort.
La corde en effet, comme je regardais la jeune fille,
Je l'ai lâchée au moins trois fois. Mais Gorgias était un Atlas[1],
Ça oui, d'une sorte peu commune. Il tenait bon et non sans peine, à la fin
685 Il a remonté à la surface notre homme. Quand celui-ci a mis les pieds hors du puits,
Je suis venu ici. Il me fallait sortir. Car je ne pouvais plus
Contenir ma passion : pour un peu, la jeune fille,
Je la couvrais de baisers en lui sautant au cou ; si grande, ô combien ! est la violence
De mon amour. Je m'apprête donc à... Mais la porte
690 Fait du bruit. Zeus sauveur, l'étrange spectacle ! (*Une machine*[2] *permet de voir en effet l'intérieur de la maison de Cnémon : le vieillard est étendu sur un lit veillé par sa fille et Gorgias.*)

SCÈNE IV

GORGIAS, CNÉMON et sa fille, SOSTRATE

GORGIAS
Veux-tu quelque chose, Cnémon, dis-moi ?

CNÉMON
                    Si je veux quelque chose ?
Je suis mal en point.

---

[1]. Atlas, fils de Japet, est un Géant condamné par Zeus à soutenir sur ses épaules la voûte du ciel pour éviter qu'elle n'écrase la terre. [2]. Cette machine, l'*eccyclème*, est une sorte d'estrade roulante portant ici lit et personnages et qui passe par la porte symbolisant la maison de Cnémon.

Gorgias
Confiance !

Cnémon
J'ai confiance : plus rien à craindre
Pour vous comme ennui à l'avenir
De la part de Cnémon.

Gorgias
Il n'y a pas à en douter : vivre
seul n'est pas bon.
695 Tu vois ? Il s'en est fallu d'un cheveu que tu ne disparaisses tout à l'heure.
C'est sous surveillance qu'à ce stade de ton existence
Désormais tu dois vivre.

Cnémon
Ça va mal, je le sais,
Pour moi. Appelle, Gorgias, ta mère.

Gorgias
Au plus vite. (*À part*) Les malheurs font notre instruction. Seuls
700 Ils savent comment s'y prendre avec nous, apparemment. (*Il entre chez lui.*)

Cnémon
Petite fille,
Veux-tu m'aider à me redresser ? Passe ton bras ici.

Sostrate
Bienheureux
Homme !

Cnémon (*à Sostrate*)
Que fais-tu planté là, misérable ?
(...)

SCÈNE V[1]

GORGIAS, CNÉMON et sa fille, SOSTRATE,
MYRRHINÉ

CNÉMON

706 *Approchez-vous de ma couche.*
Si je vous ai réunis, c'est en raison de dispositions
Concernant ma fille, dispositions que je voulais
Vous présenter à vous deux, Myrrhiné et Gorgias,
710 [*Tout en justifiant le mode de vie*] que j'ai choisi
Non, il n'est sans doute pas juste ni au pouvoir d'aucun de vous de me faire
Là-dessus changer d'avis, d'aucun de vous. Voilà un point que vous m'accorderez.
Mais il est une erreur sans doute que j'ai commise : seul entre tous, ai-je cru,
Je pouvais me suffire et n'avoir besoin de personne.
715 Maintenant que j'ai vu avec quelle soudaineté imprévisible la vie
Peut prendre fin, j'ai trouvé que j'avais tort de penser comme je le faisais alors.
On doit avoir, et avoir près de soi, quelqu'un prêt à porter secours, *en toute circonstance.*
Mais pour moi, par Héphaistos — tant j'avais la tête à l'envers
Devant les façons de vivre que je voyais chez les gens, les calculs où
720 L'appât du gain les conduisait — il ne pouvait y avoir un seul homme pour vouloir du bien, ai-je cru,
À son prochain dans tout l'univers, absolument aucun. Tel est
L'obstacle contre lequel je butais. Mais enfin, la preuve du contraire, il en est un qui vient de me la fournir aujourd'hui :
Gorgias, dont la conduite a été celle du plus noble cœur.
Car celui qui lui défendait l'accès de sa porte,

---

1. L'emploi d'un nouveau mètre souligne l'émotion qui règne dans cette scène et les suivantes jusqu'à la fin de l'acte : le tétramètre trochaïque catalectique remplace en effet l'habituel trimètre iambique.

725 Qui, en fait d'assistance, n'a pour lui jamais rien fait
ni de près ni de loin,
Qui ne lui souhaitait pas le bonjour, ni ne lui parlait
aimablement, il lui a sauvé la vie malgré tout.
Ce qu'un autre aurait dit justement : « Tu me défends
d'approcher ?
Je n'approche pas. Tu ne nous a été d'aucune aide ?
Je ne le serai pas davantage pour toi aujourd'hui »...
(*Gorgias fait un geste de protestation*) Qu'y a-t-il, mon
garçon ? Que je
730 Meure maintenant, et je crois que ce sera de façon
misérable vu l'état où je suis,
Ou que je survive, je t'adopte pour mon fils, et ce que
je possède
Est tout entier à toi, considère-le bien. Ma fille que
voici, je te la confie.
Songe au mari que tu dois lui donner. Car même à
supposer que je recouvre une excellente santé, moi,
Pour ma part, je ne saurai lui en trouver un : pour me
plaire, il n'y en aura jamais
735 Aucun. Quant à moi, si je vis, laissez-moi vivre comme
je veux.
En mon lieu et place, tu peux agir toi-même : prends
tout en main. Tu as du sens, grâce aux dieux.
Tu es le protecteur naturel de ta sœur. De mon bien,
Pour la doter, fais deux parts et prends-en une[1].
Avec l'autre, assure notre entretien, à moi et à ta mère.
740 Mais aide-moi à m'étendre, ma fille. À ce qui est
nécessaire, quand on parle,
Il ne faut rien ajouter si l'on est un homme : c'est ma
maxime. Pourtant, il y a encore une chose que tu
dois savoir, petit.
En faveur de moi-même, je veux te dire seulement
deux mots : deux mots en faveur de mon caractère.
Si l'on était comme moi, dans le monde, on ne verrait
aucun tribunal
Fonctionner, on ne verrait pas les gens traînés dans les
prisons,

---

1. On se souvient que, d'après les v. 327-328, le domaine Cnémon vaut deux talents (environ 200 000 francs). La dot proposée se monte donc à un talent (100 000 francs).

745 Il n'y aurait pas de guerre ; avec le peu qu'il a, chacun vivrait content.
Mais sans doute cet état de chose vous plaît-il davantage. Eh bien ! allez-y !
Vous ne l'aurez plus dans les jambes avec son caractère malcommode et bourru : fini le vieillard !

GORGIAS
Soit, j'accepte tout cela. Mais il nous faut ton aide pour le fiancé
Qu'au plus vite nous devons trouver pour la jeune fille, et ton accord.

CNÉMON
750 Holà toi ! Je t'ai déjà dit tout ce que je pensais. Ne m'ennuie plus au nom des dieux !

GORGIAS
C'est que quelqu'un désire te voir...

CNÉMON
Non, pas ça, au nom des dieux !

GORGIAS
Un prétendant...

CNÉMON
Rien de tout cela ne me regarde plus.

GORGIAS
Celui qui m'a aidé à te sauver.

CNÉMON
Qui est-ce ?

GORGIAS
Le voici. (*À Sostrate*) Avance-toi.

CNÉMON
Il est brûlé par le soleil. C'est un paysan ?

GORGIAS
Tout à fait, père.
Ce n'est pas un efféminé, ni le genre à ne rien faire et à se promener toute la journée.
Quant à sa famille elle est irréprochable. Allons ! Accepte !

CNÉMON
Donne-la-lui. Fais ce *mariage ; tu en as la charge.*
Roulez-moi à la maison.

GORGIAS
(...)
(*À Myrrhinê*) Prends bien soin de lui. (*La machine dérobe aux regards Cnémon, sa femme et sa fille.*)

SCÈNE VI

GORGIAS, SOSTRATE

SOSTRATE
Il ne te reste plus qu'à fiancer maintenant
Ta sœur.

GORGIAS
Réfères-en, Sostrate, *à qui de droit.*

SOSTRATE
Rien à craindre. Mon père n'y trouvera pas à redire.

GORGIAS
Dans ces conditions, je te
La fiance, je te la donne, avec tous les dieux comme témoins.
Tu l'as obtenue selon toute justice, j'en suis convaincu, Sostrate.

C'est sans artifice que, dans cette entreprise, tu t'es lancé,
765 Avec un cœur sincère, et tout ce qu'il fallait faire, tu n'as pas jugé indigne de toi de le faire pour que le mariage
Aboutisse. Tu vivais dans le luxe, et pourtant, la pioche, tu l'as prise, tu as bêché, l'effort
Ne t'a pas fait reculer. C'est en cela surtout qu'un homme
Se révèle : se faire l'égal, volontairement,
Malgré sa richesse, d'un pauvre. Les vicissitudes où peut l'entraîner la fortune
770 C'est avec fermeté qu'il les supportera. Tu m'as donné une preuve suffisante de ton caractère.
Puisses-tu rester seulement dans ces dispositions.

Sostrate

Souhaite plutôt que je devienne meilleur encore.
Mais faire son propre éloge, c'est une faute de goût sans doute.
Et au bon moment, je vois paraître mon père.

Gorgias

Callippidès !
C'est ton père ?

Sostrate
Parfaitement.

Gorgias

Par Zeus, quelles richesses possède cet homme !
775 Et il le mérite, car c'est un cultivateur imbattable.

SCÈNE VII

Callippidès, Gorgias, Sostrate

Callippidès
Ils ne m'ont pas attendu sans doute.
Ils auront dévoré le mouton et seront repartis depuis longtemps
À la ferme.

Gorgias
Par Poséidon, c'est une faim de loup qu'il a.
Allons-nous tout de suite le mettre au courant ?

Sostrate
Qu'il commence par déjeuner.
Il sera plus doux après.

Callippidès
Qu'est-ce que cela signifie,
Sostrate ? Vous avez fini de déjeuner ?

Sostrate
780 Oui, mais ta part a été gardée. Entre !

Callippidès
C'est ce que je
fais. (*Il entre dans la grotte.*)

Gorgias (*à Sostrate*)
Entre et dis-lui en personne maintenant ce que tu veux lui dire ; avec ton père
Tu vas être seul à seul.

Sostrate
Tu resteras chez toi en attendant, n'est-ce pas ?

Gorgias

Je ne sors pas
De chez moi.

Sostrate
Dans un instant, je t'appelle de mon côté. (*Il rejoint son père dans la grotte tandis que Gorgias rentre chez lui.*)

Quatrième intermède choral

ACTE V

SCÈNE PREMIÈRE

Sostrate, Callippidès

Sostrate (*sortant de la grotte
et poursuivant sa conversation*)
Non, ce n'est pas ce que je voulais en tous points, père,
785 Ce n'est pas ce que j'attendais de toi.

Callippidès

Quoi donc ?
Ne t'ai-je pas donné mon accord ? Celle que tu aimes, prends-la pour femme,
Je le veux, au besoin je te l'ordonne.

Sostrate

Tu n'en as pas l'air.

Callippidès
Par les dieux, mais si. Je sais que
Pour un jeune, en matière de mariage, solide est l'union dans laquelle il s'engage
790 Quand c'est par amour qu'il s'y décide.

Sostrate
Et alors ? Moi, c'est bien la sœur que je vais épouser,
La sœur de ce jeune homme, parce que je le trouve digne
De nous, lui ? Comment expliquer le discours que maintenant tu me tiens,
Ton refus de lui donner en échange ma propre sœur ?
Honteux ce langage !

CALLIPPIDÈS

795 Une bru et, en même temps, un gendre miséreux, c'est une perspective
Que je refuse : il suffit pour nous de l'une.

SOSTRATE

C'est d'argent que tu parles ? De cette instable chose ?
Si tu es sûr d'en disposer
Toujours, garde-le sans admettre personne,
800 Dans ce cas, au partage. Mais, si tu n'en es pas le maître
Vraiment, si tu ne dois pas à toi-même mais à la fortune tout ce que tu as,
Ne va pas en garder jalousement, père, si peu que ce soit.
Car cette même fortune, c'est à un autre peut-être, qui ne le méritera pas,
Qu'après te l'avoir enlevé en totalité, elle le donnera pour qu'il l'ait à son tour.
805 C'est pourquoi je soutiens que tu dois, tant que
Tu en es maître, en user généreusement, père,
Toi-même, venir en aide à tous, et du bonheur, en donner,
Autant que tu peux, au plus grand nombre de gens, grâce à tes œuvres. Voilà ce qui
Est impérissable. Et si un échec survient,
810 Voilà qui te vaudra même traitement à ton tour.
Il vaut mille fois mieux avoir, bien visible, un ami
Que des richesses invisibles, enfouies en terre par leur possesseur.

CALLIPPIDÈS

Tu sais ce qu'il en est, Sostrate. Ce que j'ai amassé,
Je ne l'emporterai pas au tombeau avec moi. Et pour cause !
815 Cela t'appartient. Tu veux te faire
Un ami d'un garçon de mérite ? Vas-y, et à la bonne fortune !
Pourquoi me débites-tu des maximes ? Donne, (...),
Distribue, partage. Je suis d'accord, totalement, avec toi.

SOSTRATE
C'est de bon cœur ?

CALLIPPIDÈS
De bon cœur, sache-le bien. Ne te fais pas
820 De souci.

SOSTRATE
À Gorgias, dans ces conditions. Je l'appelle.

SCÈNE II

SOSTRATE, CALLIPPIDÈS, GORGIAS

GORGIAS
Je vous ai entendus, comme je sortais et que j'étais à
ma porte.
Je sais tout ce que vous avez dit depuis le début de
votre conversation.

SOSTRATE
Eh bien ?

GORGIAS
Pour moi, tu es, Sostrate, un ami,
Oui, je le pense, un ami véritable, et j'ai pour toi une
affection extraordinaire.
825 Mais mener une existence au-dessus de mes moyens
est une situation dont je ne veux
Ni ne saurais, par Zeus, si je voulais, supporter la
charge.

SOSTRATE
Je ne sais ce que tu veux dire.

GORGIAS
Ma sœur,
Je te la donne pour femme. Quant à recevoir la tienne
en mariage...
Ça ira comme ça.

SOSTRATE
Comment : « Ça ira comme ça » ?

GORGIAS

Il n'y a pas de plaisir, selon moi,
830 Assurément, à mener la bonne vie quand c'est autrui
qui la paie de son labeur. Ce sont mes idées.
Il faut avoir amassé soi-même.

SOSTRATE
Bavardage, Gorgias !
Tu n'es pas digne, à ce que tu juges, de ce mariage ?

GORGIAS
Moi ? Mon jugement est que, de ta sœur, je suis digne,
Mais que, de recevoir beaucoup alors que petit est mon avoir, je ne suis pas digne.

CALLIPPIDÈS
835 Par Zeus très grand, tu as une noble façon
De *déraisonner*.

GORGIAS
Comment cela ?

CALLIPPIDÈS
Tu n'as rien et tu veux donner l'impression
De *t'en contenter*. Puisque j'étais persuadé, comme tu vois,
Et que, par ton attitude même, tu m'as persuadé doublement,
Cesse de te conduire comme un être pauvre et stupide tout à la fois.
840 *Avec ce mariage,* c'est un espoir que tu vois luire, un espoir de salut.

GORGIAS
Je suis décidé.

Sostrate
Il ne nous reste plus qu'à procéder aux fiançailles.

Callippidès
Eh bien, je te fiance, pour que des enfants naissent de
   ta semence dans le cadre de la loi,
Ma fille, jeune homme, et la dot
Que je te donne avec elle est de trois talents.

Gorgias
Et moi
845 J'ai en ma possession un talent pour doter l'autre
   épouse.

Callippidès
En ta possession ?
Ne recommence pas à exagérer.

Gorgias
Pourtant, je possède le terrain.

Callippidès
Garde-le tout entier, Gorgias. Va chercher ta mère
Maintenant, et ici, avec ta sœur, amène-la
Près des femmes de notre maison.

Gorgias
Très bien !

Sostrate
850 Cette nuit *nous la passerons à festoyer*
Tous *ici. Demain* les mariages
Seront célébrés. Il y a aussi le vieillard, Gorgias,
Que vous devez transporter ici. Il trouvera ce qu'il faut
   en cet endroit et sans doute
Mieux, auprès de nous.

Gorgias
Il ne consentira pas, Sostrate.

SOSTRATE
855 Tâche de le persuader.

GORGIAS
Je ferai mon possible. (*Il va chez Cnémon.*)

SOSTRATE
Il faut une beuverie
Pour nous, petit papa, aujourd'hui, et une belle,
Et pour les femmes une veillée qui durera toute la nuit.

CALLIPPIDÈS
Proposition à renverser !
Elles boiront, elles ; nous veillerons, je le sais,
Nous. Mais j'entre, et, pour vous, je vais faire quelques-uns des préparatifs
860 Nécessaires. (*Il rentre dans la grotte.*)

SOSTRATE
C'est cela. (*Resté seul*)
D'aucune entreprise
L'homme sensé ne doit totalement désespérer.
On vient à bout de tout avec du soin et de la peine,
Absolument de tout. Pour moi, c'est bien l'exemple qu'aujourd'hui je donne.
En un jour, un seul jour, j'ai réussi à conclure un mariage
865 Que personne n'eût jamais cru possible, personne au monde.

SCÈNE III

SOSTRATE, GORGIAS, LES FEMMES

GORGIAS (*sortant de chez Cnémon
avec sa mère et sa sœur*)
Avancez ! Plus vite !

SOSTRATE
Par ici.
(*À sa mère, à l'intérieur de la grotte*) Mère, accueille ces dames. (*À Gorgias*) Et Cnémon ? Il ne vient pas encore ?

GORGIAS
Lui ? Il me suppliait d'emmener la vieille aussi
Pour rester absolument seul avec lui-même !

SOSTRATE
Quel caractère
870 Irréductible !

GORGIAS
Il est comme ça.

SOSTRATE
Grand bien lui fasse !
Pour nous, entrons.

GORGIAS
Sostrate, je suis très gêné,
Avec ces dames ici...

SOSTRATE
Chansons ! Veux-tu bien avancer !
C'est ta famille à partir d'aujourd'hui. Penses-y. Tous, rien à faire. (*Ils entrent dans la grotte.*)

SCÈNE IV

SIMICHÉ, puis GÉTAS

SIMICHÉ (*sortant de chez Cnémon*)
Oui, je vais m'en aller, par Artémis, moi aussi ; c'est tout seul
875 Qu'ici tu resteras couché, malheureux, avec ton caractère !
Chez le dieu, ils voulaient, eux, te mener

Et tu as dit non ? Il va t'arriver un grand malheur une nouvelle fois, à toi,
Oui, par les deux déesses, et même plus grand qu'aujourd'hui, bien plus grand.

GÉTAS (*sortant de la grotte*)

Je vais aller le trouver pour voir comme il va.
(*Le joueur d'aulos commence un morceau au rythme rapide*[1].)
880 Qu'est-ce que tu as à me jouer dans les oreilles, misérable ? Je ne suis pas encore de loisir, moi !
Je dois aller près du malade. On m'envoie là. Arrête.

SIMICHÉ

Oui, il faut quelqu'un à son chevet. Allez-y pour me remplacer, vous.
Pour moi, je veux reconduire ma jeune maîtresse, je veux causer
Avec elle, la saluer, l'embrasser.

GÉTAS

Tu as raison. Vas-y
885 Lui, je le soignerai en attendant. (*Simiché entre dans la grotte. Gétas se dirige vers la maison de Cnémon pour y jeter un coup d'œil.*) Il y a longtemps que *j'ai décidé,*
Si pareil cas se présentait, de saisir l'occasion, mais je ne sais *quoi faire.*
(...)
(...) (*Il revient brusquement vers la grotte.*) Cuisinier !
Sicon ! Viens ici, s'il te plaît, et vite. Poséidon
890 Comme je compte m'amuser !

---

1. Avec la musique le rythme du vers devient plus vif : au trimètre iambique succède ici et jusqu'au v. 958 compris le tétramètre iambique catalectique. L'aulos est une sorte de hautbois ou de clarinette.

SCÈNE V

Sicon, Gétas

Sicon (*sortant de la grotte*)
                    Tu m'appelles ?

Gétas
Une vengeance, ça te dirait, après ce que tout à l'heure
il t'a fait subir ?

Sicon
À moi ? Il m'a fait des choses tout à l'heure ? Va te
faire foutre avec tes fadaises !

Gétas
Notre bourru de vieillard est en train de dormir et il
est seul.

Sicon
                    Comment va-t-il *maintenant* ?

Gétas
Pas absolument mal.

Sicon
                    Il ne pourra pas, en tout cas, nous
895 Battre, une fois levé ?

Gétas
                    Non, pas même se lever, je pense.

Sicon
Quel plaisir me font tes paroles ! Je vais lui faire une
demande en entrant.
Il sera hors de lui.

Gétas
                    Mais j'y pense, si nous commencions
Par le tirer dehors, puis, après l'avoir déposé ici,

Si nous nous mettions à frapper à sa porte, à faire nos
  demandes, à jeter feu et flammes.
900 Il y aurait du plaisir, je ne dis que ça.

SICON
                    C'est Gorgias qui me fait peur :
S'il nous attrape, il va nous étriller.

GÉTAS
                    On fait du bruit dans la grotte.
Ils sont en train de boire. Qui s'en apercevra ? Personne. À toute force, nous devons rendre
Notre homme plus doux. Par ces mariages, il
Entre dans notre famille. S'il reste comme il est sans
  changer,
905 Ce sera pénible de le supporter.

SICON
                    Et comment !

GÉTAS
                                Qu'il ne
s'aperçoive de rien, tu n'as qu'à y mettre du tien,
En le portant ici sur le devant. Passe donc le premier,
  toi. Doucement !

SICON
Attends, je te prie. Ne va pas me planter là et t'en
  aller.
Et pas de bruit, au nom des dieux ! (*Il entre chez
  Cnémon.*)

GÉTAS
                    Mais je n'en fais pas, par la Terre !

SCÈNE VI
Gétas, Sicon, Cnémon

GÉTAS (*commandant la manœuvre d'enlèvement*)
À droite !

SICON

Voilà !

GÉTAS

Mets-le ici. Maintenant, c'est le moment.
Bon !
910 Je vais y aller le premier, tiens ! (*Au joueur d'aulos*) Et
la cadence, toi, garde-la bien.
911 (*Tambourinant à la porte de Cnémon*) Petiot ! Mes
petits ! <*Il n'y a donc personne dans cette maison ?*>
<...>
<...>
912 Mes beaux petits, petit, petiot. Petiot, mes petits !

CNÉMON (*réveillé par les cris*)
Je suis mort, hélas !

GÉTAS

Qu'est-ce que c'est que celui-là ? Tu es d'ici ?

CNÉMON
Évidemment. Mais toi, que veux-tu ?

GÉTAS

Ce sont des chaudrons que je vous demande de me
prêter, et des bassines.

CNÉMON

Qui me
915 Mettra debout ?

Gétas

Vous les avez, vous les avez, pour sûr.
Et des trépieds : sept ! Et des tables : douze ! Allons, les gars,
Que les gens de la maison soient prévenus. Je suis pressé.

Cnémon

Je n'ai rien.

Gétas

Tu n'en as pas ?

Cnémon

Non, je te l'ai répété dix mille fois !

Gétas

Je me sauve donc.

Cnémon

Ah ! quel malheur ! Comment se fait-il qu'à cette place j'ai été amené ?
920 Qui m'a déposé devant chez moi ? (*À Sicon qui se manifeste à son tour*) Va-t'en donc, toi, tu entends !

Sicon (*tambourinant à la porte de Cnémon*)

Petit ! Petiot ! Les femmes ! Les hommes ! Garçon portier !

Cnémon

Tu es fou,
L'homme ! Ma porte va être brisée !

Sicon

Avez-vous des tapis — quatre tapis — à nous
Prêter...

Cnémon

Où les prendrai-je ?

SICON
Et des tentures comme le barbares en tissent
(...), d'une largeur de cent pieds ?

CNÉMON
Si seulement je pouvais trouver
925 *Une pierre* quelque part. La vieille ! Où est la vieille ?

SICON
C'est ailleurs que je dois aller,
À une autre porte ?

CNÉMON
Allez-vous-en donc ! La vieille !
Simiché ! (*À Gétas qui se joint maintenant à Sicon*)
Misérable !
Misérablement, tous autant qu'ils sont, te fassent périr
les dieux ! Que veux-tu ?

GÉTAS
C'est un cratère[1] que je veux avoir, en bronze, et un
grand.

CNÉMON
Qui me
Mettra debout ?

SICON
Vous l'avez, vous l'avez pour sûr
930 La tenture, petit papa, petit père ?

CNÉMON
Pas plus que le cratère.
(*À part*) La Simiché, je la tuerai !

---

1. Vase servant à mélanger l'eau et le vin.

Gétas

Dors ! Finis de grogner !
Tu fuis la foule, tu détestes les femmes, tu ne veux pas qu'on t'amène
Auprès des sacrifiants, toi. Eh bien, tout cela, il faudra que tu le supportes.
Aucune aide à tes côtés. Ronge ton frein sur place !
935 Mais écoute à la file *le détail de la fête*.

Cnémon

(...)

Gétas

(...)
(...)
Pour ta femme et ta fille, des *embrassades* tout d'abord,
Des baisers : pas sans agrément cette occupation pour elles !

Sicon

940 Reprenons d'un peu plus haut. J'étais en train d'organiser un banquet — c'est ma fonction
Pour les messieurs d'ici... Tu écoutes ? Ne dors pas !

Cnémon

Pas de danger,
Hélas !

Sicon

À cette beuverie, veux-tu assister ? Eh bien ! fais attention au reste du récit.
Les libations étaient là. On disposait les couches à terre ; les tables,
C'était moi. Ce rôle me revenait... Tu écoutes ?
945 Le cuisinier, il se trouve que c'est moi, tâche de t'en souvenir.

Gétas

Il mollit, notre monsieur.

SICON

Un autre, portant sur ses bras le dieu de l'Évohé, vieillard chenu déjà,
Le couchait au creux d'un vaisseau ; il y mêlait la liqueur des Nymphes,
Puis il servait les hommes à la ronde, tandis que, pour les femmes, un autre faisait de même.
Alors là ! Imagine le sable du désert à qui l'on porterait à boire ! Cela, tu le comprends, toi ?
950 Et voici que, légèrement ivre, une servante, cachant son jeune visage
En fleur dans ses mains, dans la danse est entrée, prenant
Le rythme, non sans rougir, à la fois hésitante et tremblante.
Mais une autre lui donnait la main et se mettait à danser.

GÉTAS

Allons ! Pour oublier le malheur affreux que tu viens de subir, viens danser, joins tes pas aux nôtres !

CNÉMON
955 Que prétendez-vous donc ? Que me voulez-vous misérables ?

SICON
Joins plutôt tes pas aux nôtres,
Rustre que tu es !

CNÉMON
Non, pour l'amour des dieux !

GÉTAS
Alors,
devons-nous te porter dans la grotte,
Maintenant ?

CNÉMON
Que faire ?

SICON
Danse donc, toi !

CNÉMON
Eh bien,
emportez-moi ! Mieux vaut
Sans doute endurer ce qui m'attend là-bas.

GÉTAS
Tu as du
sens. (*À Sicon*) Nous avons gagné !
Ô la belle victoire ! Eh, Donax, et toi Sicon,
960 Enlevez-le, portez-le dans la grotte ! (*À Cnémon*)
Prends garde
À toi : si tu bouges si peu que ce soit,
Qu'on t'y reprenne, c'est sans douceur, sache-le bien,
Que nous en userons avec toi cette fois. Iô ! Qu'on nous donne
Des couronnes, une torche.

SICON
Voilà, prends !

GÉTAS
965 Bien ! (*Aux spectateurs*) Partagez notre joie : nous avons triomphé
Pour notre part, et pourtant, il nous en a donné de la peine, le vieillard. Avec bienveillance,
Jeunes gens, enfants et hommes faits, applaudissez !
Et puisse la déesse issue d'un noble père et amie du rire, la Vierge
Victoire, nous aimer et nous accompagner toujours !
(*Tous entrent dans la grotte.*)

L'ARBITRAGE

(*Epitrepontes*)

Fragments importants des cinq actes[1]

---

1. *Sources.* La source essentielle de notre connaissance de la pièce est le papyrus du Caire (inv. JE 43227 du Musée), restes d'un codex du Vᵉ siècle où l'*Arbitrage* occupait la troisième place. S'y ajoutent quelques fragments de rouleaux (*P. Mich.* inv. 4022, du début du IIᵉ s. ap. J.-C. ; *BKT* 9.43 = *P. Berlin* inv. 21142, *P. Oxy.* 3532 et 3533, du IIᵉ s. ; *P. Oxy.* 4641, du IIᵉ-IIIᵉ s. ; *P. Mich.* in. 4733 + 4807, fr. g [1+2] + 4801 j ; *P. Oxy.* 2829, du IIIᵉ-IVᵉ s.) et de codex (*P. Oxy.* 4022, du IIᵉ s. ; *P. Oxy.* 4023, du IIIᵉ-IVᵉ s. ; *P. Petrop.* inv G 388 et *P. Oxy.* 1236 du IVᵉ s. ; *P. Laurent.* inv. III/310 A, du Vᵉ s.). Le *P. Oxy.* 4020 (IIᵉ s. ap. J.-C.), petit fragment d'argument, permet de localiser le fragment 1 de la tradition indirecte comme début de la pièce. Le nombre des témoins papyrologiques atteste à lui seul la renommée de l'*Arbitrage* dans l'antiquité. Cette impression est confirmée par l'existence, dans la mosaïque de Mytilène (IVᵉ s. ap. J.-C.), d'un panneau consacré à la scène de l'acte II qui donne son titre à la comédie, et la place qui lui est faite chez certains écrivains comme Alciphron, *Lettres fictives*, IV, 19, 19, Thémistius, *Discours* XXI, 262c, et Sidoine Apollinaire, *Lettres*, IV, 12, 1.

PERSONNAGES
par ordre d'entrée en scène

CARION, cuisinier
ONÉSIME, esclave de Charisios
DIVINITÉ-PROLOGUE
CHÉRESTRATE, ami de Charisios
SMICRINÈS, père de Pamphilé
HABROTONON, courtisane harpiste, louée par Charisios
SYROS, charbonnier, esclave de Chérestrate
DAOS, esclave berger
PAMPHILÉ, femme de Charisios
CHARISIOS, mari de Pamphilé

Figurants :

LA COMPAGNE DE SYROS
SIMIAS, aide du cuisinier
SOPHRONÉ, vieille nourrice

ACTE PREMIER

Une rue dans un village de l'Attique, entre Athènes et Halai Araphanidès[1]. *Deux maisons de belle allure, éclairées par les premiers rayons du soleil.*

SCÈNE PREMIÈRE

Carion, Onésime

Carion (*arrivant par la droite, en grande conversation*)

1 [fr. 1] N'est-il pas vrai ? Ton maître, au nom des dieux, Onésime,
Qui a maintenant avec lui Habrotonon, la harpiste,
S'est bien marié récemment ?

Onésime
            Absolument.

L'esclave Onésime explique alors au cuisinier Carion l'étrange conduite de son maître Charisios. Pamphilé, sa femme depuis six mois, profitant de ce qu'il était en voyage, a mis au monde secrètement, il y a de cela un mois, un enfant de père inconnu et l'a immédiatement exposé. Mais aucun secret domestique n'échappe à la curiosité de l'esclave, ce qui lui vaut les félicitations du cuisinier.

Carion
fr. 2a   Je t'adore, Onésime.
Comme moi, tu es curieux.

---

1. Halai Araphanidès est un village sur la côte à environ 29 km à l'est d'Athènes. On y célébrait la fête des Tauropolies.

Une attitude qu'il n'hésite pas à justifier ainsi :

fr. 2b
         Car il n'y a rien
De plus doux que de tout savoir.

Mais Onésime a un autre défaut qu'une excessive curiosité. Il est (une fois encore, comme le cuisinier) bavard, et il a été tout raconter à son maître, dès que celui-ci est revenu de son voyage, il y a quelques jours. Or Charisios est amoureux fou de sa femme et il a réagi avec une violence extrême. Pour oublier son malheur, il a quitté le domicile conjugal et il est allé faire la fête chez le voisin, son ami Chérestrate. C'est la raison pour laquelle il a loué les services de la courtisane harpiste Habrotonon. C'est bien aussi pourquoi le cuisinier est convoqué de si bon matin. Au lieu de bavarder et d'étaler sa science culinaire comme il le fait maintenant, il devrait déjà être au travail.

Onésime

fr. 3 Pourquoi ne fais-tu pas le déjeuner ? Mon maître s'inquiète depuis longtemps
Sur son lit.

L'esclave manifeste au demeurant quelque mauvaise conscience devant les réactions qu'il a déclenchées chez son maître, en même temps que la forte impression que lui a faite le cuisinier.

Onésime

fr. 5
            J'ai mis
Sur la salaison du sel, si cela se trouve.

Mais que peut-il faire désormais ?

          *

PROLOGUE

Une Divinité

Une divinité (ou une entité omnisciente) apparaît soudainement pour rassurer les spectateurs sur l'issue heureuse de la comédie. Le père de l'enfant dont la mère est Pamphilé n'est autre que Charisios lui-même qui, dix mois auparavant, au cours de la fête locale des Tauropolies[1]*, parce qu'il était ivre, a violé la jeune fille. Celle-ci a pu arracher à son agresseur un anneau qui permettra la reconnaissance du père de l'enfant. L'enfant lui-même, après avoir été exposé, a été recueilli par un berger. Il est vivant et retrouvera ses parents.*

Mais auparavant, la situation va se compliquer à cause des réactions du père de Pamphilé, Smicrinès, un homme très attaché à l'argent et qui ne saurait voir sans effroi son gendre dissiper dans la débauche la dot de sa femme. Mais même les difficultés qui résulteront de son attitude seront la source d'un bien. Voici justement le vieillard qui arrive d'Athènes et exprime ses craintes, sous l'œil inquiet de Chérestrate qui l'a vu venir et l'observe à l'écart, devant sa maison, à droite.

*

SCÈNE II

SCRIMINÈS, CHÉRESTRATE

SMICRINÈS
(*arrivant par la droite, sans voir Chérestrate*)

Smicrinès a appris l'éclat fait par son gendre et son premier réflexe est d'en évaluer le coût. Il impute la débauche de Charisios à la paresse.

fr. 6 Le paresseux en bonne santé, comparé au malade, est bien
  Plus misérable. Sans plus de profit, il mange
  Deux fois plus.
Et quelle dépense ! C'est qu'il boit ce qu'il y a de plus cher,
  Notre homme, comme vin. Et voilà ce qui me stupéfie,
  Moi. Le fait de s'enivrer, je n'en parle pas.
  L'incroyable, ou ça y ressemble, c'est

---

1. La fête des Tauropolies (mentionnée, dans la pièce, au v. 451) était célébrée en l'honneur d'Artémis Tauropolos, cet adjectif signifiant soit « honorée par des sacrifices de taureaux », soit « honorée en Tauride », cf. la tirade d'Athéna à la fin de l'*Iphigénie en Tauride* d'Euripide.

Qu'on puisse se forcer à prendre un cotyle[1] de vin qui
a valu une obole[2]
À l'achat pour le boire. Se forcer à cela !

CHÉRESTRATE (*à part*)

Ça ! Je
M'y attendais. Cet homme, en intervenant, va détruire
L'amour. Qu'est-ce que ça me fait ? Je le répète. Qu'il
aille se faire pendre !

SMICRINÈS

Avec la dot de quatre talents qu'il a reçue, quatre
beaux talents d'argent[3],
Il refuse à sa femme, dans son dédain, d'habiter sous
le même toit.
Il découche. Un proxénète en reçoit douze
Par jour, des drachmes[4] qu'il lui donne.

CHÉRESTRATE (*à part*)

Douze.
L'information est exacte. Notre homme connaît la
situation.

SMICRINÈS

C'est le prix d'un mois de subsistance pour un homme,
avec même quelques jours en plus :
Oui, six jours.

CHÉRESTRATE (*à part*)

Bien calculé. Deux oboles par jour[5],
Cela suffit pour un crève-la-faim : il peut se payer une
soupe à l'orge.

---

1. Le cotyle représente un peu plus d'un quart de litre.   2. Un peu moins de trois francs actuels. Pour ce prix-là, à l'époque de Ménandre, on avait un bon vin.   3. Environ 400 000 francs actuels. Cela fait une belle dot en effet.   4. Environ 200 francs actuels.   5. Charisios donne au proxénète 12 drachmes par jour, soit 72 oboles. Si l'on divise ce nombre par 36 (un mois de 30 jours et 6 jours supplémentaires), on obtient effectivement deux oboles (un peu moins de cinq francs).

SCÈNE III

Scriminès, Chérestrate, Habrotonon

HABROTONON (*sortant de chez Chérestrate*)
Charisios t'attend, Chérestrate.
(*Apercevant Smicrinès*) Qui est cet homme, doux ami ?

CHÉRESTRATE
De notre jeune épousée, c'est le père.

HABROTONON
Mais qu'a-t-il ? On dirait un misérable philosophe
145 À le voir avec son air sombre de triple malheureux.

Smicrinès, qui n'a pas encore remarqué la présence de Chérestrate et d'Habrotonon, qu'il ne connaît de toute manière pas, continue ses commentaires acerbes.

CHÉRESTRATE (*à part*)
160   N'iras-tu pas au diable ? Va te faire pendre
haut et court !

SMICRINÈS
Je vais entrer maintenant dans cette maison et obtenir
    de claires informations
Sur toutes les affaires de ma fille. J'aviserai alors
Sur la façon dont mon gendre aura de mes nouvelles.
(*Il entre chez sa fille, dans la maison de gauche.*)

HABROTONON (*à Chérestrate*)
Devons-nous dire à Charisios que son beau-père est
    arrivé ici ?

CHÉRESTRATE
165 Oui. (*Avec un geste dans la direction de l'endroit où est
    entré Smicrinès*) Quel malfaisant renard[1] ! Une mai-
    son avec lui
Est sens dessus dessous.

---

1. Pour les Grecs de l'antiquité, le renard était le symbole de l'impudence tout autant que de la ruse.

HABROTONON

Que beaucoup de maisons soient dans ce cas, c'est mon désir.

CHÉRESTRATE

Beaucoup ?

HABROTONON
D'abord une : la maison d'à côté.

CHÉRESTRATE

La mienne ?

HABROTONON
Oui, la tienne. Entrons voir Charisios.

CHÉRESTRATE
Entrons, car de petits jeunes gens en troupe serrée
170 Vers ce lieu se dirigent. Ils sont un peu éméchés,
Et les ennuyer n'est pas indiqué, à mon avis. (*Ils entrent tous deux dans la maison de droite.*)

Premier intermède choral

ACTE II

SCÈNE PREMIÈRE

Onésime, puis Scriminès

Onésime (*sortant de chez Chérestrate*)
172 *Précaires* sont, dans leur ensemble, les affaires humaines, je
Pense.

Onésime a reçu l'ordre de son maître, averti de la présence de son beau-père, d'écarter le vieillard en utilisant n'importe quel prétexte. Justement Smicrinès sort de chez sa fille. Il est fort en colère et il veut rencontrer son gendre. Onésime lui explique que Charisios est à l'agora.

SCENE II

Smicrinès, puis Daos et Syros avec sa compagne, un enfant dans les bras

Smicrinès (*resté seul et se dirigeant vers la droite*)

Le vieillard s'encourage à affronter son gendre dans lequel il voit un paresseux, et par là quelqu'un de doublement dissipateur :
fr. 6 Le paresseux en bonne santé, comparé au malade, est bien
Plus misérable. Sans plus de profit, il mange
Deux fois plus.

DAOS (*arrivant par la gauche ; à Syros
et à sa compagne qu'il essaie de retenir*)
Attendez ! Ah ! (...)

SYROS (*sans s'arrêter*)
Au revoir. Pour ce qui est de toi, attends, mais seul.
C'est en chacun que se trouve le salut.

DAOS
Il n'est rien dans tes paroles qui soit juste.

SYROS
Non, par *les dieux,*

*Syros n'écoutera pas davantage Daos. Il annonce son
intention de porter l'affaire qui les oppose devant leur* maître
Chérestrate.
(...)

SYROS (*le charbonnier*)
Tu fuis la justice.

DAOS (*le berger*)
Tu es un sycophante, un misérable sycophante.
Tu n'as pas le droit d'avoir ce qui n'est pas à toi.

SYROS
Il faut recourir à un arbitre
220 Sur ce point.

DAOS
D'accord pour un arbitrage[1].

SYROS
Qui prendrons-nous ?

DAOS
Pour moi, n'importe qui me convient.
C'est juste,
Ce qui m'arrive. Pourquoi t'ai-je cédé ma part ?

---

1. À Athènes, le recours à des arbitres privés, choisis par les deux parties, était habituel pour les petites affaires. La décision de ces arbitres était sans appel.

Syros (*montrant Smicrinès*)
>   Celui-ci, si nous le prenions,
Veux-tu, comme juge ?

Daos
> À la bonne fortune !

Syros (*à Smicrinès*)
>   Au nom des dieux,
Excellent homme, ce sera bref, peux-tu nous accorder un peu de ton temps ?

Smicrinès
225 À vous ? À quel sujet ?

Syros
> Nous sommes en désaccord sur un point...

Smicrinès
Que m'importe !

Syros
>   Pour trancher l'affaire,
Nous cherchons un juge impartial. Si tu n'as pas d'empêchement,
Décide entre nous.

Smicrinès
>   C'est la pire des morts que vous méritez.
Les beaux plaideurs que je vois se promener là, une peau de bique
230 Sur le dos.

Syros
>   Accepte quand même. L'affaire est courte
Et facile à comprendre. Père, accorde-nous cette faveur.
Ne nous méprise pas, au nom des dieux. C'est une permanente nécessité :
En toute occasion, la justice doit l'emporter, partout.
Et n'importe qui, dans ce domaine,
235 Doit se sentir concerné. C'est l'intérêt commun vital
De tous.

Daos (*à part*)

Pas mal. Mon adversaire est un bon orateur.
Pourquoi ai-je cédé une part ?

Smicrinès

En resterez-vous donc, dis-moi,
À ce que je jugerai ?

Syros
Absolument.

Smicrinès

J'écouterai. Qu'est-ce
Qui m'en empêche ? Toi d'abord, qui ne dis rien,
parle.

Daos
240 Je prendrai les choses d'un peu plus haut, avant le
moment où lui,
À été impliqué, pour que tout te soit bien clair dans
l'affaire.
Dans la forêt, près de ce village-
Ci, je gardais mes bêtes, il y a trente jours peut-être,
Excellent homme, de cela, et j'étais seul.
245 Et voilà un petit enfant abandonné, que je trouve, un
bébé
Avec un collier et d'autres objets semblables
Comme parure.

Syros
C'est là l'objet du débat.

Daos

Il ne me laisse pas parler.

Smicrinès (*levant son bâton, à Syros*)
Si tu l'interromps, avec ce bâton,
Je te romps l'échine.

DAOS
Et ce sera justice.

SMICRINÈS
Parle.

DAOS
Oui.
250 Je recueillis l'enfant. Je rentrai à la maison avec lui.
L'idée de l'élever m'était venue. C'était ce que je jugeais bon alors.
La nuit porte conseil — une expérience que tous connaissent —,
Et ainsi, rentré en moi-même, je calculais : « Moi,
Qu'ai-je besoin d'élever un enfant, d'avoir des ennuis ? Où prendrai-je, moi,
255 Tout l'argent qu'il me faudra dépenser ? Pourquoi aurai-je des soucis, moi ? »
Tel était, comme tu vois, mon état d'esprit. Je faisais paître mes bêtes de nouveau
Le lendemain dès l'aurore. Arrive cet homme — il est charbonnier —
Au même endroit que moi, pour y scier
Des troncs. Auparavant déjà je le connaissais.
260 Nous bavardions ensemble. À l'air soucieux qu'il me
Vit : « Qu'est-ce qui te préoccupe », dit-il, « Daos ? » — « Ce que j'ai ? », lui dis-je,
« Une affaire dont je n'aurais pas dû me mêler. » Et je la lui raconte :
Comment j'ai trouvé l'enfant, comment je l'ai recueilli. Et lui alors,
Tout de suite, avant que je lui aie fait un récit complet, me demanda, avec un « Puisses-tu
265 Être heureux, Daos » ajouté à chacune de ses phrases :
« Je suis preneur pour l'enfant : donne-le-moi et puisses-tu être fortuné,
Puisses-tu être libre. J'ai une femme », dit-il,
« Moi. Elle est devenue mère, mais il est mort, l'enfant. »
Celle dont il parlait, c'est celle qui maintenant tient l'enfant.

SMICRINÈS (*à Syros*)
270 Tu lui as fait cette demande ?

DAOS (*sans laisser à Syros le temps de répondre*)
　　　　　　　　　　Pendant toute la journée
Il me fatigua de ses demandes. À force d'insistance, il me persuada.
Je lui promis l'enfant. Je le lui donnai. Il s'en alla. C'était mille fois
Qu'il me souhaitait d'être heureux. En recevant l'enfant, il m'embrassait
Les mains.

SMICRINÈS
Tu faisais cela ?

SYROS
Oui.

DAOS
　　　　　　Il disparut.
275 Avec sa femme, voilà qu'il tombe sur moi par hasard maintenant ; brusquement
Ce sont les objets déposés avec l'enfant — peu de choses
Que c'était, des bagatelles, rien du tout —, ce sont ces objets qu'il demande
À récupérer, et c'est un préjudice terrible que je lui cause, à ce qu'il dit, parce que
Je ne les rends pas, et que je les garde, comme je l'estime bon.
280 Mais moi, je dis qu'il me doit de la reconnaissance
Pour ce qu'il a obtenu par ses prières. Si ce n'est pas tout,
Que je lui donne, d'aucune persécution je ne dois être l'objet.
Si, pendant une course, il avait fait, en même temps que moi, cette découverte et
Si nous avions reçu en commun ce cadeau d'Hermès[1], une partie lui serait revenue,
285 L'autre partie à moi. Quoique j'aie été seul à trouver

---

1. Hermès est le dieu associé aux trouvailles fortuites.

— (*se tournant vers Syros*) tu n'étais pas présent alors —,
C'est à la totalité que tu prétends, sans me laisser rien.
Je finis : je t'ai donné une partie de ce qui m'appartenait, moi.
Si cela te convient, maintenant garde-le.
Si cela ne te convient pas, si tu as des regrets, rends-le.
290 Ne commets pas d'injustice. Ne fais pas de moi ta victime. Tu aurais le tout,
En partie de mon plein gré, en partie en me faisant violence ?
Cela ne saurait être. J'ai fini de dire ce que j'avais à dire.

SYROS

Il a fini ?

SMICRINÈS
Tu n'as pas entendu ? Il a fini.

SYROS
                          Bien.
Donc, c'est à mon tour. Seul il a trouvé, lui,
295 L'enfant, et tout ce qu'il vient de dire
Est exact, cela s'est passé ainsi, père.
Je ne conteste pas. C'est en priant, en suppliant que j'
Ai reçu de lui l'enfant. C'est la vérité qu'il dit.
Mais un berger m'a appris — c'est de lui
300 Qu'il tenait cette confidence, étant un de ceux qui travaillent avec lui — qu'avec l'enfant il y avait une
Parure, trouvée également par lui. (*Désignant Daos*)
Contre celui-ci, père,
Se porte partie (*désignant l'enfant*) celui-ci. L'enfant,
Donne-le-moi, femme. (*A Daos*) Le collier et tout ce qui peut le faire reconnaître,
Il te les réclame, Daos. C'est pour lui, dit-il,
305 Qu'on a déposé ces parures, non pour te faire vivre.
Et moi, je les réclame avec lui en tant que tuteur ; je le suis en effet devenu
Pour cet enfant. C'est toi qui m'as institué tel en me le donnant. (*Il remet l'enfant dans les bras de sa*

compagne. À Smicrinès) Maintenant ce qu'il te faut décider,
Excellent homme, c'est ceci, me semble-t-il :
Ces objets d'or et tout ce qui est là doivent-ils
310 Selon le désir de la mère, quelle qu'elle soit,
Rester à l'enfant comme à leur propriétaire, jusqu'à ce qu'il ait grandi,
Ou bien faut-il que ce voleur de grand chemin les possède
Parce que le premier il a trouvé ce qui n'était pas à lui ? Pourquoi donc au moment
Où j'ai reçu l'enfant, diras-tu, je ne t'ai pas demandé ces objets ?
315 Je n'avais encore aucun droit. C'est au nom de l'enfant que je parle
Ici maintenant. Ce n'est pas un bien personnel,
Particulier, que je réclame. Trouvaille commune d'un cadeau d'Hermès ? Mais impossible
De parler de trouvaille quand, dans l'affaire, les intérêts de quelqu'un sont compromis.
Ce n'est pas une trouvaille cela, c'est un vol.
320 Considère encore ceci, père. Peut-être que celui que tu vois ici, cet
Enfant, est d'une condition supérieure à la nôtre ; élevé au milieu d'ouvriers agricoles,
Il dédaignera ce genre de travail. Son naturel,
Il va y revenir bien vite, et ce sont des exploits dignes d'un homme libre qu'il osera accomplir :
Chasser des lions, avoir les armes à la main, courir
325 Dans les concours. Tu as assisté à des tragédies, je le sais bien,
Et tout cela, tu l'as en mémoire, n'est-ce pas ? Un certain Nélée
Et Pélias [1], ces héros, ont été trouvés par un vieillard
Qui gardait des chèvres. Il était vêtu comme moi d'une peau de bique.

---

1. Nélée et Pélias étaient les fils jumeaux que la princesse Tyrô avait eus de Poséidon. Exposés secrètement sur une montagne par leur mère après leur naissance, ils avaient été recueillis par un berger. Plusieurs poètes (dont Sophocle) ont raconté l'histoire de Tyrô.

Dès qu'il remarqua qu'ils lui étaient supérieurs,
330 Il raconte la chose, comment il les a trouvés, comment il les a recueillis.
Il leur donna une petite besace contenant les objets de reconnaissance.
Et, grâce à cela, ils apprirent ce qui les concernait sans que rien ne leur échappe,
Et ils devinrent des rois eux qui, auparavant, étaient des chevriers.
Si, après s'être emparé de ces objets, Daos les avait vendus
335 Pour gagner quelques drachmes, une douzaine,
C'est dans un incognito sans fin qu'ils auraient passé leur vie,
Ces hommes supérieurs, ces hommes d'une telle race.
Il n'est pas bien que cet enfant soit élevé
Par moi, et que, de son salut
340 Tout espoir soit ravi par Daos et détruit, père.
Tel homme aurait épousé sa sœur, si des signes de reconnaissance
Ne l'en avaient empêché[1] ; un autre, c'est sa mère qu'il peut rencontrer et secourir[2] ;
Un autre sauve son frère[3]. Sujette à bien des risques par nature,
Telle est la vie de tous, et c'est la prévoyance qu'il faut lui donner, père,
345 Comme gardienne ; longtemps à l'avance, il faut considérer les circonstances où elle est nécessaire.
Mais « Rends-le, si », dit-il, « cela ne te convient plus ». Cet argument
Est fort, à ce qu'il pense, dans cette affaire.
Il n'est cependant pas juste. Si quelque chose de ce qui appartient à l'enfant doit
Être rendu, est-ce l'enfant lui-même dont tu cherches à t'emparer

---

1. Nous ne sommes plus capables de savoir à quelle tragédie l'esclave fait allusion.   2. Nous trouvons ce thème dans les tragédies (perdues) de *Tyrô* (Sophocle), *Antiope* et *Hypsipyle* (Euripide).   3. Dans l'*Iphigénie en Tauride* d'Euripide, un frère est sauvé par sa sœur, à la suite d'une reconnaissance, mais non grâce à des objets de reconnaissance, il est vrai.

350 Afin d'avoir toute sécurité pour le dépouiller
De la partie actuelle des biens que lui a conservés la Fortune ?
J'ai fini mon discours. Juge ce qui est juste à ton avis.

SMICRINÈS

Mais c'est facile à juger. Tout ce qui était avec lui
Appartient à l'enfant. Voilà mon jugement.

DAOS

                                                 Bien.
355 Mais l'enfant ?

SMICRINÈS

        Je ne déciderai pas qu'il est, par Zeus, à toi
Qui maintenant pour lui est cause de dommage, mais
bien à celui qui lui vient en aide et
Le défend contre tes dommageables intentions.

SYROS (*à Smicrinès*)
Qu'une foule de bonheurs t'arrivent !

DAOS

                                  Terrible ce *verdict*,
Par Zeus Sauveur ! J'avais tout trouvé, *moi*,
360 Et tout m'est arraché. Celui qui n'a rien trouvé s'en empare.
Donc, je dois rendre ?

SMICRINÈS
Oui.

DAOS

                                Terrible, ce verdict,
Ou que rien d'heureux ne m'arrive.

SYROS (*tendant les mains*)
                                  Allons ! *Vite !*

DAOS (*comme s'il n'entendait pas*)
Héraclès, quel traitement !

SYROS
Ton sac ! Ouvre-le
Et montre. Car c'est là-dedans que tu portes les objets.
(*À Smicrinès qui se dispose à partir*) Attends encore un peu,
365 Reste, je t'en supplie, afin qu'il restitue ce qu'il a pris.

DAOS
Pourquoi ai-je
Accepté cet homme comme arbitre ?

SMICRINÈS
Donne enfin, gibier de prison.

DAOS (*s'exécutant à contrecœur*)
C'est honteux, ce qui m'arrive.

SMICRINÈS (*à Syros*)
Tout y est ?

SYROS
Je le pense,
À moins qu'il n'ait avalé quelque chose pendant que je
Plaidais, en voyant qu'il était en train de perdre.

DAOS
Je ne l'aurais pas imaginé !

SYROS
370 Eh bien, puisses-tu être heureux, excellent homme.
Voilà comment il faudrait
Que l'on juge toujours. (*Smicrinès sort par la droite.*)

DAOS
Quelle injustice !
Héraclès, il n'y a jamais eu plus injuste jugement.

SYROS

Méchant homme !

DAOS

Méchant toi-même. Mais veille, toi, maintenant,
Aux intérêts de l'enfant. Conserve-lui ces objets jusqu'à ce qu'il ait grandi.
375 Il faut bien que tu le saches. Je te surveillerai tout ce temps. (*Il sort par la gauche.*)

SCÈNE III

SYROS, puis ONÉSIME

SYROS

(*Dans la direction de Daos*) Va te faire pendre. (*À sa compagne*) Toi, prends ces objets, femme.
Après quoi, va chez notre maître ici, apporte-les lui,
À notre maître Chérestrate. Aujourd'hui nous resterons ici.
Demain matin, pour travailler, nous rentrerons,
380 Une fois la redevance payée. Mais ces objets,
Il faut d'abord que tu les comptes un à un. As-tu une corbeille ? (*Elle fait signe que non.*)
Non ? Alors mets-les dans les plis de ta robe.

ONÉSIME (*sortant de chez Chérestrate*)
De cuisinier plus lambin,
Personne n'en a vu. À cette heure, hier, il y a longtemps
Qu'on s'était mis à boire[1].

SYROS (*examinant les objets, sans voir Onésime*)
Cela me paraît être
385 Un coq et tout à fait massif. Prends.
Voici un objet orné de pierreries. Une hache, cela.

---

1. Traditionnellement, dans les banquets de l'antiquité, une beuverie suit le repas proprement dit.

ONÉSIME (*remarquant le couple*)
Qu'est-ce que c'est ?

SYROS (*même jeu*)
Avec de l'or dessus, un anneau, cela.
L'anneau même est en fer. On y a ciselé un taureau
   ou un bouc,
Je ne saurais le dire. Un certain Cléostrate
390 Est l'artiste qui l'a fait, d'après l'inscription.

ONÉSIME
Montre.

SYROS (*sans regarder Onésime*)
Voilà. Qui es-tu ?

ONÉSIME
C'est bien lui.

SYROS
Quoi ?

ONÉSIME
L'anneau.

SYROS
Quel anneau ? je ne comprends pas.

ONÉSIME
L'anneau de mon maître Charisios.

SYROS
Tu es fou.

ONÉSIME
L'anneau qu'il a perdu. (*Onésime s'empare de l'anneau.*)

SYROS
Il a pris l'anneau. Lâche-le, misérable !

ONÉSIME

395 Il est à nous et je dois le lâcher ? Où l'as-tu pris ?
Comment l'as-tu ?

SYROS

Apollon et vous, dieux ! Voilà un
terrible malheur.
Quelle affaire c'est de sauver les biens d'un orphelin !
Pauvre enfant ! Le premier venu, dès qu'il les voit, a
la rapine dans le regard.
Cet anneau, tu le lâches, je te dis.

ONÉSIME

Te moques-tu de moi ?
400 C'est à mon maître qu'il appartient, par Apollon et les
dieux !

SYROS

Je préférerais être égorgé, je crois, plutôt que
De voir cet enfant dépouillé frauduleusement par ma
faute de quelque chose. J'y suis décidé. Je plaiderai
Contre tous, un à un. C'est à l'enfant, ce n'est pas à
moi.
Un collier, cela. (*À sa compagne*) Prends-le. De couleur
pourpre, une frange de vêtement.
405 Entre à la maison. (*Elle entre. À Onésime qu'il regarde
enfin*) Toi, que me dis-tu ?

ONÉSIME

Moi ?
Charisios est le propriétaire de cet anneau. C'est lui
qu'un jour
D'ivresse, il a perdu, d'après ce qu'il m'a raconté.

SYROS

De Chérestrate
Je suis le serviteur. Ou bien conserve l'anneau soigneu-
sement
Ou bien donne-le-moi, pour que moi, je te le garde en
sûreté.

Onésime

Je veux
L'avoir moi-même en ma garde.

Syros

Cela m'est égal.
C'est au même endroit que nous avons affaire, ce me semble,
Ici même, tous les deux.

Onésime

Maintenant, il y a de la compagnie, et
Ce n'est pas le moment de lui révéler, sans doute
À notre homme quelque chose à ce sujet. Demain plutôt

Syros

J'attendrai
Demain, choisissez l'arbitre que vous voulez. Je m'en remets à lui sans barguigner.
Je suis prêt. (*Onésime entre chez Chérestrate.*) Pour le moment, je ne me suis pas trop mal tiré d'affaire.
On doit tout lâcher, à ce qu'il paraît, c'est une nécessité, si un procès
Réclame vos soins. C'est par là que tout, à notre époque, est sauvé. (*Il entre à son tour chez Chérestrate.*)

Deuxième intermède choral

ACTE III

SCÈNE PREMIÈRE

Onésime

ONÉSIME (*sortant de chez Chérestrate*)
Cet anneau, j'ai bien décidé plus de cinq fois
420 Que mon maître le voie. Je me suis approché. Et, sur le point
De le montrer, tout près de parler, vraiment,
J'hésite. Ce que je lui ai dit auparavant, je le regrette.
Ah ! mes révélations ! Car il dit assez souvent :
« Celui qui m'a découvert cela, le misérable, que misérablement
425 Zeus le fasse périr ! » J'ai peur qu'il ne se réconcilie
Avec sa femme. Et l'homme qui lui a dit la chose et
La connaît, il va le faire disparaître, qu'il le saisisse
seulement. Ce qu'il serait bon que *je fasse*,
C'est de ne pas ajouter, à ceux que j'ai déjà causés, de
nouveaux troubles ; je dois m'en abstenir.
Ici l'embrouille est suffisamment grande.

SCÈNE II

Onésime, Habrotonon

HABROTONON (*à la cantonade*)
430 Laissez-moi, je vous en prie. J'en ai assez des misères
Que vous me faites. (*Sans remarquer Onésime*) Moi, à ce qu'il paraît, malheureuse que je suis,
Je ne m'en suis pas aperçu, mais je me suis couverte
de ridicule. Être aimée, *voilà à quoi je m'attendais.*
Or divine est la haine dont me hait cet homme.

Il ne me laisse plus même me placer, hélas !
435 Auprès de lui, mais il m'écarte.

ONÉSIME (*sans remarquer Habrotonon*)

Mais faut-il rendre l'anneau
À celui dont je viens de le recevoir ? Absurde.

HABROTONON (*même jeu*)

Malheureux
Que cet homme ! Pourquoi tant d'argent gâché ?
Car, pour ce que je fais avec lui, à la fête de la déesse, je puis porter
La corbeille[1]. Je remplis les conditions maintenant, hélas !
440 Me voilà « célibataire », comme on dit, et ce jour est le troisième
Où je suis là, inutile.

ONÉSIME (*même jeu*)

Comment donc, au nom des dieux,
Comment, je vous en prie...

SCÈNE III

ONÉSIME, HABROTONON, SYROS

SYROS (*sortant de chez Chérestrate*)

Où est l'homme que je recherche
Partout dans la maison ? (*Apercevant Onésime*) Hé toi ! *Rends-moi,* mon bon,
L'anneau. Ou montre-le à celui à qui tu voulais le montrer.
445 Jugeons. Je dois aller quelque part.

---

[1]. Lors de la grande procession des Panathénées à Athènes au mois de juillet, les jeunes filles choisies pour porter les corbeilles sacrées devaient être vierges. Parce qu'elle n'a pas été touchée par Charisios, Habrotonon se considère apparemment comme telle.

Onésime
                    Ainsi
En est-il, homme. Mon maître en
Est le propriétaire, j'en suis parfaitement sûr. Cet
   anneau appartient à Charisios,
Mais j'hésite à le lui montrer. Car c'est le père de
   l'enfant
Qu'en lui je désigne pratiquement, en lui présentant
   l'anneau
450 Avec lequel l'enfant a été exposé.

Syros
                    Comment ?

Onésime
                    Tu es stupide !
C'est aux fêtes des Tauropolies qu'il l'a perdu
   naguère,
Alors qu'il y avait la fête nocturne et que des femmes
   se trouvaient là : vraisemblablement
Il y a eu là quelque violence faite à une jeune fille.
Elle a mis au monde l'enfant et l'a exposé, naturellement.
455 Si on pouvait découvrir cette femme et présenter
L'anneau, certaine est la preuve qu'on aurait.
Maintenant, soupçon et trouble, c'est tout ce qu'il y a.

Syros
                    Vois
Toi-même ce qu'il en est. Mais si tu fais du chantage,
   si, pour que je puisse reprendre
L'anneau, tu veux que je te donne
460 Un petit quelque chose, tu divagues. Il n'est pas question du tout
Avec moi de partage.

Onésime
Je ne le demande pas.

SYROS

                C'est bon.
Je vais revenir bien vite — car c'est en ville que je dois aller
Maintenant. L'affaire, je verrai alors comment la régler. (*Il sort par la droite.*)

HABROTONON (*s'avançant*)
Le bébé en ce moment allaité par la femme,
₄₆₅ Onésime, dans la maison, a été trouvé par ce charbonnier ?

ONÉSIME
Oui, à ce qu'il dit.

HABROTONON
      Qu'il est mignon, le pauvre petit !

ONÉSIME
              Et cet
Anneau qui était avec lui appartient à mon maître.

HABROTONON
Ah misérable ! Alors, s'il est le fils de ton maître, véritablement, ton maître à toi,
Il pourrait être élevé, sans que tu ne fasses rien, comme esclave,
₄₇₀ Et tu ne mériterais pas la mort ?

ONÉSIME
            Je viens de le dire :
La mère, personne ne la connaît.

HABROTONON
            Il l'a perdu, tu dis,
Aux Tauropolies, cet anneau ?

ONÉSIME
            Il était ivre, comme me
L'a dit le petit esclave qui l'accompagnait.

HABROTONON

Il est clair
Que voyant les femmes qui célébraient la fête noc-
tourne, comme il était seul,
475 *Il s'est jeté* sur elles. Pendant que j'y étais, il s'est produit
Un fait du même genre d'ailleurs.

ONÉSIME

Pendant que tu y étais ?

HABROTONON

L'an dernier, oui, j'étais
Aux Tauropolies. Je jouais de la harpe pour de toutes jeunes filles
Et moi-même, je m'amusais avec elles. Et moi alors,
Encore, un homme, j'ignorais ce que c'est.

ONÉSIME (*incrédule*)

Sans aucun doute !

HABROTONON

480 Mais si, par Aphrodite !

ONÉSIME

Mais la jeune fille, son identité
T'est connue ?

HABROTONON

Je pourrais l'apprendre. Les femmes avec qui j'étais, moi,
Ces femmes-là, elle en était l'amie.

ONÉSIME

Et son père,
As-tu appris son nom ?

HABROTONON

Il n'y a rien que je sache. Si ce n'est qu'en la voyant,
Je la reconnaîtrais. Elle était jolie, ô dieux !

485 Et riche, à ce qu'on disait.

ONÉSIME
C'est elle peut-être.

HABROTONON
Je l'ignore. Elle s'égara alors qu'avec nous elle était là-bas.
Ensuite tout à coup, toute en larmes, la voilà qui accourt seule.
Elle s'arrachait les cheveux. Sa robe si belle
Et si fine, ô dieux ! en tissus de Tarente, était toute
490 Déchirée. Ce n'était plus que lambeaux.

ONÉSIME
Et cet anneau, l'avait-elle ?

HABROTONON
Elle l'avait peut-être. Mais elle n'a pas eu l'occasion de me le
Montrer, car je ne veux pas mentir.

ONÉSIME
Que faut-il que je fasse,
Moi, maintenant ?

HABROTONON
À toi de le voir. Mais si tu es un homme sensé
Et si tu veux m'en croire, en ce qui concerne cette affaire, tu iras voir ton maître
495 Et la lui révéleras. Si l'enfant a une personne de condition libre
Comme mère, pourquoi faut-il qu'il ignore ce qui est arrivé ?

ONÉSIME
Mais d'abord cette mère, qui est-elle, Habrotonon ?
Nous devons le découvrir. Et pour cela, *aide*-moi.

Habrotonon
Je ne le pourrais qu'à une condition : l'homme qui a commis la faute, je dois d'abord et *clairement*
500 L'identifier. Car je crains, moi,
De donner de vaines indications à ces femmes dont je *parle*.
Qui sait si cet anneau n'a pas constitué un gage donné par ton maître
Et si ce n'est pas alors l'un des jeunes gens de son groupe qui l'aura perdu,
Un autre que lui ? Dans une partie de dés, peut-être bien, pour alimenter la cagnotte,
505 C'est la garantie qu'il aura donnée. Ou bien il a conclu un marché quelconque,
Il s'est trouvé coincé, et alors il l'a donné. Des histoires, il y a en a des milliers,
Dans les beuveries, qui sont du même genre ; c'est dans la nature des choses.
Avant de savoir qui a commis la faute, je ne veux pas
Chercher la femme ni révéler, pour ma part,
510 Rien de semblable, ça non.

Onésime
C'est juste, ce que tu dis.
Mais que doit-on faire ?

Habrotonon
Vois, Onésime,
Si tu approuves ce qui me vient à l'esprit comme plan.
C'est à mon compte que je vais mettre la chose, moi.
L'anneau, je vais le prendre et entrer là
515 Pour voir ton maître.

Onésime
Explique-toi. Je commence
À comprendre.

Habrotonon
Voyant que je l'ai, il me demandera où
Je l'ai pris. Je dirai : « Aux Tauropolies, j'étais vierge
Encore alors. » Et ce que la jeune fille a subi, tout cela, je me
L'attribuerai. La plupart des faits, je les connais, moi.

ONÉSIME

520 Oui, mieux que personne.

HABROTONON
S'il est impliqué
Personnellement dans cette affaire, immédiatement il va, à l'étourdie,
En apporter la preuve, et, comme il a trop bu maintenant, il va parler
Le premier en disant tout, précipitamment. À tout ce qu'il dira
Je répondrai « Oui », pour ne me tromper en rien
525 Comme ce serait le cas si j'étais la première à parler.

ONÉSIME
Excellent, par Hélios !

HABROTONON
De la façon la plus banale, je vais faire l'effarouchée en disant
Pour ne pas me tromper : « Quelles étaient ton impudence et
Ta violence ! »

ONÉSIME
Bien.

HABROTONON
« Tu m'as renversée avec quelle force !
Et mes vêtements déchirés, malheureuse que je suis ! »
530 Voilà ce que je dirai. Avant cela, dans la maison, il y a le bébé que je veux
Prendre. Je pleurerai, je l'embrasserai. L'endroit où
Elle l'a trouvé, je le demanderai à celle qui l'a.

ONÉSIME
Héraclès !

HABROTONON
Et en conclusion du tout : « Un enfant », dirai-je,
« T'est né », et celui qu'on a trouvé,
535 Je le lui montrerai.

ONÉSIME
Habilement, malicieusement joué, Habrotonon.

HABROTONON
Si l'on peut vérifier cela et s'il apparaît qu'il est le père,
Lui, de l'enfant, pour ce qui est de la jeune femme que nous devons chercher,
Nous aurons tout loisir.

ONÉSIME
La chose que tu ne dis pas, c'est que
La liberté te sera donnée à toi. Car si son enfant
540 T'a comme mère, dans sa pensée, il te rachètera immédiatement, c'est clair.

HABROTONON
Je n'en sais rien, mais je le voudrais.

ONÉSIME
Tu ne le sais pas ? Toi ?
Mais me saura-t-on gré, Habrotonon, de ce que j'ai fait, moi ?

HABROTONON
Par les deux déesses ! De tout ce qui m'arrive, c'est toi la cause,
Je m'en souviendrai.

ONÉSIME
Mais si tu cesses
545 De rechercher cette femme, volontairement, et me laisses en plan
Après m'avoir dupé, qu'en sera-t-il ?

HABROTONON
Malheur,
Pourquoi ? Suis-je en mal d'enfant, à ton avis ?
La liberté, c'est tout ce que je souhaite, dieux !
Voilà ce que voudrais recevoir comme salaire dans cette affaire.

ONÉSIME
Puisses-tu l'obtenir !

HABROTONON
550 Donc, tu es d'accord ?

ONÉSIME
Accord parfait.
Car si tu veux agir avec malice à mon endroit, je me battrai contre toi alors,
J'en aurai les moyens. Dans les circonstances présentes,
Voyons ce qu'il en est.

HABROTONON
Donc, tu marches.

ONÉSIME
Tout à fait.

HABROTONON
L'anneau : donne-le-moi vite.

ONÉSIME (*tendant l'anneau*)
555 Prends-le.

HABROTONON
Chère Persuasion, sois mon alliée
Et rends efficaces les paroles que je vais dire. (*Elle rentre chez Chérestrate.*)

ONÉSIME (*resté seul*)
Ce qu'elle est formidable, cette petite femme-là ! Comme elle a vu que,
Par l'amour, il n'est pas de liberté possible pour elle,
Et qu'elle se donne vainement de la peine, elle change

560 De route. Mais moi, toujours je resterai esclave, toute ma vie,
Épais que je suis, lourdaud, ne sachant rien combiner à l'avance
De pareil. D'elle, peut-être, je recevrai quelque chose,
Si elle réussit. Et ce serait juste. Mais que voilà de vains
Rêves, malheureux que je suis, moi qui compte
565 Sur la reconnaissance d'une femme ! Pourvu seulement
Qu'aucun autre ennui ne m'arrive. Maintenant, c'est une dangereuse
Situation que celle ou se trouve ma maîtresse.
Ça ne fera pas un pli. Si l'on découvre que le père de la jeune fille
Est de condition libre et qu'elle est la mère de l'enfant,
570 Dans l'histoire, c'est elle que mon maître va épouser, tandis que, ma maîtresse, *il va l'abandonner*
Avec le souhait que, chez lui, finisse le trouble.
Pour le moment, j'ai élégamment évité, je crois,
D'être directement impliqué dans ces nouveaux remous. C'en est fini pour moi
De m'occuper de ce qui ne me regarde pas. Si l'on me prend, moi,
575 À me mêler des affaires d'autrui ou à bavarder, qu'on me les coupe,
J'y consens. Mais voilà quelqu'un.
Qui est celui qui s'avance ici ? C'est Smicrinès. Il revient
De la ville et il n'est pas dans son assiette
Une fois encore. Il aura appris la vérité peut-être,
580 De quelqu'un, notre homme. Je lui cède la place. Je veux,
En partant, *éviter d'avoir avec lui* une conversation.
(...)

SCÈNE IV

Scriminès

Smicrinès (*arrivant par la droite*)

Smicrinès se plaint de façon répétée de la conduite scandaleuse de son gendre : il y a non seulement cette orgie, la harpiste — un scandale largement étalé —, mais le fait qu'apparemment Charisios est le père de l'enfant trouvé pour lequel on a sollicité son arbitrage. Ce dernier fait, qui renouvelle sa colère, le vieillard l'a sans doute appris de Syros qui, l'ayant rattrapé sur le chemin d'Athènes, lui a raconté qu'Onésime lui avait emprunté l'anneau sous prétexte que Charisios en était le propriétaire.

SCÈNE V

Scriminès, Carion

Carion

Le cuisinier Carion, accompagné de son assistant Simias, sort de chez Chérestrate en grand émoi de sorte qu'il ne s'aperçoit pas de la présence de Smicrinès. Le banquet vient en effet d'être troublé. Habrotonon a montré un anneau à Charisios et celui-ci a réagi très violemment. Personne ne fait plus attention au repas.

Smicrinès (*à part*)
      Rien ne devait manquer
610 Au déjeuner qu'ils prennent.

Carion (*toujours sans apercevoir Smicrinès*)
      Ô triple malheureux
Que je suis de bien des façons. Maintenant donc, je ne sais comment cela se fait,
Les convives se dispersent.

Smicrinès, pour sa part, commence à avoir des soupçons :

SMICRINÈS
621 Charisios a un fils de la harpiste ?

Le cuisinier, après avoir donné quelques détails supplémentaires, décide finalement de se retirer.

CARION (*à son aide*)
Simias,
635 Partons.

SCÈNE VI

SCRIMINÈS, CHÉRESTRATE

C'est au tour de Chérestrate de sortir de la salle du banquet et de manifester une vive émotion. Il est pour sa part inquiet devant la nouvelle situation de son ami Charisios. Il craint que la courtisane ne veuille prendre maintenant trop d'ascendant sur lui. Smicrinès qui l'a écouté sans être aperçu et a donc reçu confirmation des propos du cuisinier ainsi que de ses propres soupçons exprime l'indignation que provoque en lui la conduite de son gendre :

SMICRINÈS
645 (...)   Et il n'a pas eu honte
De faire un enfant à une catin ? Quelle paternité !

Finalement la conversation s'engage entre Smicrinès et Chérestrate. Elle est très vive, Chérestrate se voyant accusé de favoriser les débauches de Charisios. Finalement Smicrinès prend une décision capitale :

SMICRINÈS
655 (...)   Mais peut-être je
Me mêle des affaires d'autrui et dépasse les limites de
ma sphère,

Alors que, logiquement, il m'est loisible de m'en aller, ma fille
Avec moi. C'est ce que je vais faire et pratiquement
Ma décision se trouve prise. Je vous prends à témoins,
660 Vous ; je l'ai juré, Chérestrate, *par ces mêmes dieux*
Que j'ai invoqués quand j'ai envoyé ma fille *rejoindre son jeune époux.*

CHÉRESTRATE

La fille que tu as, tu l'emmènes ? Ton intention est de la reprendre ?
Conduite indigne à notre égard, *Smicrinès !*

SMICRINÈS
Ne compte pas que j'agisse autrement.
Pas un mot. *Ces* paroles que tu viens de dire sont *pure plaisanterie de ta part. Il est insensé*
665 Et c'est un discrédit universel qu'il répand
Sur lui-même : incapable de se contrôler, étant, comme on dit,
Son propre vaincu, c'est à une petite prostituée de trois sous
Qu'il s'est lui-même ainsi livré. (...) [v. 665-668 = fr. comic. adesp. 78 K.-A.]
Aux dénégations de Chérestrate, Smicrinès répond par des sarcasmes.

SMICRINÈS
Prétendez-vous qu'il
680 Déteste cette « dolce vita » comme on appelle ce genre de vie ?
Il buvait avec une telle ; il possédait le soir
Une telle ; le lendemain, c'est une telle qu'il possédait.
683 Nombreuses sont les maisons ruinées
Par ce genre de vie et les mariages sont nombreux qu'il a détruits
(...)
687 Mais il n'a rien voulu entendre. Dans ces conditions, comme *il le doit*
Qu'il restitue la dot.

CHÉRESTRATE
Pas encore, *Smicrinès*.

SMICRINÈS
Ce n'est même pas, par Déméter, la dixième partie de la journée,
690 Pas la moindre partie que restera ma fille. Pour elle, ici, c'est fini.
(*Sarcastique*) À moins de penser que c'est à des métèques enregistrés par la bande
Qu'avec nous il est allié.

CHÉRESTRATE
Ce n'est pas non plus sa pensée.

SMICRINÈS
Il prend des airs supérieurs et ne s'en repentira pas ?
Il court à sa ruine dans un lieu de débauche où il dissipe ses moyens d'existence
Avec la jolie personne qu'il a introduite.
C'est ainsi qu'il vivra ; nous, il ne nous connaîtra même pas, apparemment.

Smicrinès entre donc chez sa fille pour la contraindre (à défaut de la convaincre) à divorcer. La loi permet en effet à un père de faire divorcer sa fille, du moins si le couple n'a pas d'enfant, ce qui paraît être le cas à Smicrinès.

CHÉRESTRATE (*resté seul*)
697 Celle-ci, elle-même, il l'aura (...)
(...)
Tout est bouleversé. Mes propres affaires, semble-t-il,
Maintenant réclament mes soins et je dois aller
Accomplir ce qu'on m'a assigné comme tâche, à moi.
(*Il sort.*)

Troisième intermède choral

ACTE IV
SCÈNE PREMIÈRE
Scriminès, Pamphilé, Charisios

Smicrinès (*continuant sa conversation avec Pamphilé*)
Je ne vois pas que ces malheurs *puissent avoir d'autre issue*.
Partons, il le faut, Pamphilé. *Pour les gens sensés,*
Il n'y a qu'une vertu devant l'absurdité : la fuite, toujours.

Pamphilé
705 Oh là là ! Qu'est ceci ? *Je ne l'aurais pas cru, père* :
Toujours, toi, tu veux être mon maître.

Smicrinès
C'est l'ombre d'un âne[1],
L'ombre, et nous n'avons pas le loisir *de rester plus longtemps*.

Pamphilé
Les choses ambiguës demandent *maintenant, père, beaucoup de loisir*.

Smicrinès
Depuis un certain temps, je te propose *le parti le plus avantageux, Pamphilé*.

Pamphilé
710 Que ce soit vraiment moi que tu considères, je m'en étonnerais beaucoup à t'entendre.
(...)

---

1. Expression proverbiale signifiant : « Ce n'est rien ».

Mais si, dans ta tentative de me sauver, tu ne parviens
    pas à me persuader, moi,
715 Ce n'est plus comme mon père que tu seras considéré,
    mais comme un tyran.

SMICRINÈS
Les discours sont-ils de mise ici ? S'agit-il de persuasion ?
N'est-ce pas quelque chose qui saute aux yeux ? Le
    fait même, Pamphilé, crie
À pleine voix. Si moi aussi, je dois parler,
Je suis prêt à le faire. C'est en trois points que se fera
    ma démonstration.
720 On ne peut plus le sauver, lui, pas plus que toi.
Lui sans doute vivra sans souci, agréablement ; toi,
    sûrement pas.

Après avoir d'emblée insisté sur le contraste entre un mari jouisseur et une épouse sacrifiée, Smicrinès en arrive au premier des trois points qu'il a annoncés : la ruine financière de Charisios obligé d'entretenir deux femmes. Représente-toi, dit-il à sa fille,
La dépense. Les Thesmophories : double célébration.
750 Les Scirophories[1] : double aussi. Le gaspillage que
    cela représente, imagine !
Est-ce qu'il n'est pas perdu, cet homme, de toute évi-
    dence ?
Considère ton intérêt. Charisios te dit qu'il a à faire
    au Pirée[2],
Qu'en personne il doit y aller. Il va prendre racine là-
    bas, une fois arrivé ; et toi,
Tu en souffriras. Tu attendras son re*tour*
755 Sans dîner. Et lui de boire, avec sa belle évidemment.
(...)
Smicrinès aborde alors son deuxième point, le plus important : si Pamphilé ne prend pas les devants et n'accepte pas l'idée de divorcer, c'est Charisios lui-même qui risque de la répudier, en inventant des prétextes, afin de pouvoir se livrer plus librement à son nouvel amour. En tout cas — et Smi-

---

1. Les Thesmophories et les Scirophories sont deux importantes fêtes athéniennes célébrées par les femmes. Les Thesmophories duraient trois jours au mois d'octobre, les Scirophories un jour en juin.   2. Le port d'Athènes : suffisamment à l'écart, c'est le lieu idéal, dans l'idée de Smicrinès, pour loger une maîtresse.

crinès aborde ici son troisième point — que Pamphilé n'espère pas supplanter sa rivale et regagner la faveur de son mari. Pour une rivale agressive,

790 (...) tout sera un encouragement alors.
Pour ce qui est de l'air sombre, des remontrances perpétuelles,
De ce qu'une femme mariée peut prendre comme poses, c'est l'égalité point par point.
Sur ce plan, tu seras paralysée. Elle est difficile, Pamphilé,
Pour une femme libre, la lutte que, contre une courtisane, elle doit mener.
795 Celle-ci a plus d'astuce, plus de science. De pudeur,
Elle n'en a aucune, et elle flatte davantage. La honte ne *l'arrête pas*.
Il n'y a pas de doute maintenant sur ce point pour toi ; c'est comme si la Pythie
Te l'avait dit, considère-le bien, c'est ce qui va se passer.
Si, en toute *occasion*, tu as cela dans l'esprit, jamais, à ce que je pense, ma volonté
800 Ne sera contredite par tes actes, jamais.

PAMPHILÉ

Mon père, ma pensée, je la dis — ainsi le veut l'éducation que tu m'as donnée —
Toujours en tout. (...)
(...). Mon intelligence n'est pas mauvaise.

Après ce préambule, Pamphilé entreprend de répondre point par point à son père. Premier point : admettons que la ruine financière de Charisios soit consommée

Pour cette raison. Est-ce que je me *suis mariée* pour ne partager *avec mon mari que*
Les jours de bonheur ? S'il *est dans le malheur,* ne dois-je pas
Songer à son intérêt ? Si, *par Zeus* ; et,
820 C'est pour partager *sa vie* que je suis entrée *dans sa maison*.
Il a fait un faux pas ? Je supporterai de lui (...)
Les deux maisons qu'il habite, *absolument, et les attentions*
Qu'il a pour ces dames (...).
Si l'autre *mariage à quoi tu* me *destines ne doit comporter*
825 Ni souffrance *ni chagrin pour moi,*
Il serait bon que *tes ordres soient accomplis.*

Mais si l'on ne peut connaître *à quoi il aboutira,*
M'y engager, *est-ce raisonnable pour moi ?*
Mais mon mari va me chasser ? En quelle occasion
   Charisios
830 Verra-t-il que je suis une bonne épouse mieux *que*
   Quand il honorera l'autre femme (...) ?
Pamphilé montre enfin qu'elle ne craint pas les calomnies de sa rivale.

Smicrinès, voyant qu'il n'arrive pas à convaincre sa fille, repart pour Athènes chercher la vieille nourrice de Pamphilé, Sophroné, espérant l'avoir comme alliée dans la discussion. Restée seule, Pamphilé pleure.

PAMPHILÉ

fr. 8   (...) Mes yeux sont gonflés
De larmes.

SCÈNE II

PAMPHILÉ, HABROTONON

HABROTONON (*sortant de chez Chérestrate*)
Je vais sortir avec l'enfant. Il pleure, le malheureux,
Depuis longtemps. Je ne sais ce qu'il a, mais il n'est
   pas bien avec moi.

PAMPHILÉ (*sans voir Habrotonon*)
855 Quel dieu, dans mon malheur, aura pitié de moi ?

HABROTONON (*à l'enfant*)
Très cher *petit, quand* verras-tu ta mère ?
(*Remarquant Pamphilé*) Et *qui vois-je ? Serait-ce elle ?*

PAMPHILÉ
                                   Je m'en vais.

HABROTONON
Un moment, femme, attends un peu.

Pamphilé

Tu m'appelles ?

Habrotonon

Oui.
Regarde-moi bien.

Pamphilé
Me connais-tu, femme ?

Habrotonon
860 (*À part*) C'est bien celle que j'ai vue. (*À Pamphilé*)
Salut, très chère.

Pamphilé
Qui es-tu ?

Habrotonon
Mets ta main ici dans la mienne. Ta main,
donne-la moi.
Dis-moi, ma douce, l'an dernier, n'es-tu pas allée voir
La fête des Tauropolies *dans une robe de Tarente de toute beauté* ?

Pamphilé
Femme, d'où as-tu, dis-moi, l'enfant
865 Que tu tiens ?

Habrotonon
Vois-tu, très chère, quelque chose que tu reconnaisses
Parmi ce qu'il porte ? N'aie pas peur de moi, femme.

Pamphilé
Tu n'es pas la mère, toi, de cet enfant ?

Habrotonon
J'ai fait semblant,
Non pour porter tort à la mère, mais afin
D'avoir le temps de la trouver. Maintenant je l'ai trouvée : c'est toi.
870 Je vois bien celle que j'ai vue autrefois.

PAMPHILÉ

                              Qui est le père ?

HABROTONON

Charisios.

PAMPHILÉ

Tu sais cela sûrement, très chère ?

HABROTONON

Je n'ai aucun doute pour ma part. Mais n'es-tu pas la jeune femme, à ce que je vois,
Qui habite ici ?

PAMPHILÉ

Oui.

HABROTONON

Heureuse femme,
Un dieu vous a pris en pitié. Mais la porte
875 Des voisins a résonné. Quelqu'un sort.
Chez toi, comme si j'étais à toi, introduis-moi
Pour que tout le reste te soit conté clairement. (*Elles entrent dans la maison de Charisios.*)

SCÈNE III

ONÉSIME

ONÉSIME (*sortant de chez Chérestrate*)
Il est au bord de la folie, celui-là, par Apollon, il est fou,
Parfaitement fou. La vraie folie, par les dieux !
880 C'est de mon maître dont je parle, de Charisios. Une humeur
Noire l'a envahi ou c'est quelque chose comme cela.
Que pourrait-on supposer d'autre avec ce qui arrive.
À la porte de la maison, tout à l'heure, *pendant un long*
Moment, il est resté penché au-dehors sans bouger, *le malheureux.*
885 Le père de sa femme faisait sur la chose

Porter l'entretien avec celle-ci, à ce qu'il semble. Et
mon maître, comme
Il changeait de couleur, Messieurs, impossible de le
dire sans mal.
« Ô très douce, quelles paroles tu prononces »,
S'écriait-il, et la tête qu'il se frappait, et fort,
890 Sa pauvre tête. Et il reprenait après une pause :
« Quelle femme j'ai
Épousée, et moi, infortuné, quel est mon malheur ! »
Enfin,
Après avoir tout entendu, il rentra dans la maison. Et alors
De rugir là-dedans, de s'arracher les cheveux, un égarement continuel.
« Moi, criminel », ne cessait-il
895 De dire, « voilà le genre d'actes que j'ai commis,
Moi qui suis d'un bâtard le père,
Et je n'ai pas eu, je n'ai pas accordé d'indulgence, pas
la moindre,
Rien, dans un malheur identique, à cette femme. Barbare,
Cruel que je suis. » Il s'injurie avec violence
900 Lui-même. Ses yeux sont injectés de sang, tant il est
agité
J'ai frissonné, moi ; je suis desséché de peur.
Dans l'état où il est, s'il me voit quelque part,
Moi le dénonciateur, il pourrait me tuer.
Voilà pourquoi je me suis faufilé ici, au-dehors, sans
qu'on me voie.
905 Mais où irais-je ? Que décider ? C'en est fait de moi,
Je suis perdu. La porte a résonné. Il sort.
Zeus sauveur, si c'est possible, sauve-moi ! (*Il se met
en retrait près de la maison de Charisios.*)

SCÈNE IV

ONÉSIME, CHARISIOS

CHARISIOS (*sortant de chez Chérestrate,
sans voir Onésime*)
Moi l'être impeccable, l'homme d'honneur,
Qui du beau en tout, et du laid, fais l'examen

910 « L'homme intègre, d'une irréprochable conduite[1] »
— C'est de la bonne manière que j'ai été traité, et comme il convient tout à fait,
Par la divinité —, là j'ai montré que je n'étais qu'un pauvre homme.
« Trois fois malheureux, dans ton orgueil, tu souffles fortement, tu bavardes ?
Involontairement une femme a du malheur, et ce malheur tu ne le supportes pas ?
915 Toi-même, je vais montrer qu'en des fautes semblables tu es tombé
Et elle se montrera, elle, indulgente à ton égard, pendant que toi,
Tu la méprises. Tu apparaîtras à la fois
Comme un être malheureux, vain et sans jugement. Quel homme tu fais ! »
Quoi de semblable entre ses paroles et tes sentiments d'alors
920 Quand elle parlait à son père. « Il me faut partager, je suis venue pour cela, il me faut partager sa vie,
Répétait-elle, et je ne dois pas, devant son malheur, prendre la fuite
Depuis qu'il lui est arrivé. » Tandis que toi, l'homme à l'âme élevée on ne peut plus,
(...)
(...) tu n'es qu'un barbare.
Charisios continue ainsi, assez longuement, d'opposer son manque d'humanité et la douceur de sa femme. Mais il s'avise bientôt que Pamphilé n'a pas seulement à souffrir de lui.
                              Son père
Ne sera pas facile avec elle dans ses entretiens. Que m'importe son père ?
Je lui dirai nettement : « Laisse-moi, Smicrinès,
930 Ne me fais pas d'histoires. Elle ne me quitte pas, ma femme.
Pourquoi tourmentes-tu et veux-tu contraindre Pamphilé ?
(*Apercevant Onésime*) Pourquoi faut-il que je te revoie, moi ?

---

1. Citation d'Euripide, *Oreste*, v. 922.

SCÈNE V

CHARISIOS, ONÉSIME, HABROTONON

ONÉSIME (*à Habrotonon
qui sort de chez Charisios*)
        Ma situation est mauvaise vraiment.
Malheureux que je suis. De toi, j'ai bien besoin en cette occasion, femme,
Ne m'abandonne pas.

CHARISIOS (*à Onésime*)
        Toi, tu étais là à l'écoute
935 Tu es resté là, scélérat, pour m'espionner !

ONÉSIME
        Non, par les dieux,
Je viens juste de sortir.

Charisios est rendu furieux par ce qui lui semble être l'insolence de son esclave. Mais Habrotonon intervient bientôt et parle de l'enfant :

HABROTONON
Il n'était pas à moi, l'enfant (...).

CHARISIOS
945 Il n'était pas à toi ? (...)

Charisios essaie alors de comprendre. Pourquoi Habrotonon a-t-elle prétendu être la mère tout à l'heure ? Onésime réplique qu'on a voulu le mettre à l'épreuve.

CHARISIOS
950 Que dis-tu, Onésime ? Vous m'avez mis à l'épreuve, moi ?

ONÉSIME
C'est elle qui m'a persuadé, par Apollon *et les dieux*.

CHARISIOS
Et toi, tu cherches à m'égarer, scélérat !

Habrotonon

Ne lui cherche pas noise,
Très doux ami. La mère, c'est ton épouse légitime, à toi.
C'est elle et personne d'autre.

Charisios

Plût aux dieux que cela fût vrai !

Habrotonon

⁹⁵⁵ Mais c'est vrai, par la chère Déméter !

Charisios

Que dis-tu ?

Habrotonon

Ce que je dis ? La vérité.

Charisios

Pamphilé est la mère de l'enfant ?
Mais c'était moi le père.

Habrotonon

Il est à toi comme à elle.

Charisios

Pamphilé est sa mère !
Habrotonon, je t'en supplie, ne me donne pas des ailes de joie.

Charisios a du mal en effet à admettre son bonheur. Il demande encore à Habrotonon pourquoi, lors du banquet, elle a prétendu être la mère de l'enfant. Elle le lui indique et Charisios, désormais convaincu, court se réconcilier avec sa femme. Onésime resté seul exprime brièvement son soulagement avant de rentrer lui aussi dans la maison de son maître.

Quatrième intermède choral

ACTE V

SCÈNE PREMIÈRE

Chérestrate

Chérestrate

Chérestrate, tout étonné de la longue absence de Charisios qui paraît avoir déserté le banquet, sort aux nouvelles. Il croit toujours qu'Habrotonon est la mère de l'enfant dont Charisios est le père. Or, plus que jamais, il a un penchant pour la joueuse de harpe. D'où un dialogue passionné avec lui-même :

Chérestrate, désormais c'est la suite qu'il faut voir :
Tu dois veiller à rester pour Charisios un ami,
Comme dans le passé, un ami fidèle. Car elle n'est pas, *maintenant,*
985 Une petite courtisane ni la première venue. *Il l'aime,*
Et avec passion. Un enfant est né dont elle est la mère.
Elle a l'esprit
D'une femme libre. Suffit ! Ne jette pas tes regards sur la joueuse de harpe.

Il décide donc de ne pas interférer dans les amours de Charisios et d'Habrotonon.

SCÈNE II

Chérestrate, Charisios, Onésime

Onésime sort avec Charisios qu'il a eu cette fois la joie — et le soulagement — de voir se réconcilier avec Pamphilé : après tout, si l'histoire des deux jeunes gens se termine bien, c'est grâce à lui ! Les deux hommes mettent Chérestrate au courant des derniers événements : leur ami peut laisser libre cours à sa passion pour Habrotonon. Chérestrate rentre chez lui, et Onésime chez son maître. Resté seul, Charisios commente la situation : il a résisté aux charmes d'Habrotonon non par grandeur morale mais en raison de l'amour qu'il portait à sa femme. Chérestrate n'a pas les mêmes raisons.

CHARISIOS (?)

1060 (...) Une telle femme, il ne se serait pas abstenu d'y toucher,
Notre homme, c'est sûr, je le sais. Tandis qu'à moi, c'est possible.

SCÈNE III

SCRIMINÈS, SOPHRONÉ

SMICRINÈS (*entrant par la droite avec la nourrice personnage muet*)
Si je ne te casse pas la tête, Sophroné,
Que la pire des morts soit mon lot. Tu prétends me donner des conseils, toi à moi ?
Tu dis que j'agis avec précipitation en emmenant ma fille, scélérate de vieille ?
1065 Oui certes, je dois demeurer tranquille et voir dévorer la dot que j'ai donnée
Par son excellent mari ! Ce sont de vaines paroles que je prononce
Quand il s'agit de mon bien ! Voilà de quoi tu essaies de me persuader, toi ?
Une action rapide n'est-elle pas préférable ? Tu gémiras longtemps
Si tu dis encore un mot. Quoi ? J'aurais pour juge Sophroné ?
1070 Fais changer d'opinion ma fille quand tu la verras. Ou avec

L'aide des dieux, Sophroné, si tu ne le fais pas, en
   revenant à la maison,
En chemin — l'étang, tu l'as vu en venant ici ? —,
   c'est là que toi,
Cette nuit, je vais te plonger, toute la nuit jusqu'à ce
   que mort s'ensuive.
À nous deux ! Tu vas être du même avis que moi, je
   saurai t'y contraindre
1075 Et faire cesser ta sédition. La porte : il faut cogner,
Elle est fermée. (*Frappant à la porte de Charisios*)
   Esclaves, petit esclave,
Qu'on m'ouvre. Esclaves ! Vous m'entendez !

SCÈNE IV

Scriminès, Sophroné, Onésime

Onésime (*ouvrant*)
Qui frappe à la porte ? Oh ! C'est Smicrinès !
L'homme au caractère difficile vient chercher sa dot
   et sa fille.
1080 Il est là pour ça.

Smicrinès
Oui, c'est moi, trois fois maudit.

Onésime (*comme si Smicrinès n'avait rien dit*)
                                          Et c'est très
Bien. Quand on sait calculer et qu'on est des plus
Raisonnables, c'est un souci qu'il faut avoir : le pillage
   de la dot, Héraclès,
Est extraordinaire, ô combien !

Smicrinès
         Au nom des dieux et des divinités...

Onésime
Crois-tu qu'à ce point les dieux aient du loisir

1085 Et que, malheur ou bonheur, ils aient le temps jour après jour
De tout distribuer à chacun, Smicrinès ?

SMICRINÈS

Que veux-tu dire ?

ONÉSIME

Ça va être clair. Écoute. Le total de toutes les villes
Approximativement est de mille. Trente mille hommes [1]
Habitent dans chacune. Pris individuellement, sont-ils, du fait des dieux,
1090 Chacun, accablés ou sauvés ? Comment le seraient-ils ?
Tu prêtes un caractère pénible à la vie que les dieux mènent.
« N'y a-t-il donc aucun souci de nous chez les dieux ? »,
Diras-tu ? À chacun, c'est son caractère qu'ils ont *adjoint*
Comme commandant de poste. C'est lui qui, au-dedans de nous *établi*,
1095 Nous accable si, avec lui, mauvaise est notre conduite,
Tandis qu'un autre, il le sauve. C'est lui qui est notre dieu
Et la cause du bonheur et du malheur
Rencontrés par chacun. Rends-le-toi favorable en ne faisant rien
D'extravagant ou de stupide et tu seras heureux.

SMICRINÈS

1100 Alors moi, scélérat, maintenant mon caractère me fait faire
Quelque chose de stupide ?

---

1. Vraisemblablement Onésime ne tient compte que des hommes libres et l'on peut alors trouver dans son discours une allusion au recensement d'Athènes opéré par Démétrius de Phalère entre 317 et 307. Ce recensement avait donné le chiffre de 21 000 citoyens et 10 000 métèques. En gros 30 000 hommes. Athènes sert ici, évidemment, de paradigme.

ONÉSIME
Il va t'accabler.

SMICRINÈS
L'insolente franchise !

ONÉSIME
Mais enlever à son mari ta fille
Est-ce un bien, à ton jugement, Smicrinès ?

SMICRINÈS
Qui dit
Que c'est un bien ? Mais maintenant, c'est nécessaire.

ONÉSIME (*à Sophronê*)
Tu vois ?
1105 Le mal est une nécessité dans les raisonnements de cet homme !
Cet homme, quoi d'autre, sinon son caractère, cause sa perte ?
(*À Smicrinès*) Et maintenant, alors que tu te précipites vers le mal dans tes actes, toi,
Le hasard t'a sauvé et tu vas trouver
Des réconciliations et la solution de ces difficultés.
1110 À l'avenir, afin que je ne te trouve pas, Smicrinès,
En train d'agir avec précipitation, je vais te dire ceci : maintenant, tes griefs,
Abandonne-les. Tu as ton petit-fils à prendre dans tes bras,
Ici, et à saluer.

SMICRINÈS
Mon petit-fils, esclave digne du fouet ?

ONÉSIME
La peau épaisse que tu as, toi aussi, avec les airs raisonnables que tu te donnes !
1115 C'est ainsi que tu surveillais ta fille en âge de se marier ? Comme conséquence,
C'est un être extraordinaire, de cinq mois, un petit enfant
Que nous élevons.

Smicrinès
Je ne sais ce que tu veux dire.

Onésime
La vieille, elle,
Le sait, à ce que je pense. Autrefois en effet mon maître,
C'était aux Tauropolies, Sophroné, avec la jeune fille qu'il avait saisie
Et loin des danses entraînée... Tu comprends ? (*Sophroné fait signe que oui*) Oui.
Maintenant, c'est la reconnaissance pour eux et
Tout est bien.

Smicrinès
Que dit-il, vieille scélérate ?

Onésime
« La nature l'a voulu qui des lois n'a nul souci.
La femme pour cela est naturellement faite[1]. » Quoi ! Tu restes stupide
En entendant ces vers tragiques ? Je vais te réciter la tirade de l'*Augé*[2] dans son entier
Si tu ne comprends pas, Smicrinès.

Smicrinès (*à Sophroné qui maintenant danse de joie*)
Toi, c'est ma bile
Que tu échauffes avec ton excitation. Tu es tout à fait au courant de ce que
Cet individu nous raconte maintenant.

Onésime
Mais oui. C'est sûr, sache-le :
La vieille a été la première à comprendre.

---

1. Citation de l'*Augé*, pièce perdue d'Euripide.   2. Dans cette pièce perdue d'Euripide, Augé, fille d'Aléos, roi de Tégée, a été séduite par Héraclès et en a eu un fils. L'identité du père est ensuite découverte grâce à un anneau que le héros avait laissé à la princesse.

SMICRINÈS (*comprenant enfin*)
Quelle terrifiante histoire !

ONÉSIME
1130 Il ne peut y avoir de bonheur plus grand, non, pas un seul.

SMICRINÈS
Si c'est la vérité que tu dis, l'enfant
A ma fille pour mère.

Le couple formé par Charisios et Pamphilé ayant un enfant, Smicrinès n'est plus en droit d'exiger le divorce. Qu'il soit donc heureux d'être grand-père ! Va-t-il encore récriminer contre la conduite passée de son gendre lors des Tauropolies ?

ONÉSIME (?)
fr. 9 Tu n'as subi de mal que si tu l'imagines.

Smicrinès devrait donc cesser de se tourmenter et participer plutôt à la joie générale dans l'éclat des torches qui maintenant illuminent la nuit.

L'EUNUQUE

(*Eunuchus*)

Scénario[1]

---

1. *Sources*. La comédie de Ménandre a été adaptée à la scène latine par Térence et, en dépit d'emprunts divers à une autre comédie de Ménandre, le *Colax* (« Le Flatteur »), le scénario de l'original se laisse assez bien deviner. Térence, comme à son habitude, a changé les noms des personnages, mais nous connaissons trois des noms originels grâce à Perse, *Satires*, V, v. 161-174 (et commentaire ancien du v. 161). Le grammairien Donat, dans son commentaire du v. 971 de la comédie de Térence, nous donne encore un autre nom. D'une façon générale, ce grammairien nous fournit l'essentiel de la tradition indirecte.

La division en actes adoptée ici est celle que Donat propose pour l'adaptation de Térence.

ACTE I

La scène est à Athènes et le décor représente deux maisons, l'une plus cossue que l'autre.

Le jeune Chérestrate, qui est sorti de la maison bourgeoise de son père Simon, en compagnie de son esclave pédagogue Daos, se présente devant la maison voisine, celle de sa maîtresse Chrysis qui l'a appelé. Il est passionnément amoureux, mais comme, la veille, sa belle l'a proprement éconduit, il est révolté par ce qu'il considère comme le caprice d'une courtisane ; d'autant que cette jolie personne est fort coûteuse. Daos, qui espère mollement que son élève s'amendera, prend ce mouvement d'humeur pour ce qu'il est, c'est-à-dire destiné à n'avoir aucune suite. Il cherche néanmoins à calmer Chérestrate :

Daos

fr. 138 K-A Soumets-toi à la divinité ; n'ajoute pas à ta passion
Des orages nouveaux, et ceux qu'il est nécessaire
que tu endures, supporte-les.

Chrysis sort alors de chez elle. Ce n'est pas la courtisane rapace qu'on pouvait craindre. Si, la veille, elle a éconduit Chérestrate, c'est qu'un soldat, un ancien amant, se livre à son égard à un odieux chantage : il a acheté une jeune fille à Samos et il vient de s'apercevoir qu'elle est bien connue de Chrysis qui lui est même très attachée ; il ne lui en fera donc cadeau que s'il est sans rival auprès d'elle. Chrysis prie alors Chérestrate de s'éloigner le temps qu'elle ait obtenu la jeune fille et qu'elle l'ait installée bien à l'abri chez elle. Car elle sait que la demoiselle est athénienne et elle pense même avoir retrouvé son frère, qui pourrait alors lui apporter la protection dont elle a besoin. Chérestrate, qui n'est pas absolument convaincu par toute cette histoire, annonce que lui aussi a des cadeaux à faire à Chrysis : une esclave éthiopienne qui a plu à la belle et un vieil eunuque. Mais l'idée de devoir céder la place au soldat ne serait-ce qu'un peu de temps le met hors de lui, au point que Chrysis songe un instant à renoncer à son projet. Mais Chérestrate se laisse finalement convaincre.

Dans un prologue retardé, une divinité complète les propos de Chrysis, tout en soulignant les qualités de cœur de la jeune femme. Le jeune Athénien auquel elle pense est effectivement le frère de la jeune fille qu'elle veut retirer des griffes du soldat. Celle-ci, âgée maintenant de seize ans, a été enlevée jadis par des pirates au cap Sounion, puis vendue à une Samienne qui l'a élevée très convenablement avec sa propre fille, Chrysis précisément. Depuis lors, Chrysis est venue à Athènes avec le seul homme qu'elle connaissait à ce moment. Restée seule dans la grande ville, elle a fait assez vite le métier. Un soldat l'a aimée, un brutal, qui a eu le tort de la laisser ensuite un peu trop longtemps seule pour aller s'enrichir en guerroyant en Carie : en revenant, il a trouvé la place prise par le jeune Chérestrate. Le hasard a fait qu'il avait acheté la jeune Athénienne mise en vente par le frère de la Samienne après la mort de celle-ci et il l'a amenée à Athènes sans rien savoir de son origine. En dépit du soldat, tout se terminera bien pour elle.

Chérestrate sort de chez son père avec Daos ; il s'apprête à partir comme il l'a promis à Chrysis. Mais auparavant, il donne l'ordre à l'esclave d'amener à la courtisane l'esclave éthiopienne et l'eunuque, en faisant bien valoir la valeur du cadeau pour que le soldat ne triomphe pas trop facilement. Daos est bien d'accord sur la somptuosité des cadeaux offerts : à ce train-là, son maître sera bientôt ruiné. Mais il promet de faire ce qu'on lui demande.

ACTE II

Un esclave du soldat accompagne la jeune fille donnée en cadeau à Chrysis et il souligne, devant Daos, que ce cadeau acquiert à celui qui l'a fait les faveurs de la dame.

À peine est-il parti, qu'arrive le frère cadet de Chérestrate : au Pirée, où devraient le retenir ses obligations militaires d'éphèbe, il a vu la jeune fille au moment de son transfert, et il en est immédiatement tombé éperdument amoureux. Il a essayé de la suivre, mais un importun l'a retenu et il a perdu sa trace. Daos, qui plaint son maître d'avoir deux fils ainsi amoureux, l'un d'une courtisane, l'autre d'une esclave, rassure le jeune homme sur l'endroit où se trouve la jeune fille. Mais, pas plus que son frère, il ne peut avoir désormais ses entrées chez Chrysis. Daos lance alors étourdiment une idée : et si le jeune amoureux prenait la place de l'eunuque ? Cette idée est immédiatement adoptée par son interlocuteur qui ne voit aucun mal à vouloir ainsi satisfaire sa passion.

ACTE III

Le soldat vient recevoir le prix de son cadeau en emmenant Chrysis à un banquet. Elle se prépare donc à y aller. Daos, pressé de présenter à son tour les cadeaux de son maître, offre donc la servante éthiopienne et le faux eunuque. Le soldat qui assiste à la scène n'a pas assez de railleries pour ces cadeaux qui ne valent aucune faveur à celui qui les fait.

Au moment de partir, Chrysis fait d'ultimes recommandations à sa servante. Elle avait pris rendez-vous avec un homme qu'elle pense être le frère de la jeune fille. S'il se présente pendant son absence, qu'il veuille bien la rejoindre au banquet où elle est contrainte de se rendre.

Peu après le départ de Chrysis, l'homme se présente en effet, ne sachant pas ce qu'on lui veut et donc assez méfiant. Il consent néanmoins à aller retrouver Chrysis au banquet.

Surgit alors de la maison de Chrysis le frère de Chérestrate dans son déguisement d'eunuque. D'un ton exalté, il raconte comment il a été reçu par Chrysis, comment celle-ci est partie au banquet, comment la jeune fille a pris son bain, puis s'est endormie, épuisée par son voyage : évidemment le faux eunuque, laissé seul avec elle, n'a pas hésité à lui faire ce que le roi des dieux fit à Danaé. Après avoir fait ce glorieux récit, le jeune homme s'éloigne prudemment.

ACTE IV

La servante de Chrysis revient du banquet dans un état de grande émotion. Elle raconte comment l'homme attendu par sa maîtresse s'est présenté au banquet, comment tous les deux se sont mis à discuter ensemble à la grande fureur du soldat qui a pris l'homme pour un nouveau rival. Finalement le soldat a demandé à Chrysis de faire venir la jeune fille pour leur diver-

tissement. Elle a refusé tout net et, comme le soldat se fâchait, elle a pris ses dispositions pour rentrer au logis.

Mais, dans la maison de Chrysis, c'est aussi le trouble après le viol dont la jeune fille a été victime et la servante ressort aussitôt. Elle tombe sur Chérestrate qui ne s'est pas résigné à aller bien loin et qui est revenu. Comme l'eunuque est accusé du forfait, lui qui l'a offert doit enquêter.

Il n'a pas à aller loin pour découvrir que son frère s'est substitué à l'eunuque. Tout confus, il ne songe plus lui-même qu'à se cacher.

C'est au tour de l'homme dont l'entrée a jeté tant de trouble dans le banquet d'arriver. Il précède de peu Chrysis elle-même, très combative et toute prête à opposer à la violence du soldat une résistance farouche. Certes elle est étrangère et femme : impuissante donc. Mais elle compte bien trouver dans l'homme qu'elle pense être le frère de la jeune fille l'appui nécessaire : il est athénien et son avis prévaudra sur celui du soldat qui est étranger. Elle lui demande donc de déclarer que la jeune fille est sa sœur. Lui n'est pas certain du fait et il se montre d'abord réservé. Mais la simple possibilité de cette parenté qu'une vieille nourrice et des objets de reconnaissance devraient permettre de vérifier suffit en dernière limite à lui faire accepter la proposition de Chrysis.

Quand le soldat arrive à son tour, il se trouve ainsi face à forte partie. Il découvre que la jeune fille qu'il avait offerte à Chrysis n'est pas le simple cadeau qui permet d'obtenir les faveurs d'une courtisane : elle est athénienne, et le soldat doit céder, du moins en ce qui concerne la jeune fille, car en ce qui concerne Chrysis elle-même, il compte bien encore l'amener à résipiscence. Pour l'heure, elle lui ferme dédaigneusement la porte au nez.

ACTE V

Le soldat aurait-il raison ? Chrysis ressort de chez elle dans le plus grand des troubles : elle vient d'apprendre que la jeune fille a été violée par le frère cadet de Chérestrate, alors qu'elle espérait bien la rendre intacte à ses parents. Mais elle entreprend immédiatement de résoudre au mieux cette situation difficile.

Quand le frère de Chérestrate se présente dans le ridicule accoutrement d'eunuque dont il n'a pas réussi à se défaire et qu'il continue à jouer sa comédie, Chrysis entre d'abord dans son jeu, jusqu'au moment où la comédie du jeune homme devient invraisemblable. Chrysis lui montre alors tout le désordre dont il est cause. Le jeune homme, ému, lui avoue l'amour qu'il porte à la jeune fille et Chrysis lui pardonne.

La nourrice a reconnu les objets de reconnaissance et la jeune fille, en ayant retrouvé son frère, n'inspire plus le moindre doute sur son origine athénienne. Le frère de Chérestrate pourra l'épouser.

Arrive Daos, celui qui a un peu vite suggéré la ruse du faux eunuque. La servante de Chrysis lui fait croire que le faux eunuque a été démasqué par le frère de la jeune fille reconnue, en effet, comme citoyenne, et qu'il va subir un châtiment exemplaire.

Affolé, Daos prévient son maître Simon. Celui-ci découvre toute l'histoire. Il peut voir combien son fils cadet s'est mal conduit.

Quand les derniers développements de l'action lui sont révélés, il apprécie donc tout particulièrement la bonté et l'intelligence de Chrysis, et il accepte de se faire son protecteur à Athènes. Elle pourra vivre désormais avec Chérestrate dont le frère épouse par ailleurs la jeune fille.

Quant au soldat, il ne peut plus rien imposer à Chrysis.

LE LABOUREUR

(*Georgus*)

Fragments[1]

---

1. *Sources*. La fin de l'acte I (?) de la comédie est restituée par le *P. Genève* inv. 155, restes d'un codex de papyrus du Vᵉ siècle, à quoi s'ajoutent le *P. Berlin* inv. 21106 = *BKT* 9.6 (rouleau du Iᵉʳ s. av. J.-C.), le *P. Brit. Libr.* 2823À et le *PSI* 100 (codex de papyrus du IVᵉ s.). La tradition indirecte éclaire de façon intéressante la dimension sociale de l'œuvre, sensible sans doute dans l'une des scènes du drame. L'impression faite par la pièce apparaît dans une épigramme de Fronton (IIᵉ-IIIᵉ s.), *Anthologie Palatine*, XII, 233, et une mention par Quintilien, *Institution Oratoire*, XI, 3, 91.

PERSONNAGES

LE JEUNE HOMME RICHE, amant de la fille de Myrrhiné
MYRRHINÉ, mère de Gorgias et de sa sœur
PHILINNA, vieille nourrice ?
DAOS, esclave
GORGIAS, fils de Myrrhiné
CLÉÉNÈTE, vieux paysan

Figurant :

SYROS, esclave

ACTE I (?)

Une rue d'Athènes avec deux maisons, l'une riche, l'autre pauvre.

(...)

SCÈNE

Le Jeune Homme riche

Le Jeune Homme riche

Le jeune homme riche raconte comment il a séduit sa jeune et pauvre voisine que son frère n'était pas là pour surveiller et qui maintenant va accoucher. Il a bien l'intention de l'épouser.

Je ne suis pas un mauvais garçon (...).
Et alors le jeune homme vivait à la ferme continûment.
(5) *Maintenant un événement* s'est produit qui cause ma perte.
Je suis allé à Corinthe pour quelque affaire.
Revenant de nuit, je tombe en pleins préparatifs d'un autre mariage pour moi,
À ce que j'apprends, avec les statues des dieux que l'on orne de couronnes
Et mon père en train de sacrifier à la maison. Ma femme m'est donnée
(10) Par mon père lui-même ; car, née de ce père, j'ai une sœur ;
C'est de sa présente femme qu'il a eue cette fille,
Ma demi-sœur. Comment, contre cet inévitable mal,
Comment me battre, je ne sais. Voilà où j'en suis :

Je me suis esquivé de la maison, sans rien dire
(15) *Avant de sortir, et j'ai laissé là* les préparatifs du mariage. À mon amie
Je ne saurais faire aucun tort. Ce serait un acte impie.
Frapper à sa porte, j'en avais l'intention. Mais devant cette porte, j'hésite depuis longtemps.
Je ne sais pas si son frère a quitté la ferme
Et jusqu'ici fait le voyage. En tout, la prudence s'impose à moi.
(20) Eh bien ! Je quitte les lieux et vais réfléchir
Sur le moyen précisément d'éviter ce mariage. (*Il sort par la gauche.*)

SCÈNE SUIVANTE

Myrrhiné, Philinna

Myrrhiné (*entrant par la droite et continuant une conversation*)
C'est parce que je te sais bienveillante, Philinna, que cet entretien
À lieu où toutes mes affaires te sont dites.
Voilà où maintenant j'en suis.

Philinna
Et, par les deux déesses,
(25) Pour ma part, quand je l'ai appris, mon enfant, j'ai failli,
Droit à sa porte, aller appeler cet
Escroc pour qu'il sorte et que je lui dise ce que je pense.

Myrrhiné
N'en fais rien, Philinna, grand bien lui fasse !

Philinna
Que veut dire ce « Grand bien lui fasse ! »
Qu'il aille au diable plutôt, un homme pareil. Il se marie,

(30) Le misérable individu, alors qu'il a séduit ta fille !
(...)

MYRRHINÉ
Voici qu'arrive
(...) leur serviteur, venant de la ferme, Daos. Mettons-nous un peu
(...) à l'écart.

PHILINNA
Que présente-t-il pour nous, dis-moi,
Comme intérêt ?

MYRRHINÉ
Un bel intérêt peut-être, par Zeus !

SCÈNE SUIVANTE

MYRRHINÉ, PHILINNA, DAOS, SYROS

DAOS (*arrivant par la droite,
les bras chargés de feuillage*)
(35) De champ qui fasse preuve de plus de piété quand je le cultive, il n'y en a aucun,
Je pense. Il porte de la myrte, du lierre de toute beauté,
Des fleurs autant qu'on en veut[1]. Pour tout le reste qu'on y plante,
Le rendement est correct et juste — rien de plus juste,
La modération même. (*À son camarade*) Syros, apporte cependant à la maison
(40) Tout ce que nous transportons. C'est entièrement pour le mariage.
Oh ! Bien le bonjour, Myrrhiné !

---

1. La piété du champ réside dans le fait qu'il favorise la croissance de plantes utilisées dans le culte des dieux — Aphrodite pour le myrte, Dionysos, Apollon et le les Muses pour le laurier — et non les plantes utiles à l'alimentation humaine.

Myrrhiné
À toi de même.

Daos
Je ne t'avais pas vue, noble et décente
Femme. Que deviens-tu ? Je veux te faire entendre de bonnes paroles,
Ou plutôt des actes qui vont s'accomplir, si les dieux
(45) Le veulent bien : *goûte-moi* ça ; devançant les autres,
je veux être le premier à te le dire.
Cléénète, chez qui ton jeune fils
Travaille, se trouvait, il y a quelque temps, dans ses vignes,
À bêcher. Il s'est fait une blessure à la jambe, et belle, je te dis.

Myrrhiné
Oh là là !

Daos
Courage ! Il y a la fin que tu dois apprendre de moi.
(50) À partir de cette blessure, deux jours après,
Une tumeur s'est développée. Pauvre vieillard ! La fièvre
Le saisit et il n'allait pas bien du tout.

Philinna
Puisses-tu disparaître, toi ! Les bonnes nouvelles
Que tu viens nous apporter !

Daos
Tais-toi, petite vieille !
(55) Alors, comme il avait besoin des soins d'un
Parent, les serviteurs, les barbares
Aux mains de qui il se trouve, de l'envoyer paître sur les grandes longueurs,
En chœur, tous, tandis que ton fils, comme s'il
L'avait tenu pour son propre père, fit ce qu'il fallait,
(60) L'oignit, le massa, le lava, à manger
Lui apporta, l'encouragea, et alors que son mauvais état
Était patent, il le remit sur pied par ses soins.

PHILINNA
Le cher enfant !

DAOS
Oui, par Zeus, c'était bien agir de sa part.
Obligé de demeurer à la maison, dans le loisir
(65) *Où il se trouvait*, débarrassé qu'il était de sa pioche et de ses maux
— Si dure, pour ce vieillard, est la vie qu'il mène —,
Il s'inquiéta du jeune homme, de sa situation, lui demandant ce qu'il
En était : il n'était point là-dessus d'une complète ignorance sans doute.
Confidences du jeune homme : la situation
(70) De sa sœur, il la lui présente, ainsi que la tienne
Avec ta pauvreté. Le vieillard ressentit un sentiment de sympathie, et la reconnaissance
Des soins qu'il avait reçus, il pensa que de toute manière
Il devait la manifester. Seul comme il est, et vieux,
Il a du sens. Ta fille, il a promis de l'épouser.
(75) On peut résumer comme suit tout le discours :
Ils vont venir tout à l'heure ici, puis il part à la campagne
Avec elle. Fini la pauvreté et les combats que vous menez
Contre cette indomptable bête, d'humeur bourrue,
Cela surtout en ville. Car il faut ou bien être riche, sans doute,
(80) Ou bien vivre là où les témoins de votre malheur
Ne sont pas nombreux à le regarder. C'est
La campagne qui, dans ce cas, est souhaitable et la solitude.
Cette bonne nouvelle était ce que je voulais t'apporter.
Au revoir.

MYRRHINÉ (*sèchement*)
Au revoir.

SCÈNE DERNIÈRE

Myrrhiné, Philinna

Philinna
Qu'y a-t-il, mon enfant ?
(85) Pourquoi marches-tu en te tordant les mains ?

Myrrhiné
Pourquoi ?
Philinna, je ne sais maintenant quelle conduite s'impose.

Philinna
À quel sujet ?

Myrrhiné
Ma fille est sur le point d'accoucher, mon amie,
C'est imminent. (...)
(...)

Sans avoir pu rien résoudre les deux femmes se séparent à l'approche du chœur.
(...)

Premier (?) intermède choral

ACTE II (?)

Gorgias arrive de la campagne, sans doute ne sachant que faire depuis que Cléénète a décidé d'épouser sa sœur.

Au moment où il veut entrer chez sa mère, il en est empêché par Philinna. Il entend à ce moment les cris que pousse sa sœur dans les douleurs de l'enfantement. Apprenant la situation de la jeune femme, il est encore plus perplexe.

Gorgias voulait-il tenter une action contre le séducteur de sa sœur ? Cléénète, averti de son projet, lui fait les réflexions suivantes.

Cléénète

fr. 1 C'est un être qu'on méprise facilement, Gorgias, un pauvre,
Même si ce qu'il dit est parfaitement conforme à la justice. Le but de son discours
But unique, pense-t-on, c'est prendre,
Et le mot de sycophante est immédiatement employé, à l'égard de qui est misérablement
Habillé, comme qualificatif, même s'il arrive que la personne soit victime d'une injustice.

fr. 2 Celui qui a commis une injustice à votre égard, quel qu'il soit,
Parce que vous êtes pauvre, est mal inspiré, car
Cette injustice, il peut se trouver en situation d'en être victime.
Aurait-il de grands moyens, c'est sur une base incertaine que repose son luxe.
La fortune a un cours sujet à des changements rapides.

fr. 3 Celui-là est très fort, Gorgias
Qui, victime des injustices les plus graves, sait les supporter avec énergie.

Cette colère et cette amertume
Sont la preuve immédiate, pour tous, d'une âme médiocre.

Quant à ces paroles, elles étaient sans doute adressées au jeune séducteur :
fr. 5 Je suis un rustre, je ne dis pas non,
Et des choses de la ville, je n'ai absolument
Aucune expérience. Mais, par l'âge, mon savoir s'est
Augmenté.

La comédie devait se terminer par le mariage de la sœur de Gorgias avec le père de son enfant. Peut-être cette heureuse conclusion était-elle facilitée par le fait que Cléénète retrouvait en Gorgias et en sa sœur ses enfants, en Myrrhiné sa femme. Quant à Gorgias, on imagine qu'il épousait la fille de son riche voisin.

LE BOURREAU DE SOI-MÊME

(*Heautontimorumenos*)

Scénario[1]

---

1. *Sources.* La comédie de Ménandre a été adaptée à la scène latine par Térence, apparemment sans grands changements, du moins si l'absence de commentaire de la pièce latine par le grammairien Donat ne nous laisse pas dans l'illusion. Plusieurs fragments de la tradition indirecte se laissent facilement intégrer dans le scénario. Le *P. Oxy.* 2534 donne des fragments du premier vers.

En l'absence de commentaire par Donat, la division en actes de l'adaptation de Térence est l'œuvre des modernes. Celle qui est adoptée ici pour l'original de Ménandre est la suivante : Térence, *Ht.*, v. 1-229 (acte I) ; v. 230-375 [-409] (acte II) ; v. 410-748 (acte III) ; v. 749-873 (acte IV) ; v. 874-1067 (acte V).

ACTE I

La scène est à Halai Aixonidès, un bourg voisin d'Athènes[1]*. Le décor représente deux belles maison rurales. C'est le petit matin.*

Le propriétaire de l'une des deux maisons sort de chez lui, en habits de fête, car c'est le jour des Dionysies rurales, et il va inviter ses amis à un banquet. Il rencontre son voisin qui, vêtu d'une peau de bique et une lourde pioche sur l'épaule, part travailler aux champs. S'il travaille ainsi un jour de fête, ce n'est pas qu'il soit pauvre. Et, comme il n'est plus jeune, son ami s'étonne :

fr. 77 K-A   Par Athéna, tu es fou, à un âge
Si avancé, car tu dois avoir la soixantaine,
Sinon plus ; et parmi ce qu'Halai compte de domaines,
Tu possèdes le plus beau, par Zeus,
5 Du groupe des « Trois », et, ce qui est le plus heureux,
Libre de toute hypothèque.

En réalité, ce travailleur acharné cherche à apaiser ses remords en devenant ainsi le bourreau de lui-même. Il a, en effet, un fils qui est tombé amoureux d'une jeune fille, charmante certes, mais pauvre et étrangère. Cet amour n'a pas plu au père qui s'est mis à raconter à son fils comment il avait gagné jadis, en tant que mercenaire, cet argent que le jeune homme s'apprête en somme à dilapider. Et voilà que le fils, désespéré par ces remontrances, est parti lui-même comme mercenaire. Le père, dans la solitude maintenant, se reproche d'avoir été trop dur. Son voisin, constatant dans quelles extrémités sont tombés et le père et le fils, prêche la modération : les jours de fête sont faits pour la détente. Il n'aboutit à rien.

Dans un prologue retardé, une divinité annonce que le jeune amoureux va revenir bientôt, qu'il ne peut en effet rester éloigné de celle qu'il aime. Il révèle d'autre part que celle-ci n'est pas étrangère comme on le croit ; elle est athénienne et même très

---

[1]. On distinguera ce village, situé à une quinzaine de kilomètres au sud d'Athènes, de l'Halai Araphanidès dont il est question dans l'*Arbitrage*.

précisément la fille de celui qui prêche la modération. Cet homme, qui ne l'avait pas reconnue à sa naissance (sa femme, qui avait reçu l'ordre d'exposer le bébé, l'avait en fait donné à une étrangère), garde des moments difficiles de sa jeunesse certaines angoisses : il craint en particulier les excès qui sont le propre des jeunes, il veut à tout prix éviter d'être entraîné par eux. En fait, cette crispation produit ce qu'il redoute : le fils qu'il a élevé est tombé amoureux d'une courtisane particulièrement dépensière. Mais tout se terminera bien pour les deux garçons.

Ceux-ci sont amis. Comme celui qui était parti comme mercenaire revient, mais qu'il n'ose pas se présenter chez son père, son ami l'introduit sous le toit de son propre père. Il a d'autre part envoyé un esclave pour faire venir la jeune étrangère.

Resté seul, il montre son inquiétude : l'esclave devrait déjà être de retour, sa mission accomplie. A ce moment, son père revient ; il apprend le retour de l'autre garçon, s'apprête à aller prévenir son voisin ; mais il est arrêté par son fils qui lui indique que son ami redoute de voir son père. Et le voilà qui prend prétexte de la situation pour faire une leçon de morale à son fils, lui montrant le danger des passions et lui prêchant l'obéissance aux parents. Des sentiments véritables de son voisin, pas un mot.

Une fois le vieillard rentré, le jeune homme accuse le coup. Amoureux d'une courtisane particulièrement dépensière, il sent qu'il ne peut compter sur aucune compréhension de la part de son père.

ACTE II

Décidément, l'esclave envoyé en mission a du retard et les deux amis l'attendent dehors. Il arrive enfin et il décrit le faste de celle qui le suit de près. Comme la jeune étrangère était pauvre, son amoureux croit qu'elle a fait le métier et qu'il est trahi. L'esclave le détrompe alors : il parlait de la courtisane aimée par son ami. Sa bien-aimée à lui, qui vient de perdre sa mère, mène un tout autre train : il l'a trouvée

fr. 79 K-A   À son métier, suspendue, laborieusement,
en vêtements de deuils ; *comme aides, outre une vieille femme,*
fr. 80 K-A   elle avait une petite servante, une seule,
Qui filait avec elle, misérablement vêtue.

Mais pourquoi avoir fait venir aussi la courtisane ? On ne le lui avait pas demandé. Pour l'esclave, c'est le seul moyen que son jeune maître puisse se donner du bon temps avec elle. Elle coûte cher, comme on sait. Il suffira de dire que la jeune fille lui a été donnée comme garantie d'un prêt pour obtenir précisément de quoi payer ses services. Cela sera d'autant plus facile que la jeune fille n'est peut-être pas étrangère : en mourant, celle qui n'est en fait que sa mère adoptive lui a donné des objets qui lui permettront d'être reconnue par ses véritables parents. Ce plan audacieux est finalement adopté par les jeunes gens.

Les deux femmes arrivent donc et sont introduites immédiatement dans la maison, l'une prenant la direction du gynécée, l'autre — la courtisane — directement celle du banquet.

ACTE III

Le père moralisateur sort de chez lui, révolté par la conduite de la courtisane qu'il croit aimée par le fils du voisin et qui profite un peu trop du banquet. Il rencontre précisément son voisin qui revient après une longue matinée de travail. Il lui annonce le retour de son fils et il exprime la crainte que la douceur des sentiments actuels de son père ne soient la porte ouverte à tous les excès. Pour contrôler ces excès et éviter de prévisibles débordements, il propose à son ami que son fils obtienne l'argent dont il a besoin pour ses amours non de la complaisance paternelle, mais d'une ruse, dont l'esclave pourrait être l'instrument.

Rentrant dans la salle du banquet, il surprend son propre fils en train de caresser la courtisane. Cela ne lui ouvre cependant pas les yeux : il croit seulement que le jeune homme a manqué de délicatesse envers son ami. L'esclave, qui avait craint pour la bonne marche de sa ruse, respire. Il est plus étonné encore quand son interlocuteur lui demande de soutirer de l'argent au voisin au moyen d'une ruse. Va-t-il raconter que la jeune fille a été enlevée jadis par des pirates et qu'il faut la racheter ? Mais pourquoi le voisin dépenserait-il de l'argent pour cette fille ; c'est la courtisane qui l'intéresse !

À ce moment la femme du vieillard annonce à son mari qu'elle a reconnue leur fille grâce à un anneau que lui-même avait ordonné de mettre avec l'enfant exposé.

L'esclave presse alors l'amoureux de la jeune fille de rentrer chez son père qu'il n'a plus de raison de redouter puisque la demoiselle est désormais un parti très présentable. Il lui demande aussi d'emmener la courtisane avec lui, ce qui confirmera le père de son ami dans l'idée qu'ils sont amants, idée toujours nécessaire.

ACTE IV

La courtisane, qui a bu coupe sur coupe, déménage en maugréant, sous l'œil désolé du père moralisateur : il pense que son voisin en viendra vite à souhaiter que son fils s'en aille une deuxième fois comme mercenaire. Ne va-t-il pas s'étonner cependant que le jeune homme ose retourner chez son père ? L'esclave est là pour lui expliquer que le voisin est en fait dupé par son fils qui lui a dit que la courtisane était aimée par l'autre garçon et que lui-même désire épouser la fille du voisin, récemment reconnue. Le vieillard accepte alors de payer la somme prétendument réclamée par la courtisane comme remboursement du prêt, et cela, pour que la ruse qu'il a réclamée antérieurement soit parfaite, par l'intermédiaire de son propre fils !

Celui-ci, arrivant à ce moment, est envoyé avec l'argent auprès de sa courtisane !

Le voisin sort alors et demande au vieillard la main de sa fille pour son propre fils. L'autre y voit un élément de la ruse machinée, à sa demande, par l'esclave. Mais comme son voisin demeure incrédule, pour mieux le convaincre, il feint d'accepter le mariage demandé.

À sa grande surprise, le jeune homme ne demande aucun argent pour la courtisane : serait-il sincère dans sa demande de mariage ? De toute manière, il est facile de montrer au vieillard qui est le véritable amoureux de la courtisane. Et le voisin de tirer la morale de l'histoire : à trop craindre les excès de la jeunesse, on ne les évite pas, on provoque seulement leur dissimulation. Le vieillard ne peut qu'accepter le mariage proposé, mais il en veut à son fils dont il découvre le dévergondage : il le déshéritera, grossissant d'autant la dot de sa sœur retrouvée ; que son voisin, qui l'héberge, le prévienne !

ACTE V

Prévenu des intentions de son père, le jeune homme est tout désemparé.

Le vieillard lui confirme bientôt ses intentions en dépit de l'esclave qui essaie de s'interposer et prend sur lui toute la responsabilité de l'affaire : n'est-ce pas lui qui a fait venir la courtisane ? Le vieillard reste sourd à ces raisons.

L'esclave suggère alors au jeune homme l'idée qu'il n'est peut-être pas le fils de son père puisque celui-ci se conduit de façon aussi dure envers lui depuis qu'il a retrouvé sa fille. Le doute s'installe en effet dans l'esprit du jeune homme qui va trouver sa mère pour l'interroger.

Même devant les protestations de sa femme, le vieillard demeure intraitable. Pour le faire revenir à de meilleurs sentiments, il faut que le voisin intervienne en refusant une dot qui fait le malheur d'un héritier légitime. Le fils déshérité fait aussi un pas : déçu par l'attitude de la courtisane pendant le banquet, il promet de se ranger. On lui laisse le choix de la jeune fille à épouser.

LE HÉROS

(*Heros*)

Fragments[1]

---

1. *Sources.* Un argument métrique, une liste des personnages par ordre d'entrée en scène et le début de la comédie nous sont conservés par le codex du Caire inv. JE 43227 (ve siècle) où la pièce occupe la deuxième place. Il n'y a aucun autre témoignage assuré de la célébrité de la pièce dans l'antiquité.

PERSONNAGES
par ordre d'entrée en scène

GÉTAS, esclave de Phidias
DAOS, esclave de Lachès
LE HÉROS, divinité-prologue
MYRRHINÉ, femme de Lachès
PHIDIAS, amant de la sœur jumelle de Gorgias
SOPHRONÉ, vieille nourrice de Myrrhiné
SANGAROS, esclave
GORGIAS, fils de Myrrhiné
LACHÈS, mari de Myrrhiné

ACTE PREMIER

La scène se situe dans le petit village de Ptéléai[1] en Attique. Deux maisons, l'une un peu plus riche que l'autre.

SCÈNE PREMIÈRE

GÉTAS, DAOS

GÉTAS
De quelque méfait, Daos, à mon avis, te voilà coupable,
Un bien gros méfait, et la perspective te ronge
De la meule[2] qui t'attend et des fers. C'est bien clair.
Car pourquoi te frappes-tu la tête à coups redoublés ?
5 Pourquoi ces cheveux que tu t'arraches, soudain figé ?
Pourquoi ces gémissements ?

DAOS
Hélas !

GÉTAS
Voilà la chose, malheureux que tu es !
Est-ce que tu n'aurais pas dû, en cas de quelque argent économisé
Par toi, me le confier jusqu'à
Ce que tu aies arrangé tes affaires ?
10 (...) Je partage ta peine.
(...)

---

1. Ptéléai est un petit village assez riche situé à quelques kilomètres à l'ouest-nord-ouest d'Athènes. Sa localisation précise reste incertaine.   2. Le travail de la meule était une punition pour les esclaves fautifs, cf. *Bouclier*, v. 251.

Daos

Toi, je ne comprends rien à
Tes radotages (...). Je suis embrouillé dans une affaire
Inattendue et je suis perdu, Gétas.

Gétas

Comment, objet de malédiction ?

Daos

Ne maudis pas, au nom des dieux,
15 (...) un homme qui aime.

Gétas

Qu'est-ce que tu dis ? Tu aimes ?

Daos

J'aime.

Gétas

C'est plus de deux rations que ton maître
Te fournit. Mauvais, cela, Daos. Tu manges trop sans
  doute...

Daos

J'ai ressenti quelque chose dans mon âme pour une
  jeune enfant que je voyais
Vivant sous le même toit, innocente, faite pour moi,
  Gétas.

Gétas

20 C'est une esclave ?

Daos

Elle l'est devenue tranquillement
d'une certaine manière.
Il y avait un berger du nom de Tibeios qui habitait ici
À Ptéléai. Dans sa jeunesse, il était esclave.
Il eut ces deux jumeaux,
D'après ce qu'il a dit, Plangon, celle que j'aime...

GÉTAS

Maintenant, je comprends.

DAOS

... et un garçon du nom de Gorgias.

GÉTAS

C'est lui qui a les troupeaux ici en charge
À l'heure actuelle chez nous.

DAOS

C'est lui. Déjà vieux,
Tibeios, le père, pour les nourrir, emprunte
Pour eux à mon maître une mine[1], puis de nouveau
(Car c'était la famine) une mine, ensuite il mourut de faim.

GÉTAS

La troisième mine,
C'est cela, ne lui avait pas été prêtée sans doute par ton maître.

DAOS

Peut-être. Après la mort de Tibeios, emprunt est fait
Par Gorgias de quelque argent pour les funérailles. Et
Une fois les rites prescrits[2] accomplis, c'est chez nous ici
Qu'il est venu avec sa sœur et qu'il réside,
Remboursant sa dette par son travail.

GÉTAS

Et Plangon, que fait-elle ?

DAOS

Elle est avec ma maîtresse à travailler
La laine et elle fait le service. Elle est jeune, toute jeune,
Gétas... Tu te moques de moi ?

---

1. Environ 1 500 francs. **2.** C'est-à-dire le repas funèbre immédiatement après les funérailles, un rite sur le tombeau huit jours après, et un autre rite pour marquer la fin de la période de deuil.

GÉTAS

                 Non, par Apollon !

DAOS

                       Vraiment, Gétas,
40 Elle a le caractère d'une personne de condition libre, c'est une fille bien.

GÉTAS

                Et en ce qui te concerne ? Que
Fais-tu pour la gagner ?

DAOS

                En cachette, Héraclès !
Je n'ai rien entrepris, mais je suis allé voir mon maître
Et lui en ai parlé : il m'a promis qu'il me permettrait de *vivre avec*
Elle après en avoir parlé *à son frère*.

GÉTAS

                         Splendide pour toi !

DAOS

45 Comment, splendide ? Mon maître est parti cela fait trois mois
En voyage d'affaires privées à Lemnos (...)
Je n'ai plus que *cet espoir* : pourvu qu'
Il revienne sain et sauf.

GÉTAS

                 Tu es un brave homme (...)
(...)

*

PROLOGUE

Le Héros

Le Héros (génie tutélaire) révèle deux séries de faits inconnus des deux esclaves et qui ne peuvent que contrecarrer les projets de Daos. Plangon et son frère Gorgias sont en fait d'origine athénienne. Ce sont les enfants de la maîtresse de maison chez laquelle ils travaillent, Myrrhiné, qui les a eus avant son mariage à la suite d'un viol. Celui qu'elle a épousé ensuite (Lachès) se trouve être le père des enfants, mais ils l'ignorent encore tous deux. Autre événement : Plangon a été mise à mal par le fils du voisin (Phidias) et elle attend un enfant. Mais tout se terminera bien pour elle : elle retrouvera ses parents et épousera le père de son enfant.

*

SCÈNE II

Daos, ayant appris que Plangon est sur le point d'accoucher, a l'idée de se présenter comme le père de l'enfant.

***

À la fin de l'acte III (?), Lachès revient de son voyage d'affaire à Lemnos.

ACTE IV (ou V)

SCÈNE PREMIÈRE
(?) Lachès, Myrrhiné

(...)

Lachès
(55) Héraclès ! Laisse-moi. *J'ai tort, semble-t-il,
De vouloir maintenant* marier *Plangon ?*

Lachès, ayant appris ce qui se passait chez lui, semble avoir décidé de mettre Plangon et peut-être Gorgias à la porte.

Lachès
(69) *Toi, malheureuse que tu es !*

Myrrhiné
Quoi ?

Lachès
Aux yeux de tous, par Zeus, femme...
Au diable !

Myrrhiné
Tu es fou. Qu'est-ce que tu dis ?

Lachès
Ce que je vais faire et ce que j'ai décidé depuis longtemps...
(*À part*) Je suis en sueur et bien embarrassé... (*À Myrrhiné*) Oui, par Zeus, et fort bien, Myrrhiné.

Avoir pris comme je l'ai fait un berger bêlant
et qui a laissé sa sœur sans surveillance ! Pour Lachès, il y a de quoi se repentir. Myrrhiné doit alors confesser que les deux jeunes gens sont ses enfants, que Tibeios n'est pas leur père. Interrogée par Lachès, elle donne d'autres précisions sur les circonstances de la violence dont elle a été victime.

MYRRHINÉ
(76) Déplorable sort ! Moi qui connais un tel malheur seule,
Un malheur dont on ne croirait même pas l'excès.

LACHÈS
(...)
(...) *tu as été victime* de la violence de quelqu'un jadis ?

MYRRHINÉ
Oui (...).

LACHÈS
        As-tu une idée de qui
C'était ?

Myrrhiné est amenée ainsi à préciser les circonstances : le viol a eu lieu dans une enceinte sacrée, il y a dix-huit ans.

LACHÈS
(96) (...)   Comment se fait-il que tu n'aies pas identifié
Celui qui t'a fait violence ? Comment s'est-il *échappé* ?
  À quelle heure ?

Au terme de cette investigation, Lachès découvre que c'est lui l'auteur de cette violence et qu'il est donc le père de Plangon et de Gorgias.

Plangon épousera donc Phidias, et Gorgias, lui aussi, pourra se marier (acte V).

LA PRÊTRESSE

(*Hiereia*)

Ébauche de scénario[1]

---

1. *Sources.* Un argument en prose, mutilé au début et à la fin, est conservé par le *P. Oxy.* 1235, fragment de rouleau du IIe siècle de notre ère. Il donne une idée de la complexité de l'intrigue que n'éclairent pas vraiment les fragments de la tradition indirecte.

Une Athénienne mariée s'est entièrement adonnée à son ministère de prêtresse de la Grande Mère. Pour cette raison, semble-t-il, son mari s'est séparé d'elle. Peu après ce départ, deux jumeaux viennent au monde, un garçon et une fille. La prêtresse élève la fille et donne le garçon à la femme qui habite dans la maison voisine et a déjà une fille, mais pas de garçon. Finalement cette femme mettra également au monde un fils. Seize ans après ces événements, quand la pièce commence, celui qui était auparavant le mari de la prêtresse, après avoir failli mourir dans une grave maladie, est pris du désir de retrouver son fils. Il envoie un fidèle esclave, comme si celui-ci était possédé d'un dieu, auprès de la prêtresse, apparemment pour qu'il soit guéri par elle, en réalité avec mission d'explorer la situation. Cependant le deuxième fils des voisins (leur vrai fils, non pas le fils supposé) est tombé amoureux de la fille de la prêtresse, et, sur sa demande, sa mère va voir la prêtresse pour faire la demande en mariage. À partir de la conversation des deux femmes qu'il surprend et des informations données par l'esclave, l'ancien mari de la prêtresse est amené à croire faussement que le jeune amoureux est son fils et il le salue comme tel. Le jeune homme le repousse et prévient celui qu'il croit être son frère aîné qu'il y a un vieillard qui est fou et qui salue tous les jeunes gens comme s'ils étaient ses fils. C'est pourquoi, quand le vieillard qui a compris son erreur salue son vrai fils, il se fait une nouvelle fois rabrouer. Finalement la vérité s'impose. Le vieillard reprend sa femme ; il donne sa fille au fils du voisin, lequel, inversement, donne sa propre fille au fils de l'autre.

LE HAÏ

(Misumenos)

Fragments des cinq actes[1]

---

1. *Sources.* La comédie est transmise par un très grand nombre de témoins, mais tous très mutilés, ce qui ne permet pas finalement d'obtenir un texte très satisfaisant (l'intrigue secondaire reste ainsi assez opaque). Le plus important de ces témoins consiste dans les restes d'un cahier scolaire sur papyrus du IVe siècle de notre ère, semblable à celui du *P. Bodmer*, le *P. Oxy.* 2656. L'on dispose par ailleurs de fragments plus petits soit de rouleaux (du Ier s. ap. J.-C. : *P. Oxy.* 4025 ; du IIe-IIIe s. : *P. Oxy.* 3370 ; du IIIe s. : *P.IFAO* inv. 89[v] + *P. Köln* 282, *P. Oxy.* 1605, 2657, 3368, 3369, 3967), soit de codex (du IVe s. : *P. Berlin* inv. 13281 = *P. Schubart* 22 I ; du IVe-Ve s. : *P. Berlin* inv. 13932 = *P. Schubart* 22 ; du Ve-VIe s. : *P. Oxy.* 1013). La comédie fait partie du petit nombre de celles que citent Alciphron, *Lettres fictives*, IV, 19, 19 ; Martial, XIV, 214 ; les épigrammes d'Agathias et de Fronton, *Anthologie Palatine*, V, 218, et XII, 233. Elle fut surtout mise à contribution dans les écoles de philosophie comme en témoignent Plutarque, *Qu'on ne peut vivre agréablement selon Épicure*, 13, 1095d ; le *Manuel* d'Épictète, IV, 1, 19-23 ; Diogène Laërce, VII, 130 (doctrine du stoïcien Zénon) ; St Irénée, *Contre les hérésies*, II, 18, 5, Clément d'Alexandrie, *Stromates*, II, 15, 64, 2. Un panneau de la mosaïque de Mytilène (IVe siècle de notre ère), consacré à une scène de l'acte V, confirme la gloire de la pièce dans l'antiquité.

PERSONNAGES
liste partielle

THRASONIDÈS, soldat mercenaire, amant de Crateia
GÉTAS, esclave de Thrasonidès
CRATEIA, captive de Thrasonidès
CHRYSIS, nourrice de Crateia
DÉMÉAS, père de Crateia
CLINIAS, jeune homme (?), hôte de Déméas
SYRA, vieille esclave de Clinias

Figurants :

? LE FRÈRE DE CRATEIA
SIMICHÉ, vieille esclave de Thrasonidès
LE CUISINIER

ACTE PREMIER

Une petite rue d'Athènes, deux maisons. Le jour n'est pas encore levé. Le décor est éclairé par les derniers éclairs d'un orage qui s'en va. Quelques grondements de tonnerre, pluie battante.

SCÈNE PREMIÈRE

Thrasonidès, puis Gétas

Thrasonidès
Ô Nuit ! — car c'est à toi que revient le privilège
   d'avoir Aphrodite en partage,
Toi, plus que toute autre divinité, et c'est quand tu es
   là que ce sujet provoque les discours
Les plus nombreux et que s'expriment les soucis
   amoureux —,
Un homme plus malheureux que moi
5 A-t-il jamais frappé tes regards, un amant plus infor-
   tuné ?
À ma propre porte maintenant, me voici, debout,
Dans la ruelle, et je déambule ici et là,
D'un côté et de l'autre, jusqu'à maintenant, alors qu'il
   est minuit ou presque,
Et que je pourrais dormir en tenant celle que j'aime
   dans mes bras.
10 Car elle est chez moi, à la maison, et je le puis,
(A 11)Et je le veux comme le plus fou
Des amants, mais je ne le fais pas, et c'est à la belle
   étoile,
Par mauvais temps, que je préfère
Rester là debout à grelotter et à te parler.

Gétas
(*sortant de la maison de Thrasonidès, à part*)

15 Comme dit le proverbe, pas même un chien, non par les dieux
Ne saurait maintenant sortir. Mais mon maître,
Comme si c'était l'été en son milieu, déambule en faisant de grands discours
À n'en plus finir. Il me fera périr. Quelle bûche ! (...)
(...)
20 (...) (*À Thrasonidès*) Infortuné !
(A 21) Pourquoi ne dors-tu pas ? Tu me déranges avec tes déambulations.
Ou vraiment dors-tu ? Ne bouge pas, je suis là, si vraiment tu es éveillé
Et me vois.

Thrasonidès

Gétas, C'est toi qui es sorti ?
Dans quelle intention ? Sur quel ordre ? Ce ne fut
25 *Pas par mon ordre en effet.* Ou bien est-ce de ton propre chef que tu as agi ?

Gétas

Par Zeus, on ne m'a donné aucun ordre : on dort.

Thrasonidès

Gétas,
Tu m'assistes, apparemment, comme un vrai parent...

Gétas

Entre à la maison au moins maintenant, heureux homme ; car en tout,
Tu es heureux.

Thrasonidès

Heureux ? Je suis infortuné, terriblement infortuné, *et je souffre*
30 *Maintenant les maux*, Gétas, les plus grands. Mais je n'ai pas eu encore
(A 31) *L'occasion* de te voir ; car c'est hier que, regagnant le logis,
Tu es revenu chez nous après un long temps.

GÉTAS

Au camp, lorsque je le quittai,
Tu avais apparemment bon moral. C'est à l'ordre que j'avais
35 *D*'escorter les bagages que je dois d'être le tout dernier.
À arriver. Qu'est-ce qui te chagrine ?

THRASONIDÈS

Je suis gravement outragé.

GÉTAS

Par qui ?

THRASONIDÈS

Par la prisonnière. Après avoir acheté
Cette femme, je l'ai affranchie ; ma maison
L'a reçue *comme maîtresse* instituée par moi. Il n'est pas de servante, de bijoux,
40 De manteaux que je ne lui ai donnés. C'était comme ma femme que je la considérais.

GÉTAS

Et alors quoi ?
(A 41) Une femme t'outrage ?

THRASONIDÈS

Justement, j'ai honte de le dire...
La froideur du serpent, la cruauté de la lionne...

GÉTAS

Quand même, dis-le-moi.

THRASONIDÈS

Elle me hait d'une *extraordinaire* haine.

GÉTAS

C'est digne de la pierre magnétique[1] ! Te
Haïr ? Étrange soupçon que le tien !

---

1. La pierre magnétique (l'aimant) a le pouvoir mystérieux de repousser ou d'attirer le fer.

                    THRASONIDÈS
                                    Est-ce humain,
45 À ton idée, ce qui m'arrive ?

*Thrasonidès s'explique alors : il a constaté chez Crateia,
sa bien-aimée, un brusque et incompréhensible changement
d'attitude à son égard. Peu de temps après son retour d'expédition, elle lui a brusquement tourné le dos. Pour sonder la
gravité de la situation, il a tenté une expérience.*
50   J'attends qu'il fasse un temps
(À 51) Pluvieux, détrempé, en pleine nuit, avec éclairs
Et tonnerre. Avec elle, je suis au lit.

                    GÉTAS
                                    Et alors ?

                    THRASONIDÈS
Je m'écrie : « Fillette ! Je sors », dis-je. « Je dois
Maintenant aller voir un tel », en ajoutant un nom
    quelconque.
55 Toute femme aurait dit : « Le temps
Est pluvieux, mon bon. *Attends* un peu. »
*Mais Crateia n'a pas été attendrie de le voir partir ainsi et
il a été pris au piège de son idée. Il est resté dehors toute la
nuit, et apparemment, cela n'a pas empêché sa belle de dormir. Pauvre Thrasonidès ! Il est excessivement amoureux et
il rappelle les propos angoissés qu'il a adressés à Crateia.*
85 (...) « Accorde-moi, ma chérie, *ton attention, à moi*,
Car si tu m'ignores, tu vas *me remplir sur le champ, moi*,
De jalousie, de détresse, de folie. » (...)

                    GÉTAS
Quoi, malheureux !

                    THRASONIDÈS
            « Pour ma part, *quelques mots gentils*
Qui m'eussent été adressés et je sacrifierais à tous les
    dieux ! »

                    GÉTAS
90 Mais que peut-il y avoir d'extraordinaire qui te nuise ?
Car tu n'es pas du tout

(A 91) Quelqu'un de particulièrement désagréable, non, on
ne saurait le dire. Mais
Tu gagnes peu, assurément. Ta solde *te fait du tort*.
Mais ton apparence est fort distinguée. Mais, il est
vrai, celle que tu aimes
Est toute jeune (...).

THRASONIDÈS
95 Que la malemort t'emporte ! Il faut découvrir ce qui
Ne va pas. Une cause contraignante,
Voilà ce qu'il faut montrer.

GÉTAS
C'est une calamité que la gent féminine, maître.

THRASONIDÈS
Si tu n'arrêtes pas...

GÉTAS
Toi, ce que tu décris, maître,
Est commun. Pour quelque raison, elle en use avec toi
100 Avec liberté. Une conduite n'est pas toujours logique.
(...)

Finalement, Gétas n'est d'aucune aide et Thrasonidès doit se résoudre à ignorer les véritables raisons qui poussent Crateia à le rejeter. Il envoie Gétas à l'intérieur voir si la situation n'a pas évolué, lui-même allant se promener un peu.

*

Le Haï

PROLOGUE
Une Divinité

La divinité explique les raisons de l'attitude de Crateia. Elle est la fille de l'Athénien Déméas et elle a un frère. Mais la famille a été dispersée par la guerre. Elle s'est retrouvée prisonnière et vendue à Thrasonidès, un jeune officier très prompt à se vanter de ses succès, qui sont nombreux :

fr. 5 A.   À Chypre, c'est brillamment, ô combien !
     Qu'il s'est comporté ; il y servait sous l'un des rois.

De ses combats, il a gardé plusieurs trophées, en particulier les épées prises à ceux qu'il a tués et il est très fier de les montrer. Or parmi ces épées, Crateia a reconnu celle de son frère et elle en a déduit que Thrasonidès avait tué ce frère. Voilà pourquoi elle a pris son amant en haine. Mais sa supposition est inexacte. Son frère n'a pas perdu cette épée au combat, il est vivant, et tout se terminera bien pour Crateia, qui retrouvera sa famille, et Thrasonidès, qui pourra épouser celle qu'il aime.

*

SCÈNE II
(?) Thrasonidès, puis Gétas

Thrasonidès est revenu très vite, et plus amoureux que jamais. Mais, à la maison, Gétas a pu constater que la situation était inchangée et Crateia toujours aussi intransigeante. Il fait donc à son maître de durs reproches concernant son amour. Celui-ci ne peut que reconnaître l'esclavage où il est tombé :

Thrasonidès
fr. 4 A Une fillette m'a subjugué, une fillette de vil prix,
     Moi que nul ennemi n'a jamais pu soumettre.

Il demande maintenant à son esclave de lui apporter une épée, car de désespoir, il veut se suicider. L'esclave refuse.

Thrasonidès s'emporte, mais il n'ose toujours pas rentrer chez lui. Il y renvoie donc encore une fois Gétas comme observateur et lui-même va encore se promener.

Premier intermède choral

ACTE II

C'est dans cet acte qu'il est question, vraisemblablement, d'un autre personnage important de la pièce, un certain Clinias, le voisin de Thrasonidès. Ce Clinias a invité par lettre un certain Déméas à descendre chez lui pour y séjourner dès qu'il sera arrivé à Athènes. C'est chez lui aussi, apparemment, que Gétas fait porter toutes les épées que contient la maison de Thrasonidès pour éviter que son maître puisse mettre sa menace de suicide à exécution.

SCÈNE AVANT-DERNIÈRE ?

THRASONIDÈS, (?) GÉTAS

Thrasonidès se rend à une invitation. Mais il est toujours désespéré et il envoie chez lui Gétas qui ne lui a pas rapporté l'épée demandée. Il sort.

SCÈNE DERNIÈRE

DÉMÉAS, SYRA

Déméas, arrivé à Athènes, frappe à la porte de Clinias. Ce dernier est apparemment absent et c'est la vieille servante Syra qui vient lui ouvrir. La conversation s'engage.
(...)

Syra
431 (...) D'où es-tu, étranger ?

Déméas
(32) Moi ? De *Chypre*.

Syra
Et ce sont donc *les esclaves* que tu rachètes
Qui expliquent que tu sois venu *ici* ?

Déméas
Non, par Apollon !
Ce n'est pas mon but.
Mais c'est à cause de *ma fille*. (...)

La vieille servante en vient à signaler à Déméas, qui lui a indiqué que sa fille s'appelait Crateia, que dans la maison de Thrasonidès vit une femme qui porte ce nom. Pour l'instant, elle le fait entrer chez Clinias.

Deuxième intermède choral

ACTE III
SCÈNE PREMIÈRE
Crateia, Chrysis, Gétas

Crateia a envoyé sa vieille nourrice Chrysis chez Clinias sans doute pour s'informer de ce que sont devenues les épées emportées par Gétas. Gétas surprend leur conversation, mais est bientôt découvert et il doit s'en aller.

SCÈNE II
Gétas

Gétas revient visiblement inquiet de plusieurs choses. Il entre chez Thrasonidès.

SCÈNE III
Syra, puis Déméas

    Syra (*sortant de la maison de Clinias*)
De plus étrange que lui, par les deux déesses, comme hôte,
Jamais je n'en ai vu. Ah ! Malheur ! Que veut-il ?
À la maison, voilà les épées des voisins
Qu'il a examinées (...)
580   (...)   longtemps.
(181) (...)

Déméas
588 (...) Va à cette porte et frappes-y.

Syra
C'est à toi d'aller frapper. Pourquoi m'ennuies-tu, malheureux ?
(...) Je m'en vais bien vite (...).
(...)

SCÈNE IV

Déméas, puis Crateia

Déméas (*frappant à la porte de Thrasonidès*)
607 (...) Eh ! Garçons ! Je vais me retirer. Du bruit.
L'un d'eux sort, la porte s'ouvre.

Crateia (*à sa vieille nourrice, personnage muet*)
Je ne saurais supporter plus *longtemps cette situation*.
610 (...)

Déméas (*reconnaissant Crateia*)
(210) Ô Zeus ! Quel spectacle vraiment inattendu
S'offre à mes yeux !

Crateia
Que veux-tu, nourrice ? Que me racontes-tu ?
Mon père ? Où cela ?

Déméas (*s'approchant*)
Ma petite Crateia !

Crateia
Qui
M'appelle ? Papa ! Quelle joie de te revoir, très cher !

Déméas
615 Je te tiens dans mes bras, mon enfant.

CRATEIA

Ô toi dont
j'avais si grand regret, tu es devant moi.
Je vois celui que je ne pensais plus revoir jamais.

SCÈNE V

DÉMÉAS, CRATEIA, GÉTAS

GÉTAS
Elle est sortie. Eh ! Qu'est-ce que c'est que cela ?
   Qu'a-t-elle à faire avec toi,
L'homme ? Que fais-tu, toi ? (*À part*) Ne l'avais-je pas
   dit ?
Pris sur le fait, celui que je cherchais.
620 Je le tiens. Certes, c'est un vieillard chenu que je vois
   là.
(220) Si je compte ses années, il en a bien soixante ! Cependant il lui en cuira.
   (*À Déméas*) Qui crois-tu tenir dans tes bras et couvrir
   de baisers, toi, à ton avis ?

CRATEIA
C'est mon père, Gétas, (...).

GÉTAS
Ridicule ! (...)
625 Qui es-tu ? D'où *viens-tu* ? (...)

DÉMÉAS
(...)   *Je suis son père*
À elle.

GÉTAS
   Véritablement, *Crateia, c'est ton père,*
Ce vieillard ?

CRATEIA
C'est bien lui.

Gétas

Quelle affaire ! Et toi, vieille nourrice, *est-ce ton maître*
630 Que tu l'appelles ? (*Elle fait signe que oui. A Déméas*)
D'où est-ce, excellent homme, *que tu viens* ?
(230) De chez toi ?

Déméas
Je l'aurais bien voulu.

Gétas
Mais, si tu te trouves
Être en voyage, d'où viens-tu ?

Déméas
De Chypre. Et, me trouvant
Ici, en premier lieu, de ma famille, c'est elle que je vois.
Et il est évident qu'il y a eu dispersion d'une partie de ma maisonnée
635 Du fait de ce qui, pour tous, est l'ennemi : la guerre,
et l'un est ici, l'autre là.

Gétas
C'est ainsi. En prisonnière qu'elle était devenue,
Celle-ci chez nous est arrivée, de cette manière.
Mais je cours trouver mon maître maintenant et l'appeler.
(...)

Déméas
C'est ce que tu dois faire.

SCÈNE VI

DÉMÉAS, CRATEIA

Resté seul avec Crateia, Déméas lui parle du fils dont les événements l'ont également séparé. Crateia lui annonce la mort de son frère.

DÉMÉAS
Il n'est plus ? Quelle est ta source ?

CRATEIA
De source sûre, je le sais.

DÉMÉAS
Je suis perdu !

CRATEIA
Hélas ! Malheureuse que je suis !
Quel est mon sort ! Dans quelle pitoyable situation, papa chéri,
650 Nous trouvons-nous !

DÉMÉAS
Il est mort ?

CRATEIA
Oui, et par celui qu'il aurait le moins fallu[1].

DÉMÉAS
(250) Tu le connais ?

CRATEIA
Oui.

Crateia finit par prononcer le nom de son amant, Thraso-

---

1. Crateia évite ici de nommer d'emblée Thrasonidès.

nidès. *Le père et la fille décident alors de délibérer sur la conduite à tenir. Et de conclure :*
Que de surprises et de malheurs *dans la vie* !

SCÈNE VII

Thrasonidès, Gétas

Thrasonidès (*à Gétas, personnage muet*)
660 Le père de Crateia, dis-tu, est arrivé à l'instant ?
(260) Maintenant, c'est un homme heureux ou trois fois misérable
Que tu vas faire de moi parmi tous les êtres vivants sans exception. Que vais-je devenir en effet ?
Si je ne lui conviens pas, si, en légitime union,
Il ne m'accorde pas sa fille, c'en est fait de Thrasonidès.
665 Ce qu'aux dieux ne plaise ! Mais entrons. Il n'est plus temps
De faire ainsi des suppositions. C'est une certitude qu'il nous faut
À nous. Mais j'hésite et je tremble au moment d'entrer.
Comme présage, mon âme, Gétas, ne me dit rien de bon.
Je suis plongé dans la crainte. Mais tout vaut mieux, vraiment tout, que de
670 Rêver. Comment m'en étonnerais-je ? (*Il entre chez lui.*)

SCÈNE VIII

Clinias

Clinias (*au cuisinier qu'il ramène du marché*)
(270) L'hôte, ça fait un, cuisinier. Et il y a moi, et en troisième lieu

Ma bien-aimée, si bien sûr, par Zeus, elle est arrivée.
— Je suis au supplice moi aussi. Sinon, il n'y a
Que l'hôte. Car moi, je vais parcourir la ville
675 À la recherche de la fille, toute la ville. Mais entre, toi,
Et fais vite, cuisinier, songes-y. (*Il rentre chez lui.*)

Troisième intermède choral

ACTE IV

SCÈNE PREMIÈRE

CLINIAS, puis GÉTAS

CLINIAS (*à la cantonade*)
Que dis-tu ? Il a reconnu l'épée qui était
Chez nous et il s'est rendu chez les voisins
Quand c'est à eux qu'il a appris qu'elle appartenait ?
Mais quand
680 L'ont-ils déposée ici et pour
(280) Quelle raison chez nous, la vieille ? (...)
(...)
(...) Du bruit. C'est la sortie, apparemment,
De l'un d'eux. Je vais tout savoir avec certitude.

GÉTAS (*très agité, sans voir Clinias*)
685 Ô Zeus très honoré ! Quelle cruauté extraordinaire
Chez tous les deux ! Quel manque d'humanité, par le Soleil !

CLINIAS
Un étranger est-il entré tout à l'heure, Gétas,
Ici chez vous ?

GÉTAS (*même jeu*)
Héraclès ! Quelle brutalité !

Toujours sans voir Clinias, Gétas raconte comment Thrasonidès, désireux d'épouser Crateia, et pour mieux convaincre le père qu'elle venait de retrouver, lui raconte tout ce qu'il a fait pour la jeune femme.

Gétas

(…) De réponse, pas un mot
« (…) Vraiment, Déméas,
J'aime Crateia, comme tu vois, moi.
695 Tu es son père et son tuteur », ce sont ses paroles,
Absolument toutes prononcées en pleurant, en suppliant. Autant jouer de la lyre devant un âne.

Clinias (*poursuivant Gétas*)

Je vais devoir suivre sa promenade, à ce qu'il me semble.

Gétas (*même jeu*)

Unique réplique de l'autre : « Pour ce qui est de ma fille, ce que je réclame,
Je suis venu pour cela, c'est de pouvoir te la racheter, moi qui suis son père. » « Et moi,
700 Je te la demande comme femme puisque je t'ai trouvé, Déméas. »

Clinias

(300) C'est dans cette maison que cet homme-là est entré,
Car le nom prononcé par celui-ci est Déméas.

Gétas (*même jeu*)

Héraclès ! Avec humanité, ne pouvait-il prendre
Ce qui est arrivé ? Le cochon est parti dans la montagne, comme dit le proverbe.
705 Mais le plus terrible, c'est elle ;
Elle détourne le regard quand il lui dit : « Je t'en supplie, Crateia,
Ne m'abandonne pas. Ta virginité, tu me l'as donnée.
« Voilà son homme », disait-on, et j'étais le premier à être appelé ainsi. Je t'ai chérie,
Je te chéris, je t'aime, Crateia bien-aimée. Qu'est-ce qui te
710 Chagrine en moi ? Je suis un homme mort,
(310) Sache-le bien, si tu m'abandonnes. » Pas même une réponse.

CLINIAS
Qu'est-ce qui ne va pas ?

GÉTAS (*même jeu*)
C'est une barbare, une lionne
Faite homme !

CLINIAS
Tu ne me vois pas, misérable, depuis le temps ?

GÉTAS (*même jeu*)
C'est incroyable !

CLINIAS
Il est fou, complètement fou.

GÉTAS (*même jeu*)
715 Moi, cette femme, ah non ! par Apollon que voici,
Je ne l'aurais pas libérée. « C'est un usage grec et partout
En vigueur, nous le savons. » Mais la pitié est juste
Pour qui, inversement, a pitié de vous. Mais quand il n'y a pas réciprocité de votre part,
Moi non plus, je n'ai ni considération pour vous ni attention, ça non.
720 « Tu ne peux faire cela. » Eh quoi ! Il n'y a là rien d'étrange, à ce que je
(320) *Pense*. Il va pousser des cris et décider
De se tuer. C'est tout. Ses yeux lancent des flammes.
(...) Il s'arrache les cheveux.

CLINIAS (*impatienté*)
Hé, l'homme ! Tu vas me réduire en hachis.

GÉTAS (*s'apercevant enfin de la présence de Clinias*)
Salut, Clinias !
725 (*À part*) D'où sort-il ?

CLINIAS

Mon hôte fait un beau remue-ménage, apparemment.
(...)

Finalement Clinias va rejoindre Déméas et Crateia au moment même où Thrasonidès, désespéré, sort de la maison.

SCÈNE II

GÉTAS, THRASONIDÈS

(...)

THRASONIDÈS
757 À moi, c'est un caractère pusillanime qu'on a attribué peut-être[1].
(...)
762 Rendre invisible à mon entourage la maladie qui m'accable,
(363) Le pourrai-je (...) ? De quelle
Manière contenir cette souffrance et plus facilement la supporter ?
Car on verra se détruire ce masque que je me donnerai,
Pour tenir ma blessure cachée, volontairement.
L'ivresse s'en chargera.

Thrasonidès se remémore alors tout ce qu'il a vécu avec Crateia. Il veut prendre à témoin sa vieille servante Simiché. Elle est partie (...).

790 (...) Simiché, elle est partie !
Que dis-tu ? Elle a été victime en tout ? C'est en sa faveur que tu parles ?

---

1. Dans cette longue tirade de 59 vers (v. 757-815), d'autant plus remarquable que l'acte dans lequel elle s'insère est plus court (v. 677-815 : 139 vers), Thrasonidès, absolument bouleversé par l'attitude incompréhensible de Crateia, essaie en vain de réfléchir calmement, comme à l'acte I. Il se parle passionnément à lui-même, faisant les questions et les réponses. L'ensemble est assez chaotique et l'état déplorable de la tradition du texte en limite encore notre compréhension.

Mon souci d'elle est égoïste ? Ne parle pas ainsi !
(390) C'est ma faute, cela ? Lui, je ne dois pas le blâmer ?
Tu n'as pas cet unique pouvoir d'empêcher
795 Qu'elle ne soit emmenée par lui ? Mais partout,
C'est comme cela que ça se passe ? Le événements qui viennent d'avoir lieu bouleversent
Ma vie. Tu vas la laisser partir ? Mais dira-t-elle :
« Chasseras-tu comme par miracle et absolument,
Par la pitié que tu m'inspires la haine que j'ai contre toi ? Tu as la tête à l'envers. »
Et quelle sera ta vie ? Où est-il, porteur de salut,
800 Ton insigne ? Si l'on pouvait, pour attaquer leur colère, courir à l'assaut...
Il y aurait trop à espérer peut-être ? Le pillage, voilà ce qu'il y a dans ton regard.
Peut-être es-tu trop hardi ? En raisonnant, maintenant deviens
(400) Courageux. Ôtez tout moyen à ma vie, rendez-la pénible, faible.
C'est un reproche qui lui sera laissé par moi, il le faut,
805 Un éternel reproche : « Elle qui fut bien traitée, elle a tiré vengeance
De son bienfaiteur. » Comment ne chercherais-je pas
À réagir en feignant
De me suicider ? (...)
(...)
815 (...) *Je suis* (...) triplement malheureux (...).

Quatrième intermède choral

ACTE V

Gétas, informé des intentions de Thrasonidès, annonce à Déméas et à Crateia que le soldat veut se suicider. Sans résultat.

Le frère de Crateia revient. Il n'a pas été tué par Thrasonidès, ce qui ôte à Crateia la principale raison de haïr son amant. Elle peut maintenant justifier sa conduite passée par les soupçons qu'elle a eus à l'égard du soldat. Mais elle peut également être la femme de celui qu'elle n'a jamais cessé d'aimer, en dépit de sa méprise et de ses défauts à lui : cet excès de sensibilité qu'il met en tout. Son père et son frère sont d'accord pour ce mariage.

Leur discussion est surprise par Gétas.

SCÈNE AVANT-DERNIÈRE

Thrasonidès, Gétas

(...)

Thrasonidès
Qu'y a-t-il, mon garçon ?
960 Tu me parais avoir de bonnes *nouvelles*.

Gétas
(431) Ils te donnent en mariage *celle que tu aimes*.

Thrasonidès
J'ai prié pour cela, *mais comment puis-je te croire ?*

GÉTAS
Autant je souhaite que tout aille bien pour moi, *c'est la vérité*.

THRASONIDÈS
Tu ne me trompes pas au moins (...) ?
965 Comment a-t-elle dit ?

GÉTAS
Héraclès ! (...)

THRASONIDÈS
Ses paroles mêmes, (...),
Dis-les-moi ! (...)

GÉTAS
Il disait : « Ma petite fille, *cet homme, voudrais-tu l'épouser ?* »
« Oui », dit-elle, « papa, je le veux (...) »
970 C'est ce que j'ai entendu (...).
(441) (...)

THRASONIDÈS
Bonnes nouvelles que les tiennes !

GÉTAS
J'en suis ravi. *Mais la porte*
Fait du bruit. C'est l'un d'eux.

SCÈNE DERNIÈRE

THRASONIDÈS, GÉTAS, DÉMÉAS

DÉMÉAS
C'est *toi que maintenant je viens voir*.

THRASONIDÈS
Tu as bien raison.

DÉMÉAS
Pour qu'elle te donne des enfants de
ta semence, dans le cadre de la loi,
975 Je te donne ma fille *en mariage*
(446) Et deux talents[1] de dot *avec elle*.

THRASONIDÈS
Je la prends pour femme.
Il me suffit que tu me donnes, Déméas, *ta fille* (...).
(...)

Et la pièce se termine avec les torches et les couronnes habituelles, et l'appel final aux applaudissements et à la victoire :
(...)
Hommes faits, comme il convient, tous, applaudissez.
995 Et puisse la déesse issue d'un noble père et amie du rire, la Vierge
(466) Victoire, nous aimer et nous accompagner toujours !

---

1. Environ 30 000 euros.

LA TONDUE

(*Periciromene*)

Fragments des cinq actes[1]

---

1. *Sources*. Essentiellement le codex de papyrus du Caire (Vᵉ siècle) où la pièce occupe la quatrième place, immédiatement après l'*Arbitrage*. Autres témoins : les fragments de trois rouleaux (*P. Oxy.* 211 du Iᵉʳ-IIᵉ s. ap. J.-C. ; *P. Heidelberg* inv. G219 + 239h du IIᵉ s. ; *P. Oxy.* 2830 du IIIᵉ s.) et d'un codex de parchemin (*P. Leipzig* inv. 613 du IIIᵉ s.). Un des tableaux des fresques d'Éphèse (IIᵉ s. ap. J.-C.) et un dessin sur papyrus (*P. Oxy.* 2652 du IIᵉ-IIIᵉ s.) — peut-être deux si l'on y ajoute le *P. Oxy.* 2653 (même date) — se rapportent également à la pièce. Le v. 796 est écrit trois fois avec notation musicale dans le *P. Oxy.* 3705 du IIIᵉ s. ap. J.-C. On a un écho indirect de la gloire de la pièce dans Lucien, *Dialogue des courtisanes*, 8, 1, et direct dans Philostrate, *Lettres d'amour*, 16 (éd. Benner-Fobes), et les deux épigrammes d'Agathias et de Fronton, *Anthologie Palatine* V, 218, et XII, 233.

PERSONNAGES
liste partielle

GLYCÈRE, maîtresse de Polémon
POLÉMON, soldat corinthien
SOSIAS, esclave de Polémon
DORIS, esclave de Polémon au service de Glycère
MOSCHION, frère jumeau de Glycère
DAOS, esclave de Moschion
PATAICOS, vieux Corinthien, père de Glycère et de Moschion
AGNOIA, divinité-prologue
MYRRHINÉ, mère adoptive de Moschion
LE CUISINIER

Figurants :

HABROTONON, joueuse d'aulos
Deux Esclaves de POLÉMON

ACTE PREMIER

Le décor représente une rue de Corinthe avec plusieurs maisons. L'action commence au point du jour.

SCÈNE PREMIÈRE

Glycère, Polémon, Sosias

Glycère sort en courant de l'une des maisons. Elle se lamente fort, car sa belle chevelure vient d'être coupée par l'homme avec lequel elle vit, l'officier Polémon. Après l'outrage qui lui a été fait, elle veut se réfugier chez sa voisine, Myrrhiné. Mais Polémon la suit de près, en habit militaire ; il a encore à la main l'épée avec laquelle il a tranché la chevelure de sa concubine. Pour justifier sa conduite, il invoque le témoignage de son esclave et lieutenant Sosias qu'il avait envoyé la veille au soir en avant-coureur pour annoncer à Glycère son retour de campagne : en arrivant, l'esclave a trouvé la belle sur le pas de sa porte dans les bras d'un jeune homme du voisinage. Quand il a appris la chose, en arrivant à la fin de la nuit, Polémon, submergé par la colère, a voulu punir Glycère de son infidélité. Curieusement, Glycère ne nie pas les faits de la veille, mais elle refuse à la fois de reconnaître sa faute et de donner la moindre explication. Polémon, que cette attitude maintient dans un état d'extrême fureur, fait rentrer la jeune femme au logis et décide, en ce qui le concerne, d'aller avec Sosias oublier son malheur chez des amis.

★

La Tondue

PROLOGUE

AGNOIA

AGNOIA

La déesse se présente : elle est Agnoia, l'« Ignorance », et elle va révéler au public ce que les personnages de la première scène ignorent — et qui permet d'espérer un dénouement heureux. Glycère et le jeune homme entreprenant dans les bras duquel elle a été surprise sont des jumeaux. Leur mère est morte en les mettant au monde, et leur père, qui se trouve habiter tout près d'ici, a dû les abandonner, il y a une dizaine d'années, en raison d'un brusque revers de fortune. Une vieille femme les a recueillis.

                                                               L'un
120 Des deux, elle voulut l'élever, celui que comme enfant
    Elle désirait, la fille ; l'autre,
    Une femme la reçut d'elle en cadeau, une femme riche, la maison
    Que vous voyez (*Elle désigne la maison de Myrrhiné, à droite*), c'est là qu'elle habite, et elle désirait un enfant.
    Ce qui arriva, c'est donc cela. Après quelques années,
125 Comme la guerre et les malheurs de Corinthe
    Augmentaient[1], la vieille femme fut réduite à un dénuement extrême.
    Vu l'âge désormais de la jeune femme que vous venez de voir
    Vous-mêmes, et comme, pour elle, la passion avait saisi ce caractère extrême,
    Ce jeune homme, de race corinthienne
130 Authentique, elle lui donna la jeune fille comme si elle en était la mère,

---

1. En 315/4, Cassandre attaque Corinthe et dévaste son territoire ; en 313, Antigone son adversaire, fait à son tour une vaine tentative pour occuper la ville ; en 308, Ptolémée la prend par force ou à la suite de pourparlers secrets ; peu après 306, la ville est reconquise par Cassandre qui la garde jusqu'en 303, date à laquelle Démétrius Poliorcète s'en empare. Il est difficile de dire auquel de ces événements les v. 125-126 font allusion. Voir cependant les v. 280-281 et la note.

(11) Elle, pour qu'il la prenne avec lui. Puis, accablée de vieillesse et
Prévoyant pour sa vie le dénouement
Qui était son lot, elle ne cacha pas ce qui s'était passé.
Elle dit à la jeune femme qu'elle l'avait recueillie
135 Enfant, et les langes qu'elle avait alors, elle les lui donna aussi.
Et ce parent d'elle ignoré, ce frère par le sang,
Elle le lui révèle. Elle prévoyait bien ce qui est dans les choses humaines
Et le cas où elle aurait besoin d'aide.
Elle voyait que son frère était le parent unique
140 Qu'elle avait. Les précautions qu'elle prenait tendaient à éviter qu'un jour,
(21) À cause de moi, l'Ignorance, il ne leur arrivât
Quelque chose qu'ils n'eussent pas voulu. Il y avait la richesse, les ivresses continuelles
Où elle voyait le garçon, la beauté et la jeunesse
De la fille, et de sûreté aucune dans celui à qui elle l'avait laissée.
145 La vieille femme donc mourut. Et cette maison (*Elle désigne la maison de gauche.*)
Fut achetée par le soldat il n'y a pas longtemps.
En dépit du voisinage qui en résultait avec son frère, la jeune femme a gardé
Son histoire secrète : elle épargnait à son frère volontairement,
Dans la situation apparemment brillante où il était, un changement
150 Inévitable autrement. Elle désirait qu'il pût jouir des dons de la fortune.
(31) Mais le hasard la fit voir de ce garçon très entreprenant
Comme je l'ai dit, et, de façon délibérée, il ne cessa
De rôder autour de la maison. Il arriva qu'un soir
Elle envoya quelque part sa servante. Sur le pas de sa porte,
155 Où elle se tenait, il la vit ; immédiatement, il courut vers elle,
Lui donna un baiser, la prit dans ses bras. Et elle, sachant
Que c'était son frère, ne s'enfuit pas. Arrive *l'autre*
Qui voit la scène. Le reste lui-même *l'a dit* : comment

Le jeune homme était parti, disant qu'avoir tout loisir de voir
160 La jeune femme était son seul désir ; comment elle avait versé des larmes, sans bouger, et
(41) S'était lamentée de ce que, sur ce point, la liberté d'agir
Ne lui était pas donnée. Tout l'incendie s'est allumé
Dans ce cas en vue de l'avenir, en vue de la colère où
Le soldat s'est mis. C'est moi qui ai tout conduit, car de nature
165 Il n'est pas irascible, cet homme. Que commence seulement, c'est mon but,
La révélation du reste, et que leurs parents, un jour,
Ils les retrouvent. En sorte que, si ce qui s'est passé a irrité quelqu'un
En raison du déshonneur qu'il estime avoir été infligé à la jeune femme, qu'il change de sentiment :
Sous la conduite d'un dieu, le mal en bien se change,
170 Quand il s'en produit. Adieu. Votre bienveillance, accordez-la
(51) Nous, spectateurs, et, du reste de la pièce, assurez le succès.

*

SCÈNE II

Sosias, puis Doris

Sosias

L'homme dont la violence s'est montrée à nous il y a peu, comme son caractère belliqueux,
L'homme qui aux femmes ne permet pas de garder leur chevelure
Pleure maintenant, étendu sur sa couche. Je l'ai laissé offrant
175 Un déjeuner, il y a un instant : sont réunis
Autour de lui ses amis, pour l'aider à supporter
Son infortune plus facilement. Comme il n'avait pas le moyen,
Pour ce qui est d'ici, de savoir ce qui s'y passait, il m'a envoyé.

C'est un manteau que je dois lui apporter, un manteau
   convenable. De cela, il n'a nul
180 Besoin. C'est de la marche à pied qu'il veut me faire
   faire.

   Doris (*à la cantonade, sans voir Sosias*)
(61) Je vais m'avancer et voir, maîtresse.

   Sosias
Cette Doris, ce qu'elle est devenue, et quelle belle
   santé !
Elles ont la belle vie en quelque sorte, cela m'est bien
   clair,
Ces femmes-là. Mais je vais y aller. (*Il rentre chez Polémon*)

   Doris
         Je vais frapper à la porte.
185 Aucun des habitants n'est dehors. Malheureuse
Celle dont un soldat est l'homme. Des bandits,
Tous, aucune fidélité. Ô maîtresse,
Quel sort injuste tu souffres. (*Elle frappe à la porte*) Gar-
   çons !

   Sosias (*sortant avec le manteau de Polémon*)
         Cela va lui faire plaisir
Quand la nouvelle des larmes qu'elle verse va lui parvenir maintenant. Voilà
190 Ce qu'il voulait, lui. (*Il s'en va.*)

   Doris (*à l'esclave qui a ouvert*)
         Mon petit, appelle-moi
(71) Ta maîtresse. (...)

SCÈNE III

Doris, Myrrhiné

Myrrhiné accepte de recevoir Glycère chez elle quand elle apprend qu'elle est la sœur de Moschion.

SCÈNE IV

Doris, Glycère, Daos

Glycère se rend chez Myrrhiné. Des esclaves de cette dernière l'aident à transporter ses bagages sous la direction de Daos.

Daos
(...) Transportez vite tout cela à l'intérieur
(71) Esclaves. Voilà des gens ivres, des jeunes gens, qui approchent
En nombre. (*À part*) Je loue fortement ma maîtresse.
Dans notre maison, elle introduit la jeune femme.
Ça, c'est être une mère. Mon jeune maître doit être prévenu.
265 Sa venue au plus vite ici
Est toute indiquée, c'est évident, à ce qu'il me semble.

Premier intermède choral

ACTE II

SCÈNE PREMIÈRE[1]

Moschion, Daos

Moschion
Daos, souvent déjà tu m'as apporté des nouvelles
Qui n'étaient pas vraies. Tu es un imposteur et les dieux t'ont en haine.
Si une fois encore maintenant tu cherches à m'égarer...

Daos
Fais-moi pendre immédiatement si je cherche à t'égarer...

Moschion
²⁷⁰ Il m'est doux de t'entendre parler ainsi.

Daos
                         ... traite-moi comme un ennemi, de la même façon.
(81) Mais si ce que je dis est vrai, si tu la trouves à la maison, ton amie, ici,
Moi qui ai conduit l'affaire toute entière, Moschion,
Et qui, pour convaincre cette personne de venir ici, ai dépensé des paroles
Par milliers, ainsi que pour convaincre ta mère de la recevoir et de faire
²⁷⁵ Tout ce que tu souhaites, que deviendrai-je ?

---

1. La conversation animée des deux hommes est écrite en tétramètres trochaïques.

MOSCHION
Quelle existence au plus haut point, vois,
Daos, entre toutes te plaît ?

DAOS
Sans examen, *je ne saurais dire*.

MOSCHION
Le métier de meunier n'est-il pas le meilleur ? (*À part*)
C'est à tourner la meule[1], *évidemment*,
Que l'individu paraît destiné.

DAOS
Surtout pas de métier manuel ! Ne m'en parle pas !

MOSCHION
Je veux donc te faire directeur des affaires grecques
280 Et administrateur des camps.

DAOS
Peu me chaut que des mercenaires
(91) Me massacrent sur le champ si par hasard on me prend à voler quelque chose[2] (...).

MOSCHION
Mais *tu pourras voler* comme adjudicataire : une adjudication te permettra, mine de rien, de rafler
Sept *des huit* talents[3] que tu auras en charge.

DAOS
C'est épicier que je veux être,
Moschion, ou marchand de fromage, au marché, bien assis.
285 Je le jure, *peu me chaut d'être riche*.

---

1. Cf. *Héros*, v. 3.   2. Allusion au meurtre d'Alexandre, fils de Polyperchon, en 314/3 par un groupe de Sicyoniens peu de temps après qu'il eut été nommé général du Péloponnèse par Cassandre ?   3. Environ 700 000 et 800 000 francs.

C'est conforme à ma condition, le petit commerce, et
cela me plaît davantage.

Moschion

(...)
(...)
(...)

Daos

Me remplir le ventre est ce qui me plaît. De naissance,
je suis capable,
Je l'affirme, de remplir les fonctions que j'ai indiquées.

Moschion

(...)
290 (...) Eh bien ! Vends ton fromage *et bonne chance* !

Daos

(101) Que cela, comme on dit, soit l'objet de ma prière. *Mais entrons maintenant. De ta*
Maison ouvre la porte, maître.

Moschion

Il le faut, *tu as raison.*
Encourager cette enfant, maintenant, c'est ce qui convient, et me moquer
De cet être que les dieux ont en haine avec l'aigrette qu'il porte parce qu'il est chiliarque[1].

Daos

Et comment !

Moschion

295 Mais entre, je te le demande, Daos ; que rien n'échappe à ton regard
De toute la situation : ce qu'elle fait, où est ma mère, quelles sont en m'
Attendant leurs dispositions. Cette partie,
Inutile de t'en préciser le détail, habile comme tu es.

---

1. Officier commandant mille hommes.

Daos

J'y vais.

Moschion

Je vais faire les cent pas en t'attendant, Daos, devant la porte.

300 (*Seul*) Oui, elle m'a bien montré quelque chose comme de la bienveillance quand je l'ai abordée hier au soir.

(111) Quand je me suis élancé vers elle, elle ne s'est pas enfuie, mais elle m'a serré dans ses bras et donné des baisers.

Aucun désagrément, semble-t-il, à me voir et à me rencontrer,

Je le pense, par Athéna. Chez les filles, *on m'aime bien* — (*Crachant dans son sein*) Qu'Adrastée en l'occurrence reçoive mes hommages[1].

Daos (*sortant de chez Myrrhiné*)

305 Moschion, elle vient de prendre un bain et elle est assise.

Moschion

Que je l'aime !

Daos

Ta mère arrange fébrilement je ne sais quoi.
On a préparé le déjeuner, et, à en juger par ce qu'elles font,
Elles attendent, me semble-t-il, ta venue.

Moschion (*à part*)

Depuis longtemps *je le répète* : je ne
Suis pas sans agrément. (*À Daos*) Tu as dit à ces dames que j'étais là ?

---

1. Cet hommage à Adrastée (divinité proche de Némésis) est destiné à détourner le châtiment dû à des propos excessifs, cf. *Samienne*, v. 675.

Daos
310 Non, par Zeus.

Moschion
Maintenant donc, tu leur dis. Va.

Daos
Tu le vois, j'y retourne.

Moschion (*seul*)
(121) Elle éprouvera un sentiment de honte quand nous entrerons, c'est clair.
Elle se voilera le visage, c'est dans les mœurs, cela. Quant à ma mère,
Quand j'entrerai, tout de suite je l'embrasse, il le faut, et je fais sa conquête entière.
Je me montre plein de dévotion à son égard, je suis sa volonté tout simplement.
315 Comme si c'était sa propre affaire, c'est ainsi qu'elle traite la présente situation !
Mais la porte fait du bruit. Quelqu'un sort. (*À Daos qui revient*) Qu'y a-t-il, mon garçon ?
Quelle hésitation dans ta démarche, Daos !

Daos
Oh que oui, par Zeus !
C'est tout à fait extraordinaire. Une fois entré, j'ai dit à ta mère
Que tu étais là. « Plus un mot là-dessus, me dit-elle. Comment l'a-t-il appris ?
320 Est-ce toi qui as bavardé, qui lui as dit que, prise de peur, ici,
(131) Elle s'est réfugiée, *chez nous* ? C'est bien cela. Au diable,
Me dit-elle, va-t-en. Allons ! *j'ai affaire, maintenant* déguerpis, mon petit.
Place ! » (...) Tout est complètement bouleversé.
Elle n'a pas du tout appris que tu étais là avec plaisir.

Moschion

                                   Gibier de fouet,
325 *Tu m'as roulé.*

Daos
Ridicule. C'est ta mère...

Moschion

                                      Que dis-tu ?
Que l'autre ne s'est pas enfuie de son plein gré, ou quoi ?
   N'était-ce pas pour moi
Que tu as dit l'avoir persuadée de venir à la maison ?

Daos

                                      Moi, je t'ai dit
Que je l'avais persuadée de venir, elle ? Non, par Apollon, moi pas.
Il n'aurait pas été possible, comme mensonge, mon maître, de t'en dire *de plus grand*.

Moschion
330 (...) N'y avait-il pas ma mère que là-dessus tu aurais persuadée
(141) Comme à l'instant tu l'as dit, de faire à cette personne ici bon accueil pour mon
Profit ?

Daos
Ça, c'est vrai, je l'ai dit. Oui, je m'en souviens.

Moschion

                                      Et il te semblait
Que c'était pour mon profit qu'elle le faisait.

Daos

                                      Je ne puis sur
ce point être affirmatif.
Mais, pour ma part, j'ai essayé de la persuader.

MOSCHION
            Soit. Viens ici. Approche.

DAOS
                              Où ?

MOSCHION
335 Pas bien loin, tu vas voir.

DAOS
                Tu sais quoi, Moschion ?
Moi alors... (*Moschion lève son bâton.*)
Un moment encore, attends !

MOSCHION
            Tu me racontes des histoires.

DAOS
                Non, par Asclépios,
Non certes, si tu m'écoutes. Sans doute ne veut-elle pas,
Tu comprends, que la conquête que tu fais soit brusquée, faite au hasard, mais elle demande,
Avant que tu sois mis au courant, à entendre ce que tu as à dire, par Zeus.
340 Car ce n'est pas comme une joueuse d'aulos[1] ni comme une petite prostituée de trois sous
(151) *Qu'elle est venue.*

MOSCHION
           Maintenant tu me parais dire, Daos,
quelque chose de sensé à nouveau.

DAOS
                Fais-en l'épreuve.
Tu sais ce qu'il en est, je pense. Elle a quitté sa maison,

---

1. Ces artistes étaient aussi des courtisanes.

Ce n'est pas une histoire que je raconte, et l'homme
   qui l'aime. Si c'est trois ou quatre
Jours avec elle que tu désires, on s'intéressera à toi.
   Elle me l'a confié,
345 Cela. Apprends-le, il le faut maintenant.

Moschion

Où est-ce qu'après
   t'avoir attaché, je vais *te laisser*,
Daos ? La promenade que tu veux me faire faire est
   une promenade assez longue.
Il y a un instant tu ne disais pas la vérité, et maintenant
   tu recommences !

Daos

Tu ne me laisses pas réfléchir tranquillement. Change
   ta manière d'être.
Du maintien, et entre. Présente-toi !

Moschion

Et toi, tu te sauveras ?

Daos

Et comment !
350 (*Ironique*) Avec les provisions que tu vois que j'ai.

Moschion

Fort bien ! Avance, mon garçon !
(161) Entre. Tu trouveras quelque moyen d'arranger la
   situation.

Daos

Volontiers.

Moschion

Je t'accorde que tu l'emportes. (*Il entre.*)

Daos (*à part*)

Il s'en faut de peu,
   Héraclès, que maintenant la crainte

Ne m'ait desséché. C'est que la situation n'est pas,
comme je le pensais, facile à démêler.

SCÈNE II

Daos, Sosias, Doris

Sosias (*entrant par la gauche*)
Il m'a renvoyé avec sa chlamyde à rapporter
355 Et son épée. Il veut que je voie ce qu'elle fait et que je
le lui dise
À mon retour. Pour un rien je lui dirais que j'ai surpris
L'amant à la maison. Il ne ferait qu'un saut et courrait
ici.
Mais vraiment il me fait pitié.
De malheur aussi grand chez un maître, même en
rêve,
360 Je n'en ai pas vu. Ô l'amer voyage ! (*Il entre chez
Polémon*)

Daos
(171) Notre mercenaire est arrivé. Délicate tout à fait
La situation, par Apollon que voilà[1].
Et l'essentiel, je n'en parle pas.
Notre maître[2], si de la campagne sans tarder il *re*-
365 Vient, quel bruit il va faire à son arrivée.

Sosias (*ressortant, à la cantonade, en particulier
à Doris qui l'a accompagné jusqu'à la porte*)
Vous l'avez laissée échapper, maudites bêtes,
Vous l'avez laissée passer la porte !

Daos (*à part*)
Il ressort,
Notre homme, fort en colère. Je vais me tenir un peu
à l'écart.

---

1. Cf. *Bourru*, v. 659 et note.   2. Le mari de Myrrhiné.

SOSIAS

Elle est partie chez le voisin tout de suite, c'est clair,
370 Chez son amant, et elle nous envoie paître en long
(181) Et en large.

DAOS (*à part*)
C'est un devin que le soldat emmène avec lui
Dans cet homme. Il tombe juste.

SOSIAS
                    Je vais frapper à la porte.

DAOS (*s'interposant*)
Homme de malheur, que veux-tu, où vas-tu ?

SOSIAS
Cette maison est la tienne ?

DAOS
        Peut-être. Mais est-ce que cela te regarde ?

SOSIAS
375 Etes-vous fous, par les dieux ? Elle est libre,
Et vous la retenez, cette femme, en violant les droits
    de son tuteur[1].
Quelle audace de la tenir enfermée !

DAOS
                        Faut-il que tu sois méchant
Et calomniateur pour *qu'une chose pareille te vienne à
    l'esprit.*

SOSIAS
Est-ce que vous croyez que nous n'avons pas de bile
380 Et que nous ne sommes pas des hommes ?

---

1. En droit grec, la femme est une éternelle mineure. Elle passe de la tutelle de son père à celle de son mari. Mais Sosias exagère. Polémon n'est pas le mari de Glycère.

Daos

Si, par Zeus, des hommes à quatre oboles[1].
(191) Et quand par un chef à quatre drachmes[2] des hommes tels que vous seront commandés,
C'est facilement que nous combattrons contre vous.

Sosias

Héraclès !
Quelle impiété ! Reconnaissez-vous, dis-moi,
Qu'elle est chez vous ? (*S'adressant à un passant*)
Approche, toi, l'homme qui passe ! Il est parti.
385 Envolé le témoin ! (*A Daos*) Reconnaissez-vous qu'elle est chez vous ?

Daos

Nous ne l'avons pas.

Sosias

Pourtant, elle est chez vous. Je verrai quelques-uns
D'entre vous qui vont gémir. De qui pensez-vous, dis-moi,
Vous jouer ? Qu'est-ce que ce bavardage ? C'est par la force que cette misérable
Bicoque dans l'instant va être prise.
390 Tu peux donner ses armes au joli cœur.

Daos

C'est mauvais, ça, malheureux.
(201) Comme si elle était chez nous, tu restes là, ça fait un bout de temps.

Sosias

Nos esclaves, ceux qui portent le bouclier léger, avant que tu aies le temps de cracher,
Vont saccager toute chose ici, même si ce sont des hommes à quatre oboles
Comme tu les appelles.

---

1. Des mercenaires dont la solde est de 4 oboles — environ 12 francs — par jour, autant dire des mercenaires de seconde zone. **2.** Environ 60 francs par jour : c'est la solde d'un officier également de seconde zone.

Daos
Je plaisantais. Tu es un bousier.

Sosias
                                                Citoyens
395 Qui habitez ici...

Daos
Mais nous ne l'avons pas.

Sosias
                                Oh là là ! Je vais prendre
Ma lance.

Daos
Va-t'en au diable. Je vais rentrer pour ma part.
Tu m'as l'air de quelqu'un qui a perdu la tête. (*Il entre chez Myrrhiné.*)

SCÈNE III

Sosias, Doris

Doris (*quittant son embrasure de porte*)
                                                        Sosias !

Sosias
Toi, si tu t'approches de moi, Doris, vraiment pour toi ça va mal
Se passer. C'est toi, en la circonstance, la cause principale de tout.

Doris
400 Sois heureux. Dis-lui que c'est auprès d'une femme
(211) Que, sous le coup de la peur, elle s'est enfuie.

Sosias
                                        Auprès d'une femme,
Sous le coup de la peur ?

Doris

Mais oui ! Elle est allée chez Myrrhiné,
La voisine. Si je ne dis vrai, que ne se réalise aucun de
mes vœux.

Sosias

Tu vois où elle est allée ? Là où se trouve l'objet de sa
passion, là même.

Doris

405 Renonce maintenant à tes projets, Sosias.

Sosias

Va-t'en, va-t'en (...).

Sosias, qui n'est donc pas du tout convaincu par les propos de Doris, va prévenir Polémon que Glycère s'est enfuie chez son amant. De son côté, très probablement, Doris allait chercher Pataicos, vieil ami à la fois de Glycère et de Polémon.

Deuxième intermède choral

ACTE III

SCÈNE PREMIÈRE

Polémon, Sosias

Averti par Sosias de la fuite de Glycère (présentée comme une fuite auprès de son amant), Polémon vient, avec une suite d'esclaves armés et, en guise de trompette, la joueuse d'aulos Habrotonon, mettre le siège devant la maison de Myrrhiné.

SCÈNE II

Polémon, Sosias, Pataicos

Arrivé de son côté, Pataicos essaie de raisonner Polémon que Sosias excite au contraire.

Sosias
Tu vois d'où il vient. Il s'est laissé soudoyer, tu peux m'en
Croire. Il te trahit, toi et l'armée.

Pataicos
Va dormir, va, mon ami. Les combats
470 Dont tu parles, laisse-les. Tu n'es pas dans ton assiette. (*A Polémon*) C'est à toi que je veux parler,
Car tu es moins ivre.

POLÉMON
Moins ? Moi qui n'ai bu peut-être
Qu'un cotyle[1]. Je prévoyais tout cela, infortuné que je suis,
Et je me réservais pour l'avenir.

PATAICOS
Voilà qui est bien parlé.
Écoute-moi.

POLÉMON
Qu'est-ce que tu me demandes de faire ?

PATAICOS
475 C'est bien de me poser cette question. Maintenant, pour ce qui est du reste, je vais te le dire.

SOSIAS (*à la joueuse d'aulos*)
Habrotonon, sonne la charge.

PATAICOS (*à Polémon*)
Fais entrer cet homme.
Il faut commencer par le renvoyer avec les esclaves qu'il conduit.

SOSIAS (*à Polémon*)
Tu ne sais pas conduire la guerre. Il va la faire cesser,
Alors qu'il faudrait l'emporter par la force.

POLÉMON
Tu vois cet homme ? Ce qu'il fait de moi ?
480 Ce Pataicos me perd.

SOSIAS
Ce n'est pas notre chef.

PATAICOS (*à Sosias*)
(231) Au nom des dieux, homme, va-t'en !

---

1. Environ un quart de litre.

Sosias

Je m'en vais.
(*À Habrotonon*) Je pensais que tu aurais pu faire
quelque chose. Et certes, Habrotonon,
Tu as, pour faire un siège, ce qui est utile.
Tu t'y connais en assauts et embrochements. Où t'en vas-tu,
485 Garce ? Est-ce que je te fais rougir ? Qu'est-ce que cela te fait ? (*Habrotonon et les autres entrent chez Polémon, laissant Polémon et Pataicos seuls.*)

SCÈNE III

Polémon, Pataicos

Pataicos
Si c'était ainsi, Polémon, comme vous le dites
Dans votre camp, que les choses se sont passées, et
que ta femme légitime...

Polémon
Que veux-tu dire Pataicos ?

Pataicos
Il y a une sensible différence.

Polémon
Pour ma part, c'est comme ma femme légitime que je l'ai considérée.

Pataicos
N'élève pas la voix.
490 Qui te l'a donnée en mariage ?

Polémon
Qui ? À moi ? Elle-même.

Pataicos

Très bien.
(241) Tu lui plaisais peut-être. Maintenant ce n'est plus le cas.
Elle est partie quand tu t'es mal conduit
Avec elle.

Polémon

Que dis-tu ? Mal conduit ? Voilà la parole qui de
Toutes me fait souffrir le plus dans ce que tu as dit.

Pataicos

Tu es amoureux,
495 Je le sais parfaitement. C'est pourquoi ce que tu es en train de faire
Est absurde. (*Polémon se dirige vers la maison de Myrrhiné.*) Où vas-tu ? Qui
Veux-tu enlever ? Elle est son propre maître.
Il n'y a d'autre ressource que la persuasion pour celui qui est dans une fâcheuse situation
Quand il aime. Aucune autre.

Polémon

Et celui qui l'a séduite pendant mon
500 Absence, à cause d'elle, n'est-il pas coupable envers moi ?

Pataicos

Tu peux lui reprocher
(251) Son acte coupable, si jamais tu viens à lui parler.
Mais si tu agis avec violence, c'est à un procès que tu t'exposes. Car il ne comporte pas
De châtiment cet acte coupable, juste des reproches.

Polémon

Pas même maintenant ?

Pataicos

Pas même maintenant.

Polémon

Je ne sais ce que
505 Je dois dire, par Déméter, sinon que je vais me pendre.
Glycère m'a abandonné. Elle m'a abandonné, ma
Glycère, Pataicos ! Mais puisque c'est, d'après toi,
Ce qu'il faut faire, en ta qualité d'ami qui souvent
A causé avec elle auparavant, va lui parler,
510 Sois mon ambassadeur, je t'en supplie !

Pataicos

Cela, à mon avis,
(261) Tu vois, peut être fait.

Polémon

Tu es capable, je pense, de parler,
Pataicos.

Pataicos
Passablement.

Polémon

Et pourtant, Pataicos, tu le dois.
C'est ce qui pourra sauver la situation.
Pour moi, si jamais j'ai été coupable à son égard...
515 Si je ne passe pas toute ma vie à la servir...
Ses parures, si tu pouvais les voir...

Pataicos (*refusant poliment*)

Ça va,
Ça va.

Polémon
Viens les voir, Pataicos, au nom des dieux !
Tu auras encore plus pitié de moi.

Pataicos (*un peu impatienté*)
Poséidon !

POLÉMON

Par ici, viens.
Ses robes ! Tu verras ce que c'était et comme elle était
    belle à voir quand
520 Elle en mettait une. Mais tu ne l'as pas vue peut-être ?

PATAICOS (*de plus en plus impatienté*)
(271) Mais si !

POLÉMON (*de plus en plus attendri*)
C'est que c'était une belle grande femme.
Sans aucun doute, il valait
La peine de la voir. Mais pourquoi rappeler maintenant
Qu'elle était grande, imbécile que je suis. Je m'égare.

PATAICOS (*gagné par l'émotion*)
Mais non, par Zeus.

POLÉMON
Tu crois ? Mais il faut, Pataicos, que tu
525 Les voies. Avance, viens ici.

PATAICOS (*résigné*)
Passe devant. J'entre avec
toi. (*Ils entrent chez Polémon.*)

SCÈNE IV

MOSCHION

MOSCHION (*sortant de chez Myrrhiné
et observant leur départ*)
N'allez-vous pas entrer au plus vite, vous, et débarrasser le terrain ?
Les lances que vous avez ne vous ont pas empêché de
    fuir devant moi.

Ils ne seraient pas capables de dénicher un nid
D'hirondelles. Les voilà bien, ces fripons.
530 Mais les mercenaires que, dit l'autre, ils avaient ? Ils
se réduisent, ces mercenaires
(281) Illustres, au seul Sosias que vous avez vu.
En grand nombre, il y a eu des malheureux à l'époque
Présente — la récolte en est pour l'heure assez belle
Dans toute la Grèce quelle qu'en soit la raison.
535 Aucun, je crois, parmi tant d'hommes n'est malheureux
En ce monde autant que moi avec ma misérable vie,
oh non !
Dès que je suis entré, il n'est rien de ce que j'ai toujours
L'habitude de faire que j'aie fait ; chez ma mère,
Je ne suis pas entré ; ceux de la maison, je n'en ai appelé aucun
540 Auprès de moi. Dans une pièce où j'étais allé à l'écart,
(291) Là, je me suis étendu, perdu dans mes pensées, complètement.
Daos, je l'envoie pour annoncer que
J'étais là, sans autre message, à ma mère.
Et lui alors, sans beaucoup se soucier de moi,
545 Profitant du déjeuner qu'il trouvait tout prêt,
S'est rempli la panse. Pendant ce temps,
Sur mon lit, en moi-même je me disais : « Dans un instant,
Je vais voir arriver ma mère, et elle m'annoncera
De la part de celle que j'aime les conditions qu'elle met
550 À un accord. » Et moi je préparais un discours.
(...)

Finalement, pour faire quelque chose, Moschion est ressorti...

(?) SCÈNE V

Moschion, Daos

Daos arrive enfin après s'être fait attendre. Mais il a appris un fait important qui justifie que Myrrhiné ait voulu tenir son fils éloigné : Glycère serait la sœur de Moschion. Moschion, qui se croit toujours le fils de Myrrhiné, ne comprend pas que celle-ci ait pu abandonner Glycère. Sans doute l'esclave ment-il une fois de plus. Moschion décide d'aller vérifier ses dires auprès de sa mère. Il ressort presque immédiatement, bouleversé : il vient d'entendre Glycère jurer à Myrrhiné qu'elle ne dirait à personne que Moschion est son frère. Il s'éloigne perdu dans ses pensées.

Troisième intermède choral

ACTE IV

SCÈNE PREMIÈRE

Pataicos

En examinant la garde-robe de Glycère, Pataicos a pu mesurer combien Polémon aimait la jeune femme. C'est avec une conviction renforcée qu'il se rend auprès d'elle pour plaider la cause de l'officier. Il frappe à la porte de Myrrhiné et fait demander à Glycère de sortir.

SCÈNE II

Pataicos, Glycère

Reprenant les soupçons de Polémon, Pataicos commence par demander à Glycère pourquoi elle s'est enfuie auprès de son amant. Glycère récuse énergiquement cette interprétation de la situation.

Glycère
Que pouvais-je gagner
(301) *En allant chez* sa mère, cher ami,
Et en cherchant ici un refuge ? Comme possibilités, examine :
710 Qu'il m'épouse ? Je suis en effet d'une condition, vraiment,
Qui répond à la sienne ! Mais alors ? C'est comme maîtresse que je serais à lui ?
Si c'était le cas, la discrétion n'aurait-elle pas été ma grande préoccupation, malheureuse que je suis,
Et la sienne ? Ou alors, c'est sans réfléchir qu'il a choisi le même toit

Que son père pour m'installer, et j'ai accepté d'en
venir à ce degré
₇₁₅ De folie, de me faire haïr *de Myrrhiné*,
Sans compter pour vous la réputation que je vous
aurais laissée *de dévergondage*
₍₃₁₀₎ Et que vous n'auriez pu effacer. Ai-je perdu tout sentiment de honte,
Pataicos ? Et toi, c'est avec cette conviction
Que tu es venu me voir, et c'est comme cela que tu as
supposé que j'étais !

Pataicos

₇₂₀ Certes non, ô Zeus très vénéré. *Ce que tu dis,*
Puisses-tu démontrer que c'est vrai ; pour ma part, *je te crois.*

Glycère

Qu'il s'en aille néanmoins. *Qu'une autre*
Soit la victime de sa violence désormais.

Pataicos

                                        C'est sans le vouloir
Qu'il a commis cet acte terrible.

Glycère

                                      Un acte impie que
₇₂₅ *Pas même*, malheureuse que je suis, pas même avec
une servante, *il se serait permis.*
(...)

L'ambassade de Pataicos échoue donc complètement devant la fierté de Glycère qui bientôt passe à la contre-attaque. Elle sait en effet qu'elle est une enfant trouvée.

Glycère

(...) J'ai en ma possession *ces objets qui serviront à reconnaître mon origine.*
₍₃₂₀₎ Ils viennent de mon père et de ma mère. *Je les garde*
Toujours auprès de moi et avec soin.

Pataicos
                              Qu'est-ce donc
745 Que tu veux ?

Glycère
Les emporter avec moi.

Pataicos
                              Tu renonces donc
Définitivement à cet homme ? Que veux-tu ?

Glycère
                                       Cher ami,
Que ce soit toi qui le fasses.

Pataicos
                    On accomplira
Cette ridicule démarche. Mais toutes les consé-
   quences, tu devrais
Les considérer.

Glycère
C'est moi qui sais le mieux ce que je dois faire.

Pataicos
                      C'est donc ton point de vue ?
750 Laquelle de tes servantes sait où sont ces objets ?

Glycère
Doris le sait.

Pataicos
          Qu'on appelle Doris
Dehors. Mais cependant, Glycère, au nom des dieux,
(330) *Écoute et,* considérant ce que maintenant je dis,
Pardonne.

SCÈNE III

Pataicos, Glycère, Doris

Doris (*en larmes*)
Ah ! Maîtresse !

Glycère (*se donnant une contenance*)
755 Qu'y a-t-il ?

Doris
Quel malheur !

Glycère
Apporte-moi
La petite corbeille dehors, Doris, celle avec les vêtements brodés
Dedans, tu sais, par Zeus, je te l'ai donnée
A garder. Pourquoi pleures-tu malheureuse ?

Pataicos (*à part*)
Il m'arrive quelque chose,
Par Zeus Sauveur, d'étonnant, vraiment.
760 *D'incroyable*, il n'est rien (...).

Pataicos est en effet troublé par le nouveau rôle qu'il est amené à jouer, d'autant qu'il sait que jadis il a dû abandonner ses enfants. Doris amène l'objet demandé.

SCÈNE IV

Pataicos, Glycère, puis Moschion

Pataicos est surpris à la vue des vêtements que contient la corbeille : ils évoquent en lui des souvenirs anciens.

Pataicos
(…) *C'est bien celui*
Qu'autrefois j'ai vu. N'y a-t-il pas sur le bord, comme tu vois,
Un bouc ou un bœuf ou ce genre d'animal
770 En pied ?

Glycère
C'est une biche, cher ami, non un bouc.

Pataicos
(341) *C'est un animal à cornes,* voilà ce que je sais. Et ce troisième
Avec des ailes, un cheval. C'est à ma femme
Que l'on doit ces broderies, à ma malheureuse femme.

Moschion (*arrivant, perdu dans ses pensées*)
Ce n'est pas parmi les choses impossibles, me semble-t-il,
775 *Quand j'y réfléchis,* qu'après nous avoir mis au monde, ma mère
En même temps que moi ait exposé une fille qui lui était née.
Si c'est ce qui s'est produit, cela, et si c'est une sœur que j'ai là
En elle, c'en est fait de moi, infortuné que je suis !

Pataicos (*sans remarquer Moschion*)
Ô Zeus, que me reste-t-il encore à apprendre de mon destin ?

Glycère
780 *Indique* tout ce que tu veux savoir et tu l'apprendras de moi.

Pataicos
(351) *D'où* tiens-tu ces objets que tu possèdes ? Dis-le.

Glycère
C'est dans ce vêtement que j'ai été recueillie alors que j'étais enfant.

MOSCHION (*qui a surpris la conversation
de Pataicos et de Glycère*)
Retirons-nous un peu ; (...)
Me voici face à mon destin ; c'est le moment décisif
où il va s'éclaircir pour moi.

PATAICOS
785 Étais-tu seule quand on t'a trouvée ? Indique-le-moi.

GLYCÈRE
Pas du tout : un frère avait été exposé avec moi.

MOSCHION (*à part*)
Voilà bien une des choses que je voulais savoir.

PATAICOS
Comment se fait-il que vous ayez été séparés l'un de
l'autre ?

GLYCÈRE
Je pourrais te dire toute l'histoire, car je l'ai apprise.
790 Sur ce qui me concerne, tu peux m'interroger : j'ai le
droit de le dire.
(361) Mais pour le reste, à cause d'elle, je ne révélerai rien :
je le lui ai juré.

MOSCHION (*à part*)
Et voilà un signe de reconnaissance qui me parle clairement.
Elle a juré cela à ma mère. Où suis-je ?

PATAICOS
Celui qui t'a recueillie et élevée, qui était-ce ?

GLYCÈRE
795 C'est une femme qui m'a élevée, celle qui m'a vue
abandonnée.

PATAICOS
De l'endroit, pour que tu t'en souviennes, t'a-t-elle
parlé ?

Glycère
C'était une source, m'a-t-elle dit, et un lieu ombragé.

Pataicos
C'est bien le même que celui qui t'a déposée m'a indiqué.

Glycère
Quel est cet homme ? Si c'est permis, dis-le-moi.

Pataicos
800 Celui qui t'a déposée est un esclave. Celui qu'élever des enfants a fait hésiter, c'est moi.

Glycère
(371) Toi, tu nous a exposés, étant notre père ? Pourquoi ?

Pataicos
Bien des événements incroyables, mon enfant, sont l'œuvre de la Fortune.
Celle qui vous mit au monde est morte
Au moment de votre naissance, et juste le jour d'avant, ma fille...

Glycère
805 Qu'arriva-t-il ? Tu me fais peur, malheureuse que je suis.

Pataicos
La pauvreté me frappa, moi qui de l'aisance *avais l'habitude*.

Glycère
En un jour ? Comment ? Ô dieux, quel terrible *destin* !

Pataicos
J'ai appris que le navire grâce auquel nous vivions
Avait été sauvagement englouti dans les flots de la mer Égée.

Glycère
810 Malheureuse que je suis ! Quelle infortune !

Pataicos
Assumer le fardeau,
(381) Pensai-je évidemment, que représente pour un miséreux des enfants
À élever dénote un manque d'énergie complet dans un caractère.

Pataicos interroge alors Glycère sur les autres objets de reconnaissance.

Glycère
815 Il y avait des colliers, et, petite, garnie de pierres précieuses,
Une parure, signes de reconnaissance pour les enfants exposés.

Pataicos
Cette parure, voyons-la.

Glycère
Mais je ne l'ai plus !

Pataicos
Que *veux-tu dire* ?

Glycère
Le reste, c'est mon frère qui l'a eu, évidemment.

Moschion (*à part*)
Eh bien ! Cet homme, apparemment, est mon père.

Pataicos
820 Pourrais-tu dire encore ce qu'il y avait.

Glycère
Un objet de couleur pourpre : une ceinture, c'est cela.

PATAICOS
(391) En effet.

GLYCÈRE
Un chœur de jeunes filles y était représenté.

MOSCHION (*à part*)
Cela ne te décide pas ?

GLYCÈRE
Plus un fin manteau,
Et, en or, un diadème. Tout le détail, je te l'ai dit.

PATAICOS
Je ne puis plus me retenir. Ma chérie, *salut* !

MOSCHION (*à part*)
Supposons que je
825 M'avance. « Pourquoi ces embrassements ? », vais-je
dire, « Votre dialogue,
Comme je suis là, je l'ai tout entier *entendu*, pour ma
part. » (*Il s'avance.*)

PATAICOS (*qui serrait Glycère dans ses bras*)
Dieux ! Qui est cet homme ?

MOSCHION
Qui je suis ? Ton
Fils.

Ce que confirme Glycère. À l'issue de cette double reconnaissance, Glycère et Moschion rentrent informer Myrrhiné, cependant que Pataicos exprime son émotion et son intention de marier sa fille à Polémon.

(?) SCÈNE V

Pataicos, Doris

Pataicos apprend à Doris ce qui est arrivé et lui demande d'informer Polémon. Il rejoint ses enfants chez Myrrhiné.

Quatrième intermède choral

ACTE V

Glycère a accepté de se réconcilier avec Polémon : elle cède en cela aux instances d'un père retrouvé, dont elle dépend désormais, mais, comme lui, elle voit aussi que c'est la solution la plus raisonnable. La joie de la bonne Doris devant l'attitude de sa maîtresse le confirme.

SCÈNE AVANT-DERNIÈRE

Doris, Polémon

Polémon, apprenant que Glycère a retrouvé en Pataicos son père et qu'elle est la sœur de Moschion, une fois de plus se laisse submerger par la violence de ses émotions. Sans faire davantage réflexion, il croit que Glycère n'a plus aucune raison de se réconcilier avec lui et il est désespéré.

Polémon
975 (...)   *Je n'ai plus qu'à me retirer*
Pour me pendre.

Doris
N'en fais *rien* !

Polémon
Mais que dois-je faire, Doris ? Comment vivrai-je,
(400) Trois fois malheureux que je suis, séparé de *Glycère* ?

Doris
Elle revient à toi...

POLÉMON
Au nom des dieux, que dis-tu ?

DORIS
980 Si tu t'efforces de la bien traiter.

POLÉMON
Comme effort,
Je ne négligerai rien. Sois-en sûre.

DORIS
Il le faut.

POLÉMON
C'est tout à fait bien, ce que tu dis là. Va, tu seras une femme libre
Demain, je t'affranchirai, Doris. Mais ce que tu dois lui *dire,*
Écoute-le. Elle est partie... (*Seul*) Ah ! *Glycère,*
985 Comme avec violence tu m'as conquis. *Tu embrassais*
Un frère, non un amant. Et exécrable que j'étais,
Et jaloux individu (...),
(410) Je me suis mis tout de suite à agir comme un homme ivre. Après quoi *j'allais me pendre* ?
C'était bien faire. (*A Doris qui revient*) Qu'y a-t-il, Doris très chère ?

DORIS
990 Bonne nouvelle. Elle va venir pour te parler.

POLÉMON
Elle ne se moquait pas de moi ?

DORIS
Non, par Aphrodite. Elle était en train de revêtir sa robe.
Son père inspectait sa toilette. Tu aurais dû maintenant, bien vite,
Pour la bonne nouvelle de ce qui s'est passé (...)
Offrir un sacrifice, puisqu'elle a trouvé le bonheur.

POLÉMON
995 Oui, par Zeus, tu as raison. *Venu du marché*,
Il y a un cuisinier à la maison. La truie, qu'il la sacrifie.

DORIS
Mais la corbeille, où est-elle, et tout ce qu'il faut ?

POLÉMON
La corbeille ?
(420) Plus tard, vous la préparerez. Mais la truie, qu'il l'égorge.
Ou plutôt c'est moi qui vais le faire. Il y a une couronne sur l'autel.
1000 Je la prends et la mets sur ma tête, c'est ce que je veux.

DORIS
Tu persuaderas
Beaucoup plus aisément, sous cette apparence.

POLÉMON
Faites venir *ma chère Glycère*.

DORIS
Justement elle se disposait à sortir *en compagnie de son père*.

POLÉMON (*entendant la porte s'ouvrir*)
En sa compagnie ? Que va-t-il m'arriver ?

DORIS
Malheureuse que je suis !
Il s'est sauvé... Est-ce un malheur si grand que d'entendre une porte faire du bruit ?
1005 Je vais entrer avec lui pour aider aux préparatifs si c'est nécessaire. (*Elle rentre chez Polémon.*)

SCÈNE DERNIÈRE

Polémon, Pataicos puis Glycère

Pataicos (*sortant de chez Myrrhiné,
à Glycère, à la cantonade*)
Comme j'apprécie que tu dises : « Maintenant je vais me réconcilier. »
Quand on est heureux, alors accepter un arrangement
(430) Est l'indice de ce qui est grec de caractère.
Mais qu'on appelle Polémon sans tarder.

Polémon (*s'avançant*)
1010 *J'arrive*. J'étais en train de sacrifier en témoignage de reconnaissance pour le bonheur
De Glycère. Elle a trouvé ceux *qu'elle cherchait
À ce que j'ai appris.* (*Glycère fait son entrée.*)

Pataicos
Tu as raison. *Maintenant, ce que je*
Vais te dire, écoute-le. Voici ma fille : pour que, dans le cadre de la loi,
Tu aies par elle des enfants de ta semence, je te la donne pour femme.

Polémon
Et moi, je la prends.

Pataicos
1015 Avec une dot de trois talents[1].

Polémon
C'est fort bien.

Pataicos
À l'avenir, oublie que tu es soldat, *afin que*
La précipitation ne commande aucun de tes actes,
Polémon, une nouvelle fois.

---

1. Environ 300 000 francs.

POLÉMON

(440) Apollon ! Moi qui à cette heure étais perdu, ou *peu s'en faut,*
De nouveau j'agirai avec précipitation ? *Je n'adresserai plus de reproches*
1020 À Glycère. Réconcilie-toi avec moi, chérie, c'est tout ce que je demande.

PATAICOS

Oui, car maintenant nous trouvons le commencement de notre
Bonheur dans ton acte d'homme ivre.

POLÉMON

Tu as raison.

PATAICOS

C'est la raison du pardon que tu as obtenu.

POLÉMON

Fort bien.
Alors fais avec moi le sacrifice, Pataicos.

PATAICOS

J'ai un autre devoir : arranger
1025 Encore un mariage, en ce qui me concerne. Pour mon fils en effet je prends
La fille de Philinos.

MOSCHION
Ô Terre et dieux !

Mais, après ce moment d'affolement, Moschion doit se résigner, et la comédie se termine sur ce double mariage célébré à la lumière des torches.

L'APPARITION

(*Phasma*)

Ébauche de scénario [1]

---

1. *Sources*. Nous avons une idée du scénario de la pièce grâce à un résumé donné par Donat dans son commentaire au v. 9 du Prologue de l'*Eunuque* de Térence : ce résumé vaut sans doute surtout pour le début de la comédie. Deux papyrus, fragments de rouleau (*P. Oxy.* 2825 du Iᵉʳ siècle ap. J.-C.) ou de codex (*P. Petrop.* inv. G. 388, parchemin du IVᵉ s.) posent plus de problèmes qu'ils n'en résolvent. La gloire de la pièce dans l'antiquité est attestée par un panneau de la mosaïque de Mytilène (IVᵉ s.) et une épigramme de Fronton, *Anthologie Palatine*, XII, 233.

Un veuf ayant un grand fils se remarie avec une femme qui élève en cachette une fille qu'elle a eue jadis à la suite d'un viol ; cette fille, elle la tient cachée dans la maison voisine de celle de son mari et elle peut la voir grâce au stratagème suivant : elle a fait dans le mur mitoyen une ouverture à laquelle elle a donné l'apparence d'un sanctuaire en la recouvrant de guirlandes et de verdure ; là, sous le couvert de dévotions fréquentes, elle appelle sa fille. Son beau-fils remarque l'affaire ; quand il voit pour la première fois la jeune fille, il est frappé de crainte, la prenant pour une apparition ; puis ayant appris peu à peu la vérité, il tombe si passionnément amoureux de la demoiselle qu'il n'y a pas d'autre remède que le mariage, avec l'accord de son père à lui, et une fois que l'on a retrouvé son père à elle.

LE COLLIER

(*Plocium*)

Ébauche de scénario et fragments[1]

---

1. *Sources.* La source essentielle est ici Aulu-Gelle, *Nuits Attiques*, II, 23, qui compare la pièce de Ménandre et l'adaptation (pour nous également perdue) de Cæcilius qu'il estime bien inférieure à son modèle. Aucun papyrus de la comédie n'est parvenu jusqu'à nous à ce jour. Mais l'importance de la pièce dans l'antiquité est attestée par l'existence de deux panneaux de mosaïque : celui de Mytilène (IVᵉ siècle) et celui qui est conservé au Musée de La Canée en Crète (IIIᵉ siècle).

Un certain Lachès a épousé Crobylé, une femme richement dotée, mais laide, jalouse et tyrannique. Après une nuit sans sommeil, parce que sa femme l'a tourmenté jusqu'à ce qu'il accepte de chasser une petite servante qui donnait toute satisfaction, mais avec laquelle elle lui suppose des relations coupables, il se plaint amèrement :

fr. 296 K-A C'est sur ses deux oreilles maintenant que mon héritière, la jolie,
S'apprête à dormir. Elle est venue à bout d'une œuvre importante
Et qui mérite renommée. Le travail ! Hors de la maison,
Elle a chassé celle qui la chagrinait. C'est ce qu'elle le voulait.
5 Son but : qu'on n'ait d'yeux partout que pour Crobylé
Et son visage, et qu'il soit bien établi que ma femme
Est le maître. Quant à l'aspect qu'elle s'est procuré,
C'est « l'âne au milieu des singes », comme dit le proverbe [1],
Oui vraiment. De silence je préfère entourer la nuit qui
10 De bien des maux est la cause première. Hélas ! D'une Crobylé
Être devenu le mari ! Et les dix talents [2] qu'elle a apportés en dot
Avec son nez d'une coudée [3] ! Et puis son
Insolence est-elle supportable ? Non, par Zeus
Olympien et Athéna, absolument pas.
15 Une petite servante pleine de zèle (...),
 (...), la voilà chassée. (...)

---

1. La laideur de l'âne n'a d'égale que celle des singes. **2.** Environ un million de francs. Dot énorme en effet. **3.** Presque un demi-mètre ! Lachès exagère.

Rencontrant un autre vieillard, son ami, il renouvelle ses plaintes :

fr. 297 K-A
Lachès
J'ai pour femme une héritière qui est un vrai croque-
  mitaine. Ne t'ai-je pas averti
Du fait ?

L'Ami
Non.

Lachès
Elle règne sur la maison,
Le domaine, tout. Avec elle, pas d'échappatoire
À espérer

L'Ami
Apollon ! Quel fléau insupportable !

Lachès
Des plus insupportables.
5 Pour tous elle est terrible, pas pour moi seulement,
Pour mon fils au plus haut point et pour ma fille.

L'Ami
C'est un
un fléau irrémédiable que tu me dis là.

Lachès
Aucun doute pour moi.

Crobylé a en particulier arrangé un riche mariage pour son fils Moschion, sans tenir compte de la volonté de celui-ci. Or le garçon aime une autre fille que celle que sa mère lui destine, celle du voisin, une fille pauvre certes, mais charmante et qui attend de lui un enfant, car il l'a violée lors des dernières Dionysies. Bien que le moment de l'accouchement soit imminent, le père de la jeune fille ignore tout de l'affaire, ainsi que l'esclave de la maison, un brave homme, qui entend par hasard les gémissements et les pleurs de sa jeune maîtresse dans les efforts de l'enfantement ; vivement ému, il s'informe et apprend ce qui est arrivé. Il déplore alors la pauvreté de son maître.

L'Esclave

fr. 298 K-A Ô trois fois malheureux l'homme pauvre qui se marie
Et se charge d'enfants. Quel insensé que cet homme.
Il n'est protégé par aucun proche à lui.
Impossible pour lui, si le malheur survient dans l'ordinaire de sa vie,
5   De pallier au besoin ce malheur avec de l'argent.
Mais c'est à découvert, malheureux, qu'il vit,
Battu par la tempête ; les ennuis, il en a
Sa part, de tous sans exception ; de bonheur jamais.
C'est pour un seul que je souffre, mais c'est à tous que je pense.

Finalement la jeune femme épousera le père de son enfant en dépit de Crobylé et de la pusillanimité de son mari.

LA SAMIENNE

(*Samia*)

Les cinq actes (les deux premiers dans un état fragmentaire[1])

---

1. *Sources.* La *Samienne* est présente dans les deux grands manuscrits de Ménandre : le cahier scolaire de la collection Bodmer (IVᵉ siècle de notre ère), dans sa première partie (assez mutilée à son début), publiée comme *Papyrus Bodmer XXV* en 1969 (à compléter par le *P. Barc.* inv. 45) ; et, à partir du v. 385, le *Papyrus du Caire* (codex du Vᵉ siècle) où la pièce occupe une place non exactement déterminée. À ces témoins majeurs s'ajoutent deux fragments de rouleaux du IIᵉ siècle de notre ère, les *P. Oxy.* 2831 et 2943 (et peut-être un troisième : le *P. Berol.* inv. 8450), ainsi qu'un fragment de codex du VI-VIIᵉ s., le *P. Bingen* 23 = *P. Ant.* inv. 4. Dans la mosaïque de Mytilène (IVᵉ siècle de notre ère) un panneau est consacré à la scène de l'acte III où la Samienne est chassée par Déméas sous les yeux du cuisinier, apparemment éthiopien.

PERSONNAGES
par ordre d'entrée en scène

Moschion, fils adoptif de Déméas, amant de Plangon
Chrysis, courtisane Samienne, concubine de Déméas
Parménon, esclave de Déméas
Déméas, père adoptif de Moschion, ami de Nicératos
Nicératos, père de Plangon, ami de Déméas
Le Cuisinier

Figurants :

Esclaves de Déméas
L'Aide du Cuisinier
Une vieille Nourrice
Plangon, fille de Nicératos

ACTE PREMIER

Une rue d'Athènes. Il fait encore nuit, l'aube pointe à peine et l'on distingue difficilement à droite une petite maison pas très belle, à gauche une maison cossue, au centre la pierre cultuelle d'Apollon « gardien des rues ».

PROLOGUE

Moschion

Moschion

Sorti de la maison de gauche, le jeune homme se promène dans la rue, tourmenté qu'il est par l'insomnie. Le jour ne se lèvera donc jamais ? Aujourd'hui son père adoptif doit revenir d'un long voyage d'affaires à Byzance, accompli avec le voisin. Ce retour, Moschion l'attend avec impatience et en même temps dans un grand embarras.

(...) À quoi bon me chagriner
Moi-même ? C'est affligeant : je suis en faute.
Mais *cette affaire*, devant vous, à la réflexion,
Je ferais mieux, ce serait plus raisonnable, de l'exposer.
15 Tout au long, de mon père, je vais décrire le caractère.
Les délices qui m'ont entouré aussitôt, alors
Que j'étais enfant, j'en garde un net souvenir, mais je laisse cela de côté.
Il me dispensait ces bienfaits quand je n'avais pas encore l'âge de raison.
(10) *Je n'ai pas* été élevé sans me distinguer en rien de personne,
20 Comme on dit, « perdu dans la masse, un individu »,
comme j'aurais pu l'être.

La Samienne

> *Par rapport à moi, il y avait* assurément, par Zeus, plus
> malheureux.
> Entre nous, je puis le dire : ma chorégie a fait la diffé-
> rence,
> Et ma munificence. Et les chiens que mon père élevait
> pour moi,
> Les chevaux ! Le chef d'escadron brillant que j'ai été !
> Ceux de mes amis
> 25 Qui étaient dans le besoin, les moyens de les aider
> étaient à ma disposition.
> Grâce à lui, j'étais un homme. Et c'est avec élégance
> assurément
> Que de cela je me montrais reconnaissant : j'étais un
> garçon rangé.
> Sur ces entrefaites — l'ensemble de nos faits et gestes
> (20) À nous deux, je vais les exposer au complet, car je suis
> de loisir —,
> 30 Voilà une Samienne, une courtisane, pour laquelle, de
> passion,
> S'est enflammé mon père, situation sans doute
> humaine,
> Mais il cachait ses sentiments, il en avait honte. Je
> m'en aperçus, moi,
> Malgré lui, et je me faisais les réflexions suivantes :
> « S'il ne met pas la courtisane en son pouvoir,
> 35 Des rivaux plus jeunes vont l'ennuyer.
> Mais voilà une action dont, par égard pour moi sans
> doute, il a honte.
> *Dois-je lui dire* de s'emparer d'elle ? » (...)

Finalement, c'est Moschion lui-même qui s'est emparé de la Samienne pour l'offrir à son père, et Chrysis, c'est le nom de la jeune femme, réside maintenant dans la maison. Après cela, le père, les laissant tous deux, est donc parti pour son long voyage d'affaires à Byzance avec son voisin qui, de son côté, a laissé chez lui son épouse et sa fille. C'est cette demoiselle que Moschion a fini par rencontrer un certain jour ou plutôt une certaine nuit.

> (...) Un sentiment de sympathie à l'égard de la maî-
> tresse de mon père,
> 70 *La Samienne*, était né chez celle que la jeune fille avait
> pour mère. Le
> *Plus souvent* elles avaient sa visite, et, en retour, parfois,

Elles étaient en visite chez nous. De la campagne où j'étais, j'avais donc fait diligence.
Les femmes de nos deux maisons fêtaient les Adonies[1] et je les trouvai
(40) Rassemblées ici, chez nous, avec quelques
75 *Autres* femmes. La fête et ses divertissements
Battaient leur plein ; comme de juste, ma présence
M'en rendit, hélas ! spectateur. Impossible de dormir
Avec le vacarme de ces dames, c'était un fait exprès :
Sur le toit, les jardins d'Adonis qu'elles montaient !
80 *Et leurs danses !* Pour célébrer cette fête de nuit, elles étaient dispersées partout !
J'hésite à dire le reste ; sans doute en ai-je honte.
Cela ne sert à rien ; pourtant j'ai honte.
Enceinte, la belle enfant ! Par ces mots, je dis
(50) Du même coup ce qui a précédé comme acte. Je n'ai pas nié
85 Quand je fus accusé ; c'est moi qui le premier suis allé trouver
La mère de la jeune fille. J'ai promis le mariage,
Dès le retour de mon père ; j'en ai fait le serment.
L'enfant une fois né a été pris en charge tout récemment
(Le hasard a fait les choses tout à fait
90 *À propos*) par Chrysis[2].
(...)
Car le retour des pères est annoncé. L'enfant étant sous la garde de Chrysis, l'irascible père de la jeune voisine en

---

1. Fêtes d'Adonis. Selon la légende, Adonis était un beau garçon aimé d'Aphrodite mais qui mourut accidentellement, blessé par un sanglier. Les Adonies étaient célébrées au printemps ou en été : les femmes y pleuraient la mort d'Adonis ; en particulier elles transportaient sur les toits des corbeilles remplies de terre où elles avaient fait germer, en les forçant, des graines : cultures éphémères, ces « jardins d'Adonis » symbolisaient le sort de l'être qu'elles adoraient.   2. Passage mutilé et d'interprétation très controversée. Certains restituent et comprennent :
L'enfant une fois né, je l'ai pris. Il est ici depuis peu.
(55) Par hasard, il s'est produit une coïncidence tout à fait *heureuse* :
90 *Une maternité* de Chrysis.
Le bébé de Chrysis étant mort-né ou ayant été exposé selon le vœu de Déméas, sa mère est en mesure d'allaiter l'enfant de Moschion. Dans l'autre hypothèse, elle ne saurait le nourrir seule, et l'on comprend l'anxiété de Moschion de voir arriver Plangon au plus vite.

rentrant de voyage ne soupçonnera rien et ne fera pas scandale — si du moins, la situation ne s'éternise pas, car il faut bien nourrir le bébé. Il ne reste plus à Moschion qu'à obtenir de son excellent père, comme il l'a promis, de pouvoir épouser au plus vite la mère de son enfant. Mais comment ce père va-t-il prendre la chose ? Le mariage que Moschion va lui proposer n'est pas avantageux financièrement et l'existence du bébé revient à lui forcer la main. Oui, Moschion est très embarrassé. Il décide néanmoins de se rendre au port voir si son père est arrivé. (Il sort par la droite.)

★

SCÈNE PREMIÈRE

Chrysis

Chrysis

Chrysis elle aussi est inquiète et elle est sortie de la maison de droite, l'enfant de Moschion dans les bras. Que va dire le père du jeune homme, lui qui ne veut pas qu'elle élève d'enfant ? De loin, elle voit revenir Moschion en compagnie de l'esclave Parménon qu'il n'a pas été long à rencontrer.
Ils se hâtent de venir chez nous ici (...)
120 Et moi, je vais attendre ; ce qu'ils diront, je vais pouvoir l'écouter. *(Elle se met en retrait.)*

SCÈNE II

Chrysis, Moschion, Parménon

Moschion
(61) Tu as vu de tes propres yeux mon père, toi, Parménon ?

Parménon
Eh bien, es-tu sourd ? Je viens de le dire !

MOSCHION

Avec le voisin ?

PARMÉNON

Oui, ils sont là.

MOSCHION

À la bonne heure !

PARMÉNON

Allons ! Tâche d'être
Un homme, et, sans tarder, de mettre le sujet du mariage
125 Dans la conversation.

MOSCHION

De quelle manière ? La lâcheté
maintenant m'envahit
Devant la proximité de l'échéance.

PARMÉNON

Qu'est-ce que tu racontes ?

MOSCHION

J'ai honte devant mon père.

PARMÉNON

Et la jeune fille
Que tu as mise dans une sale situation, et sa mère ?
Tâche de... Tu trembles, femmelette !

CHRYSIS

Pourquoi ces cris, malheureux ?

PARMÉNON
130 (*À part*) Ah ! Chrysis était là. (*À Chrysis*) Tu demandes donc, toi,
(71) Pourquoi je crie ? Ridicule ! Je veux qu'on fasse les noces
Sur l'heure et qu'il cesse, celui-là, d'être près de cette porte
À pleurnicher ici, et qu'il n'oublie pas

Ce qu'il a juré : qu'il sacrifie, qu'il se couronne, sans
   oublier le gâteau de sésame
135 Qu'il doit couper, une fois entré céans, en personne.
   Ne sont-elles pas suffisantes
   Les raisons que j'ai, à ton avis ?

Moschion
Tout cela, je le ferai. Que
Dire de mieux ?

Chrysis
Quant à moi, je le crois.

Moschion
Mais l'enfant,
Devons-nous, comme à présent, laisser Chrysis le
   nourrir
Et dire qu'elle en est la mère ?

Chrysis
Après tout, pourquoi pas ?

Moschion
140 Mon père va se fâcher contre toi.

Chrysis
Il retrouvera son calme.
(81) Il est amoureux, mon cher, lui aussi, éperdument,
Tout autant que toi. Voilà qui amène à conciliation,
Très vite, même le caractère le plus emporté.
D'ailleurs pour ma part, s'il faut tout endurer, j'y suis
   décidée,
145 Plutôt que de voir cet enfant donné à une nourrice
   dans une maison
Étrangère (...)

Chrysis rentre à la maison avec l'enfant pour ne pas être vue dehors par Déméas. Parménon la suit.

Moschion (*resté seul*)
Moschion se montre très anxieux à l'approche de son père. Je suis, dit-il,

(90) (...) l'homme le plus malheureux
Qui *soit* au monde. Ne ferais-je pas mieux de me pendre en vitesse ?
(...)
175 *Novice, trop novice,* voilà ce que je suis, pour plaider cette cause.
Mais qu'est-ce que j'attends pour me retirer dans un endroit isolé
Et m'y entraîner ? Il n'est pas médiocre l'enjeu de la lutte que j'ai à mener. (*Il sort par la gauche.*)

SCÈNE III

DÉMÉAS, NICÉRATOS

Les premiers rayons du soleil illuminent soudain le décor dans la splendeur du matin.

DÉMÉAS (*entrant par la droite avec son ami*)
Eh bien ! Le changement ne vous est-il pas sensible, de suite, en passant d'un lieu à l'autre ?
Quelle différence entre les choses d'ici et celles de là-bas, ces calamités !
180 Le Pont : épais vieillards, poisson à s'en étouffer,
Désagrément de la vie. Byzance :
(100) Absinthe, amertume totale, Apollon ! Ici, au contraire,
Pas de ces saletés. On peut être pauvre et heureux.
Athènes chérie,
Que ne possèdes-tu tous les biens que tu mérites d'avoir,
185 Afin que nous soyons, nous, en tout les plus heureux des hommes,
Nous que notre ville remplit d'amour. Allons ! Entrez,
Vous autres ! (*À un esclave*) Abruti ! Tu restes planté là à me regarder ?

NICÉRATOS
Ce qui m'étonnait le plus, Déméas,

Dans les particularités de cette lointaine contrée, c'est
que le soleil
190 N'y était pas visible, parfois, de très longtemps ;
Un brouillard épais, aurait-on dit, l'obscurcissait.

DÉMÉAS
(110) Non, mais de noble spectacle, il n'en avait aucun à contempler en cet endroit.
Aussi, c'est la lumière strictement nécessaire qu'il envoyait aux gens de là-bas.

NICÉRATOS
Oui, par Dionysos ! Tu as raison.

DÉMÉAS
Mais cela,
195 Que d'autres s'en soucient. Laissons. À propos de ce que nous disions,
Qu'es-tu d'avis de faire, toi ?

NICÉRATOS
À propos du mariage, n'est-ce pas,
De ton jeune homme ?

DÉMÉAS
Parfaitement. Je le dis et redis,
À la bonne fortune, faisons-le au jour
Que nous fixerons.

NICÉRATOS
C'est bien la décision que j'ai prise pour ma part.

DÉMÉAS
Mais
200 Moi aussi, et avant toi.

NICÉRATOS
Appelle-moi quand tu sortiras.

(...)

(Les deux pères rentrent chez eux, Déméas dans la maison de droite, Nicératos dans celle de gauche, à l'arrivée d'un joyeux cortège.)

Premier intermède choral

ACTE II

SCÈNE PREMIÈRE

Déméas

Déméas

Déméas sort de chez lui, très troublé par ce qu'il vient d'y voir : Chrysis donnant ses soins à un bébé qu'elle dit avoir eu de lui et qu'elle aurait dû exposer si elle avait suivi ses ordres.

SCÈNE II

Déméas, Moschion

Moschion (*entrant par la gauche, à part*)
Moschion était allé à l'écart pour se préparer à défendre sa cause devant son père. Mais la solitude n'a pas dissipé son embarras et il s'est mis plutôt à rêver tout éveillé. Je reviens, dit-il,
Pour ma part sans m'être entraîné (...).
Car, lorsque je fus hors de la ville et en ma seule compagnie,
Je sacrifiais[1], au repas j'invitais mes amis,
220 Il y avait l'eau du bain pour laquelle j'envoyais les femmes, je faisais les cent pas,
Le gâteau de sésame, je le partageais ; je chantais de temps en temps
Le refrain d'hyménée, je babillais sans but.

---

1. Racontant son rêve éveillé (d'où l'imparfait), Moschion décrit les différents rites du mariage.

Déméas (*à part*)
Je n'ai été qu'un sot.

Moschion (*à part*)
Enfin quand j'en ai eu assez... Mais Apollon ! Ne voilà-t-il pas
Mon père ? Il est au courant, je le vois. Salut, mon père.

Déméas
225 Salut à toi aussi, mon garçon !

Moschion
Pourquoi cet air sombre ?

Déméas
Pourquoi ? Tu le demandes ?
(130) C'est une épouse, en fait de maîtresse, apparemment, qu'à mon avis,
J'avais chez moi.

Moschion
Une épouse ? Comment cela ? Je ne sais pas ce que tu veux dire.

Déméas
En cachette, un fils, apparemment, m'est né.
Mais elle s'en ira au diable, elle quittera ma maison
230 Sur le champ avec lui...

Moschion
N'en fais rien !

Déméas
Comment cela, n'en fais rien ?
Au profit de quelqu'un d'autre, j'irais élever chez moi un fils ! T'y attends-tu ?
Un bâtard ! C'est une vraie folie et qui n'est pas dans mon caractère, ce que tu me dis là.

Moschion

Mais lequel d'entre nous est un enfant légitime, au nom des dieux !
Et lequel un bâtard, s'il est né homme ?

Déméas

Tu
235 Veux rire !

Moschion

Non, par Dionysos ! Je parle sérieusement.
(140) Car question de naissance, un lignage, à mon avis, en vaut un autre.
Si l'on procède selon la justice, à l'examen, l'homme de naissance légitime,
C'est le vertueux ; le scélérat, voilà le bâtard [1]
Et même l'esclave (...).

Finalement Déméas se laisse convaincre par Moschion de garder l'enfant : après tout, le jeune homme est le plus intéressé dans l'affaire et ne paraît pas être gêné par l'existence d'un autre héritier. Déméas en arrive alors à parler du mariage qu'il envisage. A sa grande surprise, Moschion accepte d'emblée et avec empressement.

Déméas

272 (...) Tu parles sérieusement ?

Moschion

(146) *La petite, c'est mon plus cher désir* que de l'épouser. Je l'aime
En effet. (...)

Il ne reste plus qu'à obtenir l'accord de l'autre famille. Déméas va s'employer à presser le mouvement.

Déméas

(150) (...) S'ils te la donnent, tu vas l'épouser.

---

1. Moschion adapte plaisamment un lieu commun de tragédie (surtout d'Euripide).

MOSCHION
Mais comment peux-tu, sans t'être informé de rien,
Avoir de ma hâte ne serait-ce qu'une idée, et m'apporter ton aide.

DÉMÉAS
280 Ta hâte ? Sans m'être informé de rien ? Je comprends parfaitement
Ce que, Moschion, tu veux dire. De ce pas, je cours
Trouver Nicératos. Le mariage, je vais lui dire
De le préparer. De notre côté tout sera prêt.

MOSCHION
Voilà qui est *bien*
Parler.

DÉMÉAS
Après avoir procédé à l'aspersion de l'eau lustrale, à la maison,
285 Avoir offert les libations, avoir mis l'encens en place...

MOSCHION
La jeune fille,
Je vais aller la chercher.

DÉMÉAS
N'y va pas encore. Attends *que j'aie appris*
(160) Si là-dessus il est d'accord avec nous, *lui*.

MOSCHION
Il ne te fera pas d'objection. Mais vous ennuyer
Par ma présence serait malséant. *Je m'en vais.* (*Il sort par la gauche.*)

SCÈNE III

DÉMÉAS

DÉMÉAS
290 Le hasard est apparemment un dieu,
Et le salut vient souvent d'invisibles circonstances.
Ainsi moi, sans savoir qu'il était, lui,
Amoureux, (...)
j'ai voulu le marier à la personne qu'il aimait, continuait Déméas qui expliquait alors comment il avait songé à Plangon : c'est la fille de son voisin, un homme pauvre certes, mais ami fidèle et dont il est sûr qu'il a bien élevé sa fille ; Moschion ne pourra qu'être heureux avec elle.

SCÈNE IV

DÉMÉAS, NICÉRATOS

Déméas insiste auprès de Nicératos pour que le mariage ait lieu le jour même. Il explique que Moschion est amoureux de Plangon. Nicératos, après avoir fait des difficultés de forme, s'incline, à la grande joie de Déméas.

SCÈNE V

DÉMÉAS, NICÉRATOS, PARMÉNON

DÉMÉAS
Parménon, hé ! Parménon !
(190) *Va me chercher* des couronnes, une victime pour le sacrifice, des pains de sésame
(...), tout ce qu'il y a sur le marché, en un mot.
(...)

Parménon
Tout ? (...)

350 (...)

Déméas
Et vite ! Sur l'heure ! te dis-je.
Ramène aussi un cuisinier.

Parménon
C'est un cuisinier à gages
Que je dois ramener ?

Déméas
Oui, à gages.

Parménon
Il me faut donc de l'argent. Je le prends et j'y cours.

Déméas
Et toi, tu n'y vas pas encore, Nicératos ?

Nicératos
J'entre dire
À ma femme de veiller à ce qu'à la maison tout soit prêt
355 Et je le rattrape...

Parménon (*sortant de la maison, à la cantonade*)
Je n'en sais rien.
J'ai reçu ces ordres-là.

Nicératos
... dans ma hâte d'aller là-bas
200 Maintenant. (*Il rentre chez lui.*)

Déméas
Persuader sa femme, voilà du tracas
Pour lui en perspective. Mais nous ne devons donner ni raison

Ni délai, de notre côté. (*À Parménon*) Hé ! Tu lambines ? Veux-tu bien courir !

360 (...) (*Parménon sort par la gauche. Nicératos, sorti assez vite de chez lui*[1], *prend lui aussi la direction de l'agora ; Déméas rentre chez lui.*)

Deuxième intermède choral

---

1. Il n'a, contrairement aux craintes de Déméas, aucune peine à convaincre sa femme, et pour cause !

ACTE III

SCÈNE PREMIÈRE

DÉMÉAS

DÉMÉAS

Le vieillard sort de chez lui, tranquillement en apparence, en fait sous le coup d'une émotion plus vive encore qu'à l'acte II.
(...)
375 *Souvent on voit un navire arrêté au milieu* d'une course favorable
Par une tempête imprévue, brusquement (...)
Survenue. Sous ses coups, ceux que le beau temps favorisait jusque-là
Dans leur navigation sont jetés à la mer et désarçonnés !
(210) Tel est bien mon cas aujourd'hui. Moi
380 Que le mariage occupait, qui sacrifiais aux dieux,
Qui voyais en tout mes vœux à l'instant accomplis,
N'ai-je pas la berlue, par Athéna ? Je me le demande maintenant.
J'en suis là, vraiment. Et me voici devant chez moi. *Je suis sorti.*
C'est un coup insurpassable qui *brusquement m'atteint.*
385 Est-ce croyable ? Voyez si *j'ai toute ma raison*
Ou l'esprit dérangé. Pour n'avoir pris aucun soin tout à l'heure
D'examiner la situation, j'attire sur moi une grande infortune (...).
Sitôt rentré chez moi, dans ma hâte extrême
(220) De voir les préparatifs du mariage achevés, je dis l'affaire en deux mots
390 À mes gens et leur donnai mes ordres : apprêter toutes choses voulues,

Nettoyer, pâtisser, consacrer la corbeille.
Les choses allaient bien sûr toutes bon train, mais la rapidité
D'exécution causait du désordre parmi eux : conséquence
Naturelle. Sur un lit où on l'avait jeté pour s'en débarrasser,
395 L'enfant pleurait. Et les femmes criaient toutes à la fois :
« De la farine ! De l'eau ! De l'huile ! Donne ! Des charbons ! »
Moi-même, je donnais certaines de ces choses et leur prêtais la main.
Le cellier se trouva donc avoir ma visite. J'y
(230) Avais, plus qu'à l'ordinaire, à prendre et à examiner, et n'en
400 Suis pas immédiatement ressorti. Le temps que j'
Y étais, descend du premier une femme
Qui, venant d'en haut, s'arrête juste avant le cellier
Dans une pièce qui se trouvait être un atelier de tissage ainsi disposé
Que notre escalier passe par lui de même que le
405 Cellier quand nous y allons. De Moschion c'était
La nourrice, une femme âgée, qui avait été ma
Servante, mais qui est libre aujourd'hui. Elle voit
L'enfant qui pleurait sans qu'on se souciât de lui.
(240) Moi, elle ignorait tout de ma présence. En lieu sûr,
410 À ce qu'elle croit, pour parler, elle s'approche
Et avec ces mots qui leur sont habituels : « Cher petit ! »,
Comme elle dit, « Grand trésor ! Ta maman, où est-elle ? »,
Elle lui donne des baisers, le promène dans ses bras. Quand il eut cessé
De pleurer, c'est à elle-même qu'elle s'adresse : « Oh là là !
415 Il n'y a pas si longtemps, voilà comment était Moschion, et c'était moi
Qui le pouponnais. Et maintenant qu'
Un enfant lui est né, désormais, celui-ci également
(...) »
Tels étaient ses propos. Et à une petite servante

Qui de l'extérieur arrive en courant : « Baignez-moi, malheureuse,
₄₂₅ Cet enfant », dit-elle, « Qu'est-ce que ces façons ? Le jour des noces
De son père, le petit reste sans soins ? »
Aussitôt l'autre : « Malheureuse ! Comme tu parles fort »,
Dit-elle, « Il y a là le maître. — Pas possible ! Où cela ? — Au cellier. » Et sur un autre ton :
₄₃₀ « La maîtresse t'appelle, nourrice », et : « Vas-y,
Dépêche-toi. Il n'a pas entendu, c'est vraiment de la chance ! »
₍₂₆₀₎ Et il fallait entendre dire par l'autre : « Que je suis malheureuse avec mon
Bavardage ! », quand elle a vidé les lieux pour aller je ne sais où.
Quant à moi, je suis sorti comme je suis venu ici,
₄₃₅ Oui, avec le même air qu'en quittant à l'instant ma maison, tranquillement, tout à fait tranquillement,
En faisant mine de n'avoir rien entendu ni remarqué.
Mais voilà que, tenant l'enfant, la Samienne s'offre à ma vue,
Dehors, en personne : elle lui donnait le sein.
Aussi la mère, voilà qui est certain,
₄₄₀ C'est elle. Mais le père qui peut-il être ? Est-ce moi ?
Est-ce... Non ! Je ne dis pas, Messieurs, à vous une chose pareille, moi.
₍₂₇₀₎ Je ne forme pas de soupçon, c'est le fait même que je vous communique,
Et les paroles que j'ai entendues de mes oreilles, sans m'indigner : il n'est pas encore temps.
Car je connais mon garçon, par les dieux !
₄₄₅ Un garçon rangé, c'est ce qu'il a été jusqu'à présent, toujours,
Et, à mon égard, on ne peut plus respectueux.
Mais je reviens en arrière : celle qui parlait, j'y pense,
Fut la nourrice de Moschion, c'est un premier point ; ensuite, si j'étais là,
Elle l'ignorait quand elle a parlé ; ensuite, quand je considère de nouveau
₄₅₀ Celle qui aime l'enfant et m'a forcé,
Moi, à l'élever contre mon gré, je suis hors de moi, totalement hors de moi.

(280) Mais fort à propos, ici présent, je vois
Parménon : il revient du marché. Laissons-
Le faire entrer ces gens qu'il nous amène. (*Il se met en retrait.*)

SCÈNE II

Déméas, Parménon, Le Cuisinier

Parménon (*arrivant par la gauche
avec un cuisinier et son aide*)

455 Cuisinier, moi, par les dieux, je ne sais pas, à t'entendre,
À quoi servent ces couteaux que partout tu promènes :
tu es bien capable,
Avec ton seul bavardage, de scier toute chose.

Le Cuisinier

Misérable
Ignorant !

Parménon

Moi ?

Le Cuisinier

Tu m'en as bien l'air, par les dieux !
Quand je cherche à savoir le nombre des tables que
vous comptez
460 Faire, le nombre des femmes invitées, l'heure
Prévue pour le repas, s'il sera nécessaire de s'adjoindre
(290) Un aide pour disposer les tables, s'il y a de la vaisselle chez
Vous en quantité suffisante, si la cuisine est couverte,
S'il ne vous manque rien...

Parménon

Tu me scies les oreilles,
465 Je ne sais si tu as remarqué, mon cher, tu me réduis
en fricassée,
Et de main de maître.

LE CUISINIER
Va te faire pendre !

PARMÉNON
Toi aussi, et cela
Pour toutes sortes de raisons. Mais entrez céans ! (*Le cuisinier et son aide entrent chez Déméas.*)

DÉMÉAS (*s'approchant*)
Parménon !

PARMÉNON
Est-ce moi qu'on appelle ?

DÉMÉAS
Oui, c'est toi.

PARMÉNON
Salut, maître !

DÉMÉAS
Ton panier, va le poser, et reviens ici.

PARMÉNON
À la bonne Fortune ! (*Il rentre chez Déméas.*)

DÉMÉAS (resté *seul*)
470 Car ce garçon-là, rien, je crois bien, ne saurait lui échapper
De ce qui se passe. Car,
(300) Comme indiscret, on ne fait pas mieux. Mais il y a du bruit à la porte.
C'est lui, en sortant, qui l'a fait.

PARMÉNON (*ressortant, à la cantonade*)
Donnez, Chrysis, tout ce que
Le cuisinier réclamera. Et la vieille, attention,
475 Éloignez-la des flacons, au nom des dieux. (*À Déméas*)
Que faut-il faire,
Maître ?

Déméas
Ce que tu dois faire ? Viens ici ! Écarte-toi de la porte !
Encore un peu !

Parménon
Voilà.

Déméas
Écoute-moi donc, Parménon.
Moi, te fouetter, non par les douze dieux,
Ce n'est pas mon intention, pour toutes sortes de raisons.

Parménon
Me fouetter ? Mais qu'Ai-je fait ?

Déméas
Tu me caches quelque chose. Je suis au courant.

Parménon
Moi ?
Non, par Dionysos ! Non, par Apollon que voici[1] !
Non, par Zeus Sauveur ! Non par Asclépios !...

Déméas
Arrête ! Point de serments. Ce ne sont pas des suppositions que j'avance.

Parménon
Si je mens, que jamais...

Déméas
Toi, regarde ici.

Parménon
Voilà. Je regarde.

---

1. Parménon désigne la pierre cultuelle d'Apollon « gardien des rues ».

Déméas
485 L'enfant, de qui est-il ?

Parménon
Nous y voilà !

Déméas
L'enfant,
De qui est-il ? Je le demande.

Parménon
De Chrysis.

Déméas
Et son père, qui est-ce ?

Parménon
Toi-même, à ce qu'elle dit.

Déméas
C'en est fait de toi. Tu me trompes.

Parménon
Moi ?

Déméas
Je sais parfaitement tout ce qu'il en est. J'ai appris
Que Moschion est le père, que tu es au courant, toi,
490 Que c'est à cause de lui qu'aujourd'hui elle l'élève.

Parménon
Qui dit cela ?

Déméas
Tout le monde. Mais réponds-moi :
(320) C'est bien cela ?

Parménon
C'est cela, maître. Mais il peut échapper...

DÉMÉAS

Quoi, échapper ? Une lanière ! Qu'un esclave me donne une lanière
Pour battre cet impie.
(*Un esclave apporte l'objet demandé.*)

PARMÉNON

Pas cela, au nom des dieux !

DÉMÉAS

495 Je vais te marquer au fer rouge, par Hélios !

PARMÉNON

Me marquer au fer rouge, moi ?

DÉMÉAS

Oui, et sur l'heure !

PARMÉNON

Je suis perdu. (*Il sort en courant par la gauche.*)

DÉMÉAS (*resté seul*)

Où cours-tu ? Où fuis-tu, gibier de fouet ?
Arrêtez-le ! Ô citadelle de Cécrops[1] !
Ô vaste étendue de l'éther[2] ! Ô... Pourquoi, Déméas, ces cris ?
Pourquoi ces cris, insensé ? Du sang froid ! De la fermeté !
500 Il n'y a pas eu faute de Moschion à mon égard. (*Aux spectateurs*) Audacieuse
Affirmation peut-être, Messieurs, mais vraie.
(330) Si c'était volontairement ou sous la morsure
De l'amour qu'il s'était ainsi conduit, ou par haine de moi,
Il serait resté dans les mêmes sentiments d'impudence,
505 Contre moi, il ferait front. Mais en fait, à mes yeux,
Il est justifié. Quand je lui ai parlé du mariage,

---

1. L'acropole d'Athènes. Selon la tradition, Cécrops est le premier roi d'Athènes.   2. Emprunt à l'*Œdipe*, tragédie perdue d'Euripide.

C'est avec joie qu'il m'a entendu. Et ce n'est pas l'amour, comme je
Le croyais alors, qui expliquait son empressement ; c'était mon
Hélène[1] qu'il fuyait de toute sa volonté en quittant ma maison.
510 C'est elle la responsable de ce qui est arrivé.
Elle l'aura pris comme partenaire alors qu'il était ivre, évidemment,
(340) Incapable de se dominer. On voit bien des actes
Insensés causés par le vin pur et la jeunesse pour peu qu'ils trouvent
Un complice dans le voisinage !
515 Car, en aucune façon, il n'est vraisemblable à mes yeux
Qu'un garçon qui s'est montré à l'égard de tous quelqu'un de rangé et de réservé,
Alors qu'il s'agissait de gens sans lien particulier avec lui, c'est à moi seul qu'il manifeste ce visage.
Non, fût-il dix fois par adoption et non de naissance
Mon fils, ce n'est pas cela, c'est son caractère que je regarde.
520 Mais quelle catin que cette femme, quelle peste ! Mais à quoi bon continuer ?
Je n'y gagnerai rien. Déméas, maintenant, c'est un homme que tu dois
(350) Être, toi. Oublie ta passion, finis-en une bonne fois avec ton amour.
Et l'infortune qui t'est arrivée, cache-la autant que
Tu le peux, par égard pour ton fils. Hors de la maison,
525 Tête la première, au diable, chasse ta jolie
Samienne. Tu as un prétexte : l'enfant
Qu'elle n'a pas exposé. Ne lui laisse voir rien d'autre, rien.
Ronge ton frein et tiens bon. De la fermeté pour le coup, du courage !

---

1. Référence classique à la femme de Ménélas qui trahit son époux pour suivre Pâris à Troie.

SCÈNE III

Le Cuisinier, Déméas

Le Cuisinier (*sortant de chez Déméas*)
Mais voyons devant la porte, s'il ne serait pas là.
530 Hé ! Parménon ! L'individu m'a faussé compagnie,
Et sans me donner le moindre coup de main.

Déméas (*se ruant chez lui*)
　　　　　　　　　　Hors de mon chemin !
(360) Arrière !

Le Cuisinier
Héraclès, qu'est cela ? Hé !
C'est un fou qui s'est précipité dans la maison, ce vieillard.
Ou quel peut bien être ce fléau ? Mais qu'est-ce que cela me fait ? Hé !
535 Par Poséidon ! Il est fou, ce me semble.
Le voilà qui hurle en tout cas à grands cris. Ce serait charmant, vraiment,
Si mes plats, sans défense étalés,
À l'état de tessons étaient réduits de son fait sans distinction. Voilà la porte
Qu'il a fait retentir. Puisses-tu être anéanti, Parménon,
540 Pour m'avoir amené ici. Je vais me tenir un peu à l'écart.

SCÈNE IV

Le Cuisinier, Déméas, Chrysis

Déméas (*sortant de chez lui et poussant Chrysis,
l'enfant dans les bras, en compagnie d'une vieille nourrice*)
Tu n'as pas entendu ? Va-t'en !

CHRYSIS
Où donc ? Hélas !

DÉMÉAS
(370) Au diable, sur l'heure !

CHRYSIS
Malheureuse que je suis !

DÉMÉAS
Oui, malheureuse.
Tu nous fais pitié, c'est sûr, avec tes larmes. Je vais te faire cesser, moi,
Je crois...

CHRYSIS
De quoi faire ?

DÉMÉAS
Rien. Mais tu as
545 L'enfant et la vieille. Va-t'en à la malheure !

CHRYSIS
Parce que je ne l'ai pas exposé ?

DÉMÉAS
Pour cela et...

CHRYSIS
Que veut dire ce « et » ?

DÉMÉAS
Pour cela.

LE CUISINIER
Voilà donc quel était le mal ! Je comprends.

DÉMÉAS
Tu menais la belle vie et tu n'as pas su en profiter.

CHRYSIS

Je n'ai pas su ?
Que veux-tu dire ?

DÉMÉAS

Et pourtant, quand chez moi tu es venue, ici, dans cette maison,
550 Tu n'avais qu'une tunique de lin, Chrysis, — entends-tu ? — et plus que
Simple.

CHRYSIS

Eh bien ?

DÉMÉAS

En ce temps-là, c'était moi qui, pour toi, étais tout, quand
(380) Tu vivais dans la misère.

CHRYSIS
Et maintenant, qui est-ce ?

DÉMÉAS

Trêve de bavardage !
Tu as ce qui t'appartient, tout ce qui t'appartient. Je te donne en plus,
Pour ma part, des servantes, Chrysis. Hors de chez moi !
555 Va-t'en !

LE CUISINIER (*à part*)
La chose ressemble à de la colère. Il faut que je l'aborde.
(*À Déméas*) Mon bon ami, prends garde...

DÉMÉAS
Pourquoi me parles-tu ?

LE CUISINIER

Ne va pas mordre !

DÉMÉAS (à Chrysis)
Une autre sera bien contente de ce qu'elle trouvera chez moi, Chrysis. Oui,
Et, aux dieux, elle offrira des sacrifices !

LE CUISINIER
Une question...

DÉMÉAS (à Chrysis)
Mais quoi ?
Avec le fils que tu t'es fabriqué, tout ce qu'il te faut, tu l'as.

LE CUISINIER (à part)
Il ne mord pas encore.
560 (À Déméas) Malgré tout...

DÉMÉAS
Je vais te casser la tête, l'homme,
Si tu m'adresses la parole.

LE CUISINIER
Oui, et je ne l'aurais pas volé. Voilà.
(390) Je rentre tout de suite. (*Il rentre chez Déméas.*)

DÉMÉAS
La belle affaire que tu es ! En ville,
Tu vas te voir, dès aujourd'hui, sous ton vrai jour.
À la différence de toi, Chrysis, pour gagner leurs drachmes, dix[1]
565 Seulement, d'autres courent les dîners et
Boivent du vin pur jusqu'à ce qu'elles en meurent, ou bien
Elles crèvent de faim, faute de résolution et de promptitude
À le faire. Tu le sauras mieux que personne, cela, je le sais bien,

---

1. Environ 150 francs actuels.

Mieux que personne, et tu connaîtras ce que tu étais
pour me manquer ainsi.
570 Ne me suis pas. (*Il rentre chez lui et ferme le verrou.*)

CHRYSIS
Malheureuse que je suis ! Quel est mon sort !

SCÈNE V

CHRYSIS, NICÉRATOS

NICÉRATOS (*entrant par la gauche*)
Voilà un mouton dans lequel les dieux, conformément
au rite,
(400) Trouveront tout ce qui leur faut, quand il sera sacrifié,
à eux et aux déesses.
Du sang, il en a, du fiel en suffisance, des os superbes,
Une rate de belle taille, toutes choses nécessaires aux
Olympiens.
575 J'enverrai, pour qu'ils y goûtent, des morceaux à mes
amis,
Des morceaux de peau. Que me restera-t-il d'autre ?
Mais Héraclès ! Qu'est cela ? Devant cette porte,
Debout, je vois Chrysis ici, en train de pleurer. Oui,
c'est bien
Elle. Que s'est-il donc passé ?

CHRYSIS
Il m'a jetée dehors,
580 Ton ami, l'honnête homme. C'est tout.

NICÉRATOS
Héraclès !
Qui ? Déméas ?

CHRYSIS
Oui.

NICÉRATOS
Pourquoi ?

CHRYSIS
À cause du petit.

NICÉRATOS
(410) C'est ce que j'ai moi-même entendu dire à mes femmes. Tu élèves.
Au lieu de l'avoir exposé, un bébé : stupidité.
Mais cet homme-là est plaisant. Sa colère n'a pas été
585 Immédiate, mais, après un délai, elle vient d'éclater ?

CHRYSIS
En effet, c'est seulement après m'avoir dit
Que je devais, en vue du mariage, tenir la maison prête
Que, sur ces entrefaites, comme un dément, il a fait irruption
Et ouste ! m'a mise à la porte.

NICÉRATOS
Déméas est fou.
Le Pont est malsain comme endroit.
590 Viens auprès de ma femme, à la maison, suis-moi auprès d'elle.
Aie confiance. Que veux-tu de plus ? Il se calmera, notre homme, guéri de son délire,
(420) Quand il aura fait réflexion sur sa conduite présente.
Attendons. (*Tous entrent chez Nicératos.*)

Troisième intermède choral

ACTE IV[1]

SCÈNE PREMIÈRE

Nicératos, puis Moschion

NICÉRATOS
(*À la cantonade*). Tu me feras mourir, ma femme. Je vais de ce pas le trouver.
(*À part*) Ne voir pour rien au monde se produire ce qui s'est produit, par les dieux,
595 Comme affaire, c'est ce que j'aurais voulu. Au moment même où le mariage est préparé,
Il est survenu un présage pour nous bien fâcheux ; une femme jetée à la rue
Est entrée chez nous avec un bébé dans les bras. Les larmes coulent, les femmes sont bouleversées. Déméas
Est un bousier. Par Poséidon et par les dieux, il lui en cuira
600 De sa grossièreté. (*Il s'apprête à frapper à la porte de Déméas.*)

MOSCHION (*entrant par la gauche*)
Il ne se couchera donc jamais, le soleil ? Que dire ?
Elle s'oublie, la nuit, elle oublie qu'elle existe. Interminable soirée. C'est un troisième
(430) Bain que je vais aller prendre. Que pourrais-je avoir d'autre à faire ?

---

1. Tout cet acte, rempli de la plus vive émotion, est écrit en tétramètres trochaïques catalectiques.

NICÉRATOS
                          Moschion,
Bien le bonjour.

MOSCHION
            C'est maintenant que nous faisons le
mariage : Parménon
Me l'a dit au marché où il m'a rencontré à l'instant.
Qu'est-ce qui m'empêche
605 D'aller chercher la jeune fille sur l'heure ?

NICÉRATOS
            Mais la situation ici, tu l'ignores donc ?

MOSCHION
Quelle situation ?

NICÉRATOS
            Quelle situation ? Un ennui nous est
arrivé, et peu banal.

MOSCHION
Héraclès, quel ennui ? C'est sans rien savoir que j'arrive.

NICÉRATOS
                                    Chrysis
A été chassée de chez toi, mon cher ami, par ton père,
il n'y a qu'un instant.

MOSCHION
Que dis-tu là !

NICÉRATOS
Ce qui s'est passé.

MOSCHION
    Pour quelle raison ?

NICÉRATOS
            À cause de l'enfant.

Moschion

610 Et alors, où est-elle maintenant ?

Nicératos

Chez nous, à la maison.

Moschion

C'est terrible ce que tu dis là !
Quelle affaire, quelle affaire étonnante.

Nicératos

S'il est terrible à ton goût...

SCÈNE II

Nicératos, Moschion, Déméas

Déméas

(440) (*À la cantonade*) Si je prends un bâton, vous allez voir, vos larmes, comment je
Vais les faire cesser sous mes coups. Qu'est-ce que ces sornettes ? Voulez-vous bien aider
Le cuisinier ? Il vaut tout à fait la peine, par Zeus,
615 De pleurer là-dessus. C'est un précieux trésor, pour vous, qui a quitté la maison,
Un précieux trésor : les faits eux-mêmes le montrent.
(*Tourné vers la pierre cultuelle d'Apollon*) Salut, Apollon très cher,
Qu'il tourne bien pour nous tous le mariage que nous allons
Aujourd'hui célébrer : accorde-nous cette grâce ; car je vais le célébrer,
Ce mariage, messieurs, en ravalant ma bile. Veille de ton côté,
620 Maître, à ce que je ne me découvre à personne.
Mais, pour le chant d'hyménée que je dois chanter, donne-moi ta force
(450) (...) Car il n'est pas très satisfaisant, mon état actuel.
Mais quoi ?
Elle ne reviendra pas.

NICÉRATOS
Toi le premier, Moschion, aborde-le avant moi.

MOSCHION
Soit ! Père, pourquoi fais-tu cela ?

DÉMÉAS
Quoi donc, Moschion ?

MOSCHION
625 *Quoi ? Tu le demandes ?* Pourquoi Chrysis est-elle partie, dis-moi ?

DÉMÉAS
(*À part*) *Évidemment*, on m'envoie une ambassade, c'est terrible. (*À Moschion*) Tu n'as pas,
Par Apollon, à t'occuper de cela. Cela ne regarde que moi.
Qu'est-ce que ces sornettes ? (*À part*) C'est terrible pour le coup : il est complice du mal qui m'est fait, lui.

MOSCHION
Que dis-tu ?

DÉMÉAS
(*À part*) *C'est clair*. Sinon, pourquoi vient-il prendre sa défense contre moi ?
630 Il le fallait. Exactement comme ça, bien sûr. Ça devait arriver.

MOSCHION
Et nos amis ?
Que crois-tu qu'ils vont dire quand ils sauront ?

DÉMÉAS
Je crois, Moschion,
(460) Que nos amis... Laisse-moi !

MOSCHION
Ce serait lâcheté de ma part de te laisser faire.

DÉMÉAS
Alors, tu vas m'en empêcher ?

MOSCHION
Oui.

DÉMÉAS
Vous le voyez, c'est un comble.
De plus en plus terrible !

MOSCHION
Tout
635 Concéder à la colère n'est pas convenable.

NICÉRATOS
Déméas, il a raison.

MOSCHION
Qu'elle se dépêche. Dis-lui de venir ici et d'entrer,
Nicératos.

DÉMÉAS
Moschion, laisse-moi ! Laisse-moi, Moschion ! Pour la
troisième fois, je te le dis
Nettement. Je sais tout.

MOSCHION
Quoi, tout ?

DÉMÉAS
Cesse de discuter.

MOSCHION
Mais il le faut, père.

DÉMÉAS
Il le faut ? De ce qui m'appartient, le gouvernement
640 M'échappera-t-il à moi ?

MOSCHION
En l'occurrence, fais-moi cette faveur.

DÉMÉAS
Quelle faveur ?
Par exemple ! Tu prétends que moi, je m'en aille de la maison
(470) En vous laissant seuls tous les deux ? Ce mariage, laisse-moi le préparer.
Ce mariage, laisse-moi le préparer, si tu es sensé.

MOSCHION
C'est ce que je fais.
Mais je veux voir ici Chrysis à nos côtés.

DÉMÉAS
Chrysis ?

MOSCHION
645 C'est à cause de toi que je désire vivement sa présence.

DÉMÉAS
Les faits ne sont-ils pas notoires ?
Ne sont-ils pas évidents ? Je te prends à témoin, Loxias[1], on conspire
Avec mes ennemis, oui. Oh là là, je vais éclater !

MOSCHION
Mais que veux-tu dire ?

DÉMÉAS
Tu veux que je t'explique ?

MOSCHION
Assurément !

DÉMÉAS
Ici donc.

---

1. « Oblique », épithète d'Apollon, due au caractère ambigu de ses oracles.

Moschion
> Parle.

Déméas
C'est ce que je vais faire. L'enfant est de toi. Je le sais, je le tiens
650 De celui qui partage tes secrets, Parménon. Aussi ne cherche pas
À me raconter des histoires.

Moschion
> Et alors, elle est envers toi coupable, Chrysis, si l'enfant est de moi ?

Déméas
(480) Eh bien ! Qui l'est ? Toi ?

Moschion
Oui. En quoi est-elle responsable ?

Déméas
> Qu'est-ce que tu dis ?

Moschion
Rien.

Déméas
Vous vous rendez compte !

Moschion
> Pourquoi ces cris ?

Déméas
> Pourquoi ces cris,
être immonde que tu es ?
Tu me le demandes ? Sur toi tu prends l'accusation,
655 Dis-moi, et cela, tu oses, en face, me le dire ?
M'as-tu complètement, si complètement, renié ? Avec moi, en es-tu là ?

MOSCHION
Moi ?
Pourquoi ?

DÉMÉAS
Pourquoi, dis-tu ? La demande que tu prétends me faire ?

MOSCHION
La chose en effet
N'est pas bien terrible et mille autres, je pense, mon père,
L'ont faite.

DÉMÉAS
Zeus ! Quelle impudence ! En présence de tous
660 Donc, je te le demande, on est tous là à t'écouter :
quelle est la mère de l'enfant
Dont tu es le père ? Nicératos peut entendre ce que tu as à dire, si tu ne trouves pas cela
(490) Terrible.

MOSCHION
Par Zeus, terrible, pour le coup, ça le devient
Si c'est à lui qu'il faut le dire. Il va se fâcher en l'apprenant.

NICÉRATOS
Oh ! le pire des scélérats qui soient au monde ! Je soupçonne, je commence à soupçonner
665 L'aventure, l'acte impie qui s'est accompli. J'ai eu de la peine.

MOSCHION
Je suis achevé pour le coup, moi.

DÉMÉAS
À présent, tu es au fait, Nicératos.

NICÉRATOS

Et comment ! Abominable forfait ! Térée[1] et ses amours,
Celles d'Œdipe et de Thyeste[2], celles des autres, toutes celles
Dont il nous a été donné d'entendre l'histoire, des peccadilles à côté de ce que tu as fait !

MOSCHION

Moi ?

NICÉRATOS

670 Voilà le crime que tu as eu l'audace, toi, de commettre ; tu en as eu le front ! (*À Déméas*) D'un Amyntor[3],
Pour le coup, tu aurais dû éprouver la colère, et sous son empire, Déméas, ce garçon-là,
(500) L'aveugler.

DÉMÉAS (*à Moschion*)

C'est ta faute si pour lui à présent tout est clair.

NICÉRATOS

De quel crime t'abstiendrais-tu ? Quel forfait ne serais-tu pas *capable de perpétrer* ?
Et, après cela, j'irais, moi, te donner en mariage ma propre fille ?
675 Je préférerais encore — mais je crache en mon sein, comme on dit, pour Adrastée[4] *que j'honore* —

---

1. Térée, roi de Thrace, fils d'Arès, après avoir épousé Procné, fille du roi d'Athènes Pandion, tomba amoureux de sa belle-sœur Philomèle. Les suites furent tragiques et, finalement, Térée, Procné et Philomèle furent changés en oiseaux. 2. Œdipe, après avoir tué son père, épousa sa mère. Thyeste fut l'amant de la femme de son frère Atrée. Encore des sujets de tragédies. 3. Amyntor avait une concubine que son fils Phœnix, sur les conseils de sa mère, séduisit. Il creva les yeux du séducteur. C'est grâce aux soins du Centaure Chiron que Phœnix put retrouver la vue et ainsi accompagner Achille à Troie. 4. Cf. *Tondue*, v. 304 et note.

Avoir Diomnèstos[1] pour gendre (...)
De l'aveu général, un désastre.

DÉMÉAS
Cela, je le gardais *pour moi, Moschion,*
Malgré l'offense, rien que pour moi.

NICÉRATOS
Un esclave, *voilà ce que tu es, Déméas.*
Car si c'était moi dont il avait souillé la couche, je ne lui aurais pas laissé le loisir d'aller sur un autre
680 Répandre ses outrages, lui et sa compagne de lit. Ma maîtresse, dès l'aurore,
Premier arrivé au marché, je l'aurais vendue ; et je déshériterais du même coup
(510) Mon fils. Je ferais si bien que pas une boutique de barbier ne resterait vide,
Pas un portique : tous y seraient assis, tous, dès l'aurore.
De moi ils parleraient, disant que voilà un homme, Nicératos,
685 Et qu'il l'a montré en poursuivant, comme il le devait, le meurtre.

MOSCHION
Quel meurtre ?

NICÉRATOS
Il y a meurtre à mon jugement toutes les fois que de pareils actes de rébellion sont commis.

MOSCHION
Je suis desséché, je demeure figé sous l'effet de ce coup, par les dieux !

NICÉRATOS
Et moi par-dessus le marché, voilà cette criminelle
Que j'ai accueillie dans ma demeure.

---

1. Personnage inconnu dont l'alliance avait dû être funeste.

Déméas
                              Nicératos,
690 Chasse-la, je t'en supplie. Partage avec moi l'injustice
que je subis, en véritable ami.

Nicératos
Je vais éclater à sa vue. (*À Moschion*) Tu me regardes, barbare,
(520) Thrace authentique ? Veux-tu bien me laisser passer ?
(*Il se précipite chez lui.*)

SCÈNE III

Moschion, Déméas

Moschion
Père, écoute-moi, au nom des dieux !

Déméas
Je n'écouterai rien.

Moschion
                    Pas même si rien de ce que tu crois
Ne s'est passé ? Je viens de tout comprendre.

Déméas
                                    Comment, rien ?

Moschion
695 Non, Chrysis n'est pas la mère de l'enfant qu'elle élève
en ce moment, pas de cet enfant !
Elle me rend un service en disant qu'il est le sien.

Déméas
                                    Que dis-tu ?

Moschion
La vérité.

Déméas
Et pourquoi ce service qu'elle te rend ?

Moschion
Ce n'est pas de bon gré que je parle. Mais c'est à une grave accusation que j'échappe
En en acceptant une légère, si toi, ce qui s'est passé, tu l'apprends nettement.

Déméas
700 Tu me feras mourir avant d'avoir parlé !

Moschion
Nicératos est le grand-père. Sa fille est la mère de mon enfant. C'est le secret que je voulais garder.

Déméas
(530) Tu dis ?

Moschion
Je dis comme cela s'est produit.

Déméas
Ne va pas me berner, prends garde !

Moschion
Quand la vérification est possible ? Qu'y gagnerais-je ?

Déméas
Rien. Mais à la porte quelqu'un...

SCÈNE IV

Moschion, Déméas, Nicératos

Nicératos (*sortant de chez lui*)
Malheur à moi, malheur !

705 Qu'ai-je vu ? Quel spectacle ? Je repasse ma porte en hâte
Comme un fou. Je ne m'attendais pas à avoir le cœur frappé de ce chagrin.

DÉMÉAS
Que va-t-il bien dire ?

NICÉRATOS
Ma fille, à l'instant, ma propre fille ! À l'enfant,
Voilà le sein qu'elle donnait, chez moi ! Je viens de la surprendre.

DÉMÉAS (*à part*)
C'est bien cela.

MOSCHION
Père, tu entends ?

DÉMÉAS
Tu n'es pas coupable, Moschion ; c'est moi qui le suis envers toi
710 Avec des soupçons pareils.

NICÉRATOS
C'est toi, Déméas, que je viens trouver.

MOSCHION
Je vide les lieux, bonsoir !

DÉMÉAS
Courage !

MOSCHION
Lui, je suis mort rien qu'à le voir.
(*Il sort par la droite.*)

SCÈNE V

Déméas, Nicératos

Déméas
(540) Qu'est-ce qui t'arrive ?

Nicératos
Elle donnait le sein à l'enfant
À l'instant, chez moi. Je viens de la surprendre. Ma propre fille !

Déméas
Peut-être était-ce un jeu ?

Nicératos
Ce n'était pas un jeu. Je suis entré ; quand elle m'a
715 Vu, elle s'est brusquement écroulée.

Déméas
Peut-être bien tu l'as cru ?

Nicératos
Tu me feras périr avec ces « peut-être » que tu me dis sans cesse.

Déméas (*à part*)
De cela, la cause
C'est moi.

Nicératos
Que dis-tu ?

Déméas
L'invraisemblable affaire, à mon avis, que tu racontes là.

Nicératos
Et pourtant, je l'ai vue.

Déméas
Tu blagues !

Nicératos
Ce ne sont pas des histoires.
Mais j'y retourne... (*Il rentre chez lui.*)

Déméas
Un mot, un instant, mon cher... Il est parti.
720 Tout est bouleversé, achevé. Par Zeus !
Notre homme, l'affaire apprise, va se fâcher, hurler,
(550) Irascible comme il est, un vrai bousier, entier de caractère.
Mais moi, former des soupçons pareils, infâme que je suis. C'était bien à moi !
Par Héphaïstos, je mérite la mort. Héraclès !
725 Quels hurlements ! C'est bien cela ! Il réclame du feu à grands cris. C'est l'enfant
Qu'il dit vouloir brûler. Quelle menace ! Mon petit-fils rôti !
Vais-je voir ça ! Mais le voilà encore qui a fait retentir la porte. (*Nicératos sort en trombe de chez lui.*) C'est un tourbillon,
Un coup de foudre que notre homme.

Nicératos
Déméas, elle fomente la sédition
Contre moi. Indigne est la conduite de Chrysis.

Déméas
Que dis-tu ?

Nicératos
730 Ma femme, elle l'a dissuadée d'avouer quoi que ce soit,
Et ma fille également ; elle garde de vive force l'enfant.
(560) Et elle ne le lâchera pas, dit-elle. Aussi ne t'étonne pas si,
De mes propres mains, je la tue.

DÉMÉAS
Tuer ta femme de tes propres mains ?

NICÉRATOS
En tout elle est complice.

DÉMÉAS
Garde-t'en bien, Nicératos.

NICÉRATOS
735 Voilà pour toi. Je voulais te prévenir. (*Il rentre chez lui en courant.*)

DÉMÉAS
Cet homme-là est fou.
Le voilà rentré chez lui d'un bond. Que faire au milieu de ces maux ? Quel parti prendre ?
Jamais à ce point je ne suis tombé, par les dieux,
Que je sache, dans un trouble si grand. Après tout, ce qui s'est passé, si je l'expliquais nettement.
Ce serait de loin le meilleur parti. Mais Apollon ! Voilà la porte qui fait encore du bruit.

SCÈNE VI

DÉMÉAS, NICÉRATOS, CHRYSIS

CHRYSIS (*l'enfant dans les bras
et poursuivie par Nicératos*)
740 Malheureuse que je suis, que faire ? Où fuir ? L'enfant,
Il va me le prendre.

DÉMÉAS
Chrysis, par ici !

CHRYSIS
Qui m'appelle ?

DÉMÉAS

Entre à la maison, vite !

NICÉRATOS (*barrant la route à Chrysis*)
(570) Où vas-tu ? Où fuis-tu ?

DÉMÉAS (*à part*)
Apollon, je vais me battre en
combat singulier aujourd'hui,
Je crois, moi. (*S'interposant*) Qu'est-ce que tu veux ?
Qui est-ce que tu poursuis ?

NICÉRATOS
Déméas,
Au large ! laisse-moi faire avec l'enfant.
745 Je veux m'en emparer pour que tout me soit raconté
par les femmes.

DÉMÉAS
N'en fais rien.

NICÉRATOS
Mais tu vas me frapper ?

DÉMÉAS
Oui. (*À Chrysis*) Dépêche-toi d'entrer,
malheureuse !

NICÉRATOS
Eh ! bien, à mon tour de te battre.

DÉMÉAS
Fuis, Chrysis ! Il est
plus fort que moi. (*Chrysis rentre chez Déméas.*)

SCÈNE VII

Déméas, Nicératos

Nicératos
Tu as été le premier à donner des coups. Le public m'en est témoin.

Déméas
Et toi, c'est une femme libre contre qui tu prends le bâton,
750 À qui tu donnes la chasse.

Nicératos
Imposteur !

Déméas
Et toi, alors ?

Nicératos
L'enfant
Doit m'être livré.

Déméas
Ridicule ! Il est à moi.

Nicératos
Non il n'est pas à toi.

Déméas
(580) Il est à moi.

Nicératos
Holà ! bonnes gens !

Déméas
Crie à ton aise.

NICÉRATOS
Ma femme, je vais la tuer.
J'y vais. Que faire d'autre ? (*Il se dirige vers sa porte.*)

DÉMÉAS (*à part*)
Voilà du vilain encore.
(*S'interposant*) Je ne le laisserai pas faire. Où vas-tu ?
Reste donc !

NICÉRATOS
N'approche pas ta main de moi !

DÉMÉAS
755 Calme-toi donc !

NICÉRATOS
Tu agis mal, Déméas, envers moi, c'est clair,
L'affaire entière t'est connue.

DÉMÉAS
Aussi bien, de ma bouche apprends-la.
Ta femme, laisse-la tranquille.

NICÉRATOS
Ton fils m'a

Roulé ?

DÉMÉAS
Bavardage ! Il épousera la petite,
Tu n'y es pas du tout. Allons ! Promène-toi par ici
760 Un peu avec moi.

NICÉRATOS
Que je me promène ?

DÉMÉAS
Oui, et reprends tes esprits.
N'as-tu pas entendu ce qu'ils racontent, ça, dis-moi,
Nicératos,
(590) Les poètes tragiques, comment, après s'être changé en
or, Zeus s'est laissé couler

À travers un toit jusqu'à une recluse, toute jeunette,
pour la séduire[1] ?

NICÉRATOS
Et après ?

DÉMÉAS
Sans doute faut-il s'attendre à tout. Regarde
765 Ton toit. Peut-être a-t-il quelque gouttière ?

NICÉRATOS
Il en a presque partout. Mais quel
Rapport ?

DÉMÉAS
Parfois il y a transformation de Zeus en or,
Parfois en eau. Tu vois ? C'est son ouvrage. Avec
quelle vitesse
Nous avons trouvé !

NICÉRATOS
Tu te paies ma tête ?

DÉMÉAS
Par Apollon, nullement.
Mais tu n'as rien à envier, vraiment rien, à Acrisios[2],
apparemment, toi.
770 Si sa fille s'est attirée les faveurs de Zeus, la tienne...

NICÉRATOS
Malheureux que je suis ! Hélas !
Moschion m'a mis dans de beaux draps !

DÉMÉAS
Il épousera, n'aie aucun crainte
(600) Sur ce point. Il y a quelque chose de divin, tu n'as
aucun doute à avoir, dans cette aventure.
Par milliers, je puis te citer, moi, des gens qui se promènent au milieu de nous

---

1. Allusion à l'histoire de Danaé, enfermée par son père et aimée de Zeus.
2. Acrisios, roi d'Argos, est le père de Danaé.

Et qui sont nés de dieux. Et toi, tu trouves terrible ce
    qui t'est arrivé ?
775 Chéréphon[1], c'est lui qu'en premier tu dois considé-
    rer, lui qu'on nourrit sans qu'il paie son écot.
    N'est-ce pas un dieu à tes yeux ?

Nicératos
               Je le crois. Que faire d'autre ?
Je ne vais pas me battre avec toi pour rien !

Déméas
               Tu as du sens, Nicératos.
Androclès[2], cela fait des années, d'innombrables
    années, qu'il vit, court, saute, gagne beaucoup
D'argent. Et la chevelure noire qu'il promène. Même
    s'il l'avait blanche, il ne saurait mourir,
780 Pas même si on l'égorgeait. Celui-là n'est-il pas un
    dieu ?
Eh bien ! Fais des prières pour que les choses tournent
    à ton avantage, brûle de l'encens.
(610) (...) La petite va être emmenée par mon fils tout de
    suite.
La nécessité est à l'origine de ces choses-là.

Nicératos
Beaucoup *dépendent de nous*.

Déméas
               Tu es sensé.

Nicératos
S'il s'était fait prendre alors...

Déméas
             Calme-toi, ne t'irrite pas, fais
785 Chez toi les préparatifs.

---

1. Chéréphon est un parasite célèbre dont le nom est mentionné par plusieurs poètes comiques depuis le milieu du IVe siècle.   2. Androclès est peut-être, comme Chéréphon, un parasite, mais sa personnalité est plus floue.

NICÉRATOS
Je vais les faire.

DÉMÉAS
Les miens de mon côté, j'y veille.

NICÉRATOS
C'est cela.

DÉMÉAS
Tu es un homme d'esprit. (*À part*) Mais je suis reconnaissant, et grandement, à tous les dieux, moi,
De n'avoir rien découvert de vrai dans ce qu'alors j'imaginais être arrivé. (*Chacun rentre dans sa maison.*)

Quatrième intermède choral

ACTE V

SCÈNE PREMIÈRE

MOSCHION

MOSCHION (*entrant par la droite*)
Moi, tout à l'heure, victime d'une accusation injustifiée,
Parce que je m'en étais trouvé libéré, j'étais content et
790 La satisfaction du succès que j'avais remporté
Remplissait mon esprit. Mais à mesure que je me ressaisis
(620) Et que je réfléchis, je suis hors de moi, maintenant,
Absolument hors de moi, et ma fureur est à son comble
Quand je pense à la faute dont mon père m'a cru coupable.
795 Si j'étais en règle du côté de la jeune fille
Et qu'il n'y eût pas tant d'obstacles — mon serment, ma passion,
Le temps, l'habitude qui ont fait leur esclave de moi —,
Je ne me serais pas exposé à l'entendre deux fois m'accuser,
Lui, moi ! d'un pareil crime, ça non ! Mais je serais parti
800 De cette ville, j'aurais débarrassé les lieux pour aller en Bactriane, quelque part,
Ou en Carie[1], et je passerais mon temps à guerroyer là-bas.

---

1. La Bactriane se trouve fort loin d'Athènes, aux confins orientaux de l'empire conquis par Alexandre. Moschion veut frapper très fort ! Il se reprend immédiatement. La Carie, dans la partie sud-est de l'Asie Mineure, est beaucoup plus proche.

(630) En réalité je ne ferai rien, tu en es cause, Plangon bien-aimée,
Rien qui soit digne d'un homme, rien. Impossible en effet, je n'y suis pas autorisé
Par celui qui en moi maintenant domine la raison, l'Amour.
805 Cependant ce serait bassesse et lâcheté totales de ma part
De négliger cet affront ; je ne le dois pas ; mais par de simples paroles,
À défaut d'autre chose, je veux effrayer mon père.
Je vais dire que je pars. Davantage, à l'avenir,
Il se gardera de retomber, à mon égard, dans la même faute
810 Quand il verra que je ne suis pas sans susceptibilité en la matière, et il le verra.
Mais j'aperçois ici, pour moi le plus
(640) Opportunément, l'homme que, le plus, je désirais voir.

SCÈNE II

Moschion, Parménon

Parménon (*entrant par la gauche,
sans voir Moschion*)

Oui, par Zeus très grand ! La sotte et
Méprisable action que je me trouve avoir commise !
815 Sans avoir rien fait de mal, j'ai pris peur et voilà mon maître
Que j'ai fui. Pourquoi ai-je fui ? Dans ce que j'ai fait, y avait-il motif ?
Prenons les choses une à une, comme ceci, nettement, et examinons-les.
Mon jeune maître s'est mal conduit avec une personne de naissance libre,
Une jeune fille : la faute, je suppose, n'en est pas à Parménon.
820 Enceinte, la demoiselle : Parménon n'y est pour rien.
Le bébé est entré chez
(650) Nous. Qui l'y a porté ? Lui, pas moi.

Là chez nous, on avoue : une femme dit qu'elle est la mère.
En quoi Parménon, sur ce point est-il coupable ?
825 En rien. Pourquoi alors cette fuite, imbécile,
Grand lâche ? C'est ridicule. Il a menacé de me
Marquer au fer rouge. Tu es un homme averti.
Aucune différence, pas la moindre,
Qu'il y ait de l'injustice dans ce traitement ou de la justice : il n'est
De toute manière pas gentil.

MOSCHION (*s'avançant*)
Eh ! Toi !

PARMÉNON
Salut !

MOSCHION
830 Laisse tomber tes bavardages et dépêche-toi d'entrer
À la maison.

PARMÉNON
Pour quoi faire ?

MOSCHION
Je veux une chlamyde[1] et une épée.
(660) Tu me les apportes.

PARMÉNON
Une épée ? Je dois t'apporter une épée ?

MOSCHION
Et vite !

PARMÉNON
Pourquoi ?

MOSCHION
Va ! Pas de questions ! Ce que je t'ai
Dit, tu le fais.

---

1. La chlamyde est un manteau militaire.

PARMÉNON
Mais que se passe-t-il ?

MOSCHION
Si je prends
835 Une lanière...

PARMÉNON
Non, pas ça, j'y vais.

MOSCHION
Alors qu'est-ce que
Tu attends ? (*Resté seul*) Il va venir maintenant, mon père. Il va me prier
Mon bon père, de rester, c'est évident. Il va me prier
En vain pendant un certain temps, il le faut. Puis, au moment voulu,
Je me rendrai à ses raisons. Pourvu que paraisse vraisemblable, c'est tout ce qu'il faut,
840 Ce que, par Dionysos, je ne puis justement pas faire, moi.
Ça y est. Du bruit, il va sortir, c'est la porte.

PARMÉNON (*revenant les mains vides*)
(670) Tu es en retard[1], à ce qu'il me paraît, complètement en retard, sur les
Événements. Tu n'as pas de précisions ? On ne t'a pas informé ?
C'est pour rien du tout que tu te tourmentes ! Pour rien, ce découragement où tu te laisses aller.

MOSCHION
845 Tu l'apportes, cette épée ?

PARMÉNON
Mais on est en train de célébrer ton mariage : on mélange le vin,
On brûle du parfum, la corbeille est prête, on consume les entrailles dans Héphaistos et ses flammes.

---

1. À partir de ce vers et jusqu'à la fin de la pièce, l'émotion se marque dans l'emploi du tétramètre trochaïque catalectique.

MOSCHION

Holà ! Tu l'apportes cette épée ?

PARMÉNON

C'est toi, oui toi, que
l'on attend ici, depuis longtemps.
Va chercher la jeune fille, pourquoi tardes-tu ? Tu es
heureux. Rien à craindre
Pour toi. Confiance. Que veux-tu de plus ?

MOSCHION

Tu vas me
faire la leçon, dis-moi,
850 Sacrilège ? (*Il lui donne un coup de poing.*)

PARMÉNON

Hé, que fais-tu, Moschion ?

MOSCHION

Veux-tu bien courir à la maison
Et te dépêcher de m'en rapporter ce que je te dis !

PARMÉNON

Tu m'as fendu les lèvres.

MOSCHION

(680) Tu continues de me parler, toi !

PARMÉNON

J'y vais. (*A part*) Tout ce que j'ai obtenu,
C'est de me faire rosser.

MOSCHION

Tu tardes ?

PARMÉNON

On célèbre ton mariage, je te l'assure !

MOSCHION

Encore !
Ce sont d'autres nouvelles que tu dois m'apporter.
(*Resté seul*) Maintenant il va venir. Mais si je
855 Ne suis pas prié, messieurs, de rester, s'il se met plutôt
en colère et me laisse
Partir — c'est un point auquel, tout à l'heure, je n'ai
pas songé — que faire ?
Allons, sans doute il ne me fera pas ça. Mais s'il le
fait ? Car tout
Arrive. Je me ridiculiserai, par Zeus, en faisant
machine arrière.

PARMÉNON (*ramenant les objets demandés*)
Tiens. Le manteau, le voilà, et l'épée. Tu peux les
prendre.

MOSCHION
860 Viens ici, donne. À la maison, personne ne t'a vu ?

PARMÉNON

Personne.

MOSCHION

Personne ?
Absolument ?

PARMÉNON
Non, je l'affirme.

MOSCHION

Que dis-tu ? Ah, que
Zeus t'anéantisse !

PARMÉNON
(690) En avant ! Allons où tu l'entends. Tu divagues.

SCÈNE III

Déméas, Moschion, Parménon

Déméas (*sortant de chez lui, à Parménon*)
  Et alors, où est-il, dis-moi ?
(*Apercevant Moschion*) Hé, qu'est-ce que ceci ?

Parménon (*à Moschion*)
En avant ! Plus vite que ça !

Déméas
  L'équipage ! Qu'est-ce que ça veut dire ?
Que se passe-t-il ? Tu as l'intention de partir, dis-moi,
  toi, Moschion ?

Parménon
865 Comme tu vois, c'est sur l'heure qu'il s'en va et même
  il est en route. *Mais je dois*
De mon côté entrer saluer la compagnie. J'y vais *sur le
  champ.* (*Il rentre chez Déméas.*)

Déméas
  Moschion,
Ta colère te rend cher à mon cœur, *et je ne te blâme
  pas*
Si tu as du chagrin pour l'injuste accusation *dont tu fus
  la victime innocente.*
Mais il y a ceci cependant que tu dois considérer. *Qui
  peut ressentir de l'amertume, dans cette affaire, sinon
  moi ?*
870 Je suis ton père. Je t'ai recueilli tout jeune enfant ;
  Je t'ai élevé. Si les *conditions* ont existé pour que tu aies
  plaisir à vivre,
(700) Ces conditions, j'en suis l'auteur, moi ; à cause d'elles,
  la patience était pour toi un devoir
Même pour les chagrins que je t'ai causés. Tu aurais
  dû avoir un peu d'indulgence envers moi
En véritable fils. C'est injustement que je t'ai accusé.
875 Il y a eu dans mon cas méprise, faute, folie. Mais, sur
  ce point, considère que

Si, à l'égard d'autrui, j'ai commis une faute, à ton
égard, j'ai usé de précaution, et quelle précaution !
Moi, dans le secret de mon cœur, j'ai gardé l'objet de
ma méprise.
Nos ennemis n'ont rien trouvé, dans ce que j'ai laissé
paraître, qui pût les réjouir. Tandis que toi,
Voilà ma faute que maintenant tu publies, et ce sont
des témoins
880 Contre moi, de ma folie, que tu prends. Je ne trouve
pas cela bien,
Moschion. Ne va pas te souvenir, parmi les jours de
ma vie,
(710) Du seul où j'ai pu me tromper, et laisser ceux qui l'ont
précédé dans l'oubli.
Il y a bien des choses que je pourrais dire : je passe,
car il n'est pas beau,
Quand il s'agit d'un père, de résister à ses arguments,
sache-le bien. Une prompte soumission, voilà ce qui
est beau.

SCÈNE IV

Nicératos, Déméas, Moschion

Nicératos (*sortant de chez lui*)
885 (*À la cantonade*) Cesse de m'ennuyer. (*À Déméas*)
Tout est prêt — le bain, le sacrifice, le repas de
noces,
Si bien qu'il peut venir chercher la fille et partir avec
elle.
(*Apercevant Moschion*) Hé ! Qu'est-ce que c'est ?

Déméas
Je n'en sais rien, par Zeus !

Nicératos
Comment, tu n'en sais rien ?
Une chlamyde ! C'est un départ que ce garçon a apparemment en tête ?

DÉMÉAS

Il le dit en tout cas.

NICÉRATOS

Il le dit, ce garçon ? Qui va le laisser faire ? Un séducteur pris sur le fait
890 Et qui avoue. (*Marchant sur Moschion*) Je vais t'attacher, jeune homme, et sans délai.

MOSCHION (*brandissant son épée*)
Attache-moi, je t'en supplie.

NICÉRATOS

Tu te paies ma tête. Ne vas-tu pas lâcher
(720) Cette épée, et plus vite que ça ?

DÉMÉAS

Lâche-la, Moschion. Au nom des dieux,
Ne va pas l'irriter.

MOSCHION

Qu'elle me soit enlevée. Vos supplications,
Vos prières m'ont touché.

NICÉRATOS

T'ont touché ? Nos prières ? Viens ici.

MOSCHION

Tu vas m'attacher, peut-être ?

DÉMÉAS
895 Non, pas ça, mais fais sortir et amène ici la fiancée.

NICÉRATOS

C'est ton avis ?

DÉMÉAS

Parfaitement. (*Nicératos rentre chez lui.*)

MOSCHION

Si c'est ce que tu avais fait tout de suite,
tu te serais épargné tout le mal

Que tu t'es donné, père, avec tes grands discours, tout
à l'heure.

SCÈNE V

Nicératos, Déméas, Moschion

NICÉRATOS (*conduisant Plangon, personnage muet*)
Avance donc, je te prie.
(*À Moschion*) En présence de témoins, je te donne celle
que voici, moi, comme épouse.
Pour que, dans le cadre de la loi, tu aies par elle des
enfants de ta semence. Pour dot, tu auras mes biens,
tous mes biens... quand
900 Je serai mort du moins — ce qu'aux dieux ne plaise !
Puissé-je vivre toujours !

MOSCHION
Je la reçois,
Je la prends pour épouse, je la chéris.

DÉMÉAS
Il ne reste plus
que l'eau du bain nuptial à aller chercher
(730) Chrysis, envoies-y les femmes, la porteuse d'eau et la
joueuse d'aulos.
Qu'on vienne ici nous donner une torche et des couronnes, afin que
Nous nous joignions au cortège. (*Sort de chez Déméas
un esclave qui apporte les objets demandés.*)

MOSCHION
Voici qui les apporte.

DÉMÉAS
Ceins-toi
905 La tête, pare-toi.

MOSCHION
Je n'y manque pas.

DÉMÉAS
Garçons chéris,
Jeunes gens, vieillards, hommes faits, tous avec vigueur et ensemble
Adressez-nous — de votre bienveillance ce sera le messager — ce que Bacchos aime tant : le bruit des applaudissements.
Et puisse celle que les magnifiques concours ont comme associée, l'immortelle déesse,
Nous dispenser ses faveurs, et s'attacher, elle la Victoire, toujours à nos chœurs.

LES SICYONIENS

(*Sicyonii*)

Fragments[1]

---

1. *Sources.* La source principale reste le *P. Sorbonne* inv. 72 + 2272 + 2273 de la fin du IIIᵉ siècle av. J.-C. Deux autres fragments de rouleaux (les *P. Oxy.* 1238 + 3217 et inv. 33 4B 83E (8-11) du Iᵉʳ s. ap. J.-C.) ne présentent guère d'intérêt. Un tableau des fresques d'Éphèse (IIᵉ s. ap. J.-C.) ainsi qu'Alciphron, *Lettres*, IV, 19, 19, et peut-être Lucien, *Le Maître de rhétorique*, 12, attestent l'importance de la pièce dans l'antiquité.

PERSONNAGES

DIVINITÉ-PROLOGUE
STRATOPHANÈS, soldat, amoureux de Philouméné
THÉRON, ami de Stratophanès, amoureux de Malthacé
PYRRHIAS, esclave de Stratophanès
SMICRINÈS, père de Moschion et de Stratophanès
ÉLEUSINIOS, messager
MALTHACÉ
MOSCHION, fils de Smicrinès, rival de Stratophanès
LA FEMME DE SMICRINÈS
CICHÉSIAS, père de Philouméné
DROMON, esclave de Philouméné

Figurants :

PHILOUMÉNÉ, fille de Cichésias
DONAX, esclave de Stratophanès

ACTE PREMIER

Le décor représente une rue, avec deux maisons, à Éleusis, non loin des Propylées du temple de Déméter.

PROLOGUE

Une Divinité

Une divinité, pour nous anonyme, entreprend d'expliquer pourquoi les principaux personnages de la pièce se trouvent actuellement à Éleusis. L'héroïne (Philouméné), fille d'un Athénien pauvre (Cichésias), a été enlevée, à l'âge de quatre ans, par des pirates alors qu'elle se trouvait au bord de la mer, à Halai[1], *sur la côte de l'Attique, avec un serviteur (Dromon) et une vieille nourrice.*

C'est là que se trouvait, je vous le dis, sa fille.
Comme ils s'étaient emparés d'eux trois,
La vieille nourrice, ils ne virent aucun profit à l'emmener,
(5) Ces pirates, mais l'enfant et le serviteur,
C'est en Carie qu'ils les emmenèrent, à Mylasa[2], et là,
Ils les exposèrent sur le marché. Le serviteur était donc assis, et, dans ses bras,
Il tenait lui-même sa jeune maîtresse. Ainsi mis en vente,
Ils virent s'approcher un officier. Il demanda : « Quel prix,
(10) Cela ? » On le lui dit. Il fut d'accord. Il acheta.

---

1. On ne sait s'il s'agit d'Halai Araphanidès (cf. l'*Arbitrage*) ou d'Halai Aixonidès (cf. le *Bourreau de soi-même*). **2.** Mylasa est un important marché d'esclaves, en Carie, dans la partie sud-est de l'Asie Mineure.

Un esclave qui n'en était pas à sa première vente
s'adressa au serviteur : c'était son voisin,
Un des gens du lieu qu'ensemble on vendait.
« Mon excellent ami, courage », dit-il, « C'est le Sicyonien[1]
Qui vous a achetés : un officier bien, vraiment bien,
(15) Et riche, pas n'importe qui. » (...)

L'officier en question doit être le héros, Stratophanès, qui croit en effet être sicyonien. Douze ans après la scène qui vient d'être racontée, il est tombé amoureux de Philouméné. Mais la jeune fille sait par Dromon qu'elle est athénienne ; il ne saurait donc l'épouser. Autre difficulté pour Stratophanès : il doit faire face à de gros problèmes financiers liés à la succession de son père sicyonien, mort l'année précédente. La situation se trouve encore compliquée depuis qu'à Éleusis, Philouméné a été vue par un jeune Athénien, Moschion, qui en est tombé amoureux : ce Moschion est le fils d'un père à l'esprit profondément oligarchique, Smicrinès ; le père et le fils auront à cœur d'entraver l'action du soldat. Mais la divinité du prologue révèle que tout se terminera bien pour Philouméné et Stratophanès : ce dernier n'est en effet pas sicyonien comme il le croit mais athénien et, avec toute la richesse qu'il a acquise comme mercenaire, il pourra épouser celle qu'il aime, une fois qu'elle aura retrouvé son père.

(23)   *Voilà l'essentiel. Les* détails,
Vous les verrez, si vous voulez. Veuillez-le donc[2].
(...)

---

1. Sicyone est une ville du nord du Péloponnèse, au nord-ouest de Corinthe.   2. Vers formulaires, cf. *Bourru*, v. 45-46.

ACTE III

Stratophanès a appris que le sort de la jeune Philouméné, réfugiée auprès de l'autel de Déméter, doit être réglé par une assemblée du peuple dont la tenue est imminente.

SCÈNE AVANT-DERNIÈRE

Stratophanès, Théron

Théron est un ami de Stratophanès (il fait parti du groupe des « Sicyoniens »), et un ami très entreprenant, qui ne s'embarrasse pas trop de scrupules, indiscret parfois. Autre trait du personnage : il est très attiré par une femme que Stratophanès a dans sa suite, la très libre Malthacé. Entre les deux hommes la discussion est très vive[1], *les affaires de Stratophanès n'allant pas bien, qu'il s'agisse de ses affaires d'héritage ou de ses affaires de cœur. Soudain l'officier pousse un cri.*

Stratophanès
(120) *Hé regarde ! Le voilà.*

Théron
Qui ?

Stratophanès
Pyrrhias, qu'à la maison
670 *J'ai envoyé (...) pour qu'il dise que nous sommes revenus sains et saufs.*

---

[1]. Aussi bien toute cette fin d'acte est-elle écrite en tétramètres trochaïques.

(...)

THÉRON
Je sais. À ta mère
Nous l'avions envoyé.

STRATOPHANÈS
Qu'y a-t-il donc ? Le voici qui revient
À grande allure.

THÉRON
Et il a l'air sombre en marchant.

SCÈNE DERNIÈRE

STRATOPHANÈS, THÉRON, PYRRHIAS

STRATOPHANÈS
Est-ce qu'il nous est arrivé quelque chose, Pyrrhias, de fâcheux.

PYRRHIAS
675 *Ta mè*re est morte. L'an dernier.

STRATOPHANÈS
Hélas !

THÉRON
Elle était vieille, bien vieille

STRATOPHANÈS
Bien chère pourtant, cette femme.

PYRRHIAS
Mais ta situation,
Stratophanès, va être nouvelle, toute nouvelle, et inattendue.
Tu n'es pas son fils à ce qu'il paraît.

Stratophanès
                    Mais de qui alors ?

Pyrrhias (*montrant des tablettes*)
(130) (...) Sur le point de mourir, ici, c'est ta véritable famille
680 (...) qu'elle a indiquée par écrit.

Théron (*sentencieux*)
                    Quand on meurt, on n'est envieux
De rien à l'égard des vivants, d'aucun bien. Que les tiens te restent inconnus,
Voilà ce qu'elle n'a pas voulu.

Pyrrhias
                    Mais il n'y avait pas que cela. Il y avait un procès,
Perdu par ton père, à ce qu'il paraît, quand il était en vie. Ton père avait comme partie un Béotien[1].

Stratophanès
Je l'ai appris.

Pyrrhias
                    L'affaire se montait à bien des talents, Stratophanès, en vertu des accords commerciaux entre cités.

Stratophanès
685 J'ai reçu sur cette affaire dans son entier immédiatement une lettre.
Que mon père était mort, cette lettre me l'a dit également. J'étais alors en Carie.

Pyrrhias
Tu étais passible de contrainte par corps au profit du Béotien. Elle le savait par des hommes de lois
Professionnels. Et tes biens pouvaient être saisis. Elle a donc pris cette précaution pour toi,

---

1. La Béotie est un pays voisin d'Athènes (au nord), non de Sicyone. Éleusis est sur la route entre Sicyone et la Béotie.

(140) Au moment de mourir, de te rendre à tes parents. Sage précaution !

      STRATOPHANÈS
690 Donne-moi la lettre.

      PYRRHIAS
      Et voici comme complément que j'ai
À ce qui a été écrit par les gens de là-bas, Stratophanès, des signes de reconnaissance
Et des preuves : c'est le terme qu'elle-même, au dire des gens qui me les ont donnés, employait
De son vivant.

      THÉRON (*à part*)
      Auguste Athéna, de ta ville fais-le citoyen,
Pour qu'il épouse la petite et moi Malthacé.

      STRATOPHANÈS (*brusquement*)
              En marche !
695 Viens, Théron !

      THÉRON
  Dis-moi...

      STRATOPHANÈS
  Non, avance. Pas un mot pour l'instant.

      THÉRON
Mais... J'y vais !

      STRATOPHANÈS (*à Pyrrhias*)
      Et toi aussi, viens, Pyrrhias !
Je vais avoir à parler : tu apporteras sans tarder les objets qui confirmeront mon propos
Et tu seras là pour les montrer à tous ceux qui voudront les examiner. (*Ils sortent par la gauche.*)

     Troisième intermède choral

ACTE IV
SCÈNE PREMIÈRE
Scriminès, Théron

SMICRINÈS (*entrant par la gauche,
en fureur, continuant une conversation*)

(150) Racaille que tu es ! Ton ineptie est sans borne, coquin !
700 La justice dans la bouche de celui qui pleure ! Tu y croyais ? Dans les paroles
De qui supplie ! Mais le contraire d'une conduite
Sensée, on en a là maintenant un témoignage.
On ne juge pas de la vérité de cette manière,
Mais dans le cadre restreint, bien plutôt, d'un petit *comité*.

THÉRON
705 Un oligarque, voilà ce que tu es, un coquin d'oligarque, S*micrinès*,
Par Zeus très grand.

SMICRINÈS
Que *m'importe* !

THÉRON
Héraclès ! Vous me ferez périr avec votre *violence*,
Vous.

SMICRINÈS
Pourquoi, à mon égard, ces invectives *pesantes* ?

THÉRON
(160) Je te déteste, toi et tous les gens à sourcils levés,

710 Tous sans exception. Racaille je suis ? Je te l'accorde.
Mais racaille *utile*.

SMICRINÈS
Impossible, ça.

Théron accuse alors Smicrinès de cupidité.

SMICRINÈS
Va te faire pendre !

THÉRON (*s'en allant, pressé*)
Toi aussi !

SMICRINÈS
Tu as le bon sens de
déguerpir. Tu vois les métèques ?
Je t'aurais rendu plus silencieux qu'eux. (*Il va pour rentrer chez lui.*)

SCÈNE II

SCRIMINÈS, ÉLEUSINIOS

ÉLEUSINIOS (*arrivant par la gauche,
il a entendu les cris des deux hommes*)
Vieillard, arrête-toi au seuil *de cette demeure*[1].

SCRIMINÈS
(170) Je m'arrête. Mais pourquoi ces clameurs ?
Au terme d'un rapide échange, Smicrinès conclut :
Sans rien omettre, dis-nous toute *l'affaire*.

---

1. Ton et vocabulaire tragiques, bien propres à introduire le récit de messager qui va suivre, v. 725-827, et qui s'inspire de celui de l'*Oreste* d'Euripide, v. 866-956.

ÉLEUSINIOS

(176) Je me trouvai avoir quitté non *les champs*
726 Pour venir ici, par Zeus, ni *aucun autre lieu de ce genre*,
(...)
(180) (...) terrible gardien du triobole,
730 *Et du bien commun*, interpellant d'une voix forte ceux que je rencontrais,
Homme du peuple, un de ceux qui font, eux seuls, le salut du pays,
Mais c'est d'Athènes que je venais pour retrouver un
De mes compagnons de dème qui devait, d'un maigre bovidé,
Faire le partage et s'entendre dire tout ce que l'animal a comme défauts
735 Par ceux qui en reçoivent une portion [1] — et j'en étais,
Le dème de la déesse [2] est mon dème et je suis le bien nommé,
Moi qu'on appelle Éleusinios —. Soudain je me suis arrêté à cause d'une foule que je voyais
Aux Propylées. Je me fraie un passage, et vois,
(190) Assise en suppliante, une jeune fille. Dans le cercle de ceux qui l'entouraient,
740 Je m'introduis. De suite la séance de l'Assemblée commença. À l'ordre du jour, le problème du tuteur
À donner à la suppliante. (...)

Le premier à intervenir était sans doute le serviteur (Dromon) qui proclamait le fait que la jeune fille (Philouméné) était athénienne, mais qu'elle avait été jadis enlevée à sa famille. Il justifiait la fuite de Philouméné et concluait en disant :

750 « Moi aussi, au milieu de vous, ici, *je m'assieds en suppliant.* »
C'est ce qu'il fit. Et ce fut un grand grondement
Parmi nous : « Elle est citoyenne, la petite. » Et il fallut quelque temps,
Pour que, parmi l'assistance, s'en éteignit le long
Écho. Une fois le silence revenu, s'approche

---

1. L'Éleusinien se rendait donc à un sacrifice, occasion pour lui de manger de la viande, une fois les entrailles de la victime consumées par le feu en l'honneur des dieux, cf. *Bourru*, v. 451-453.   2. Déméter, la déesse d'Éleusis.

Les Sicyoniens

755 Un jeune homme tout près du serviteur : il avait le teint pâle,
(201) La peau douce et pas un poil de barbe. C'est à voix basse qu'il voulait lui parler.
Ce désir, nous ne l'avons pas laissé le satisfaire : « Plus fort ! »,
Ne tarda pas à crier quelqu'un, et : « Que veut-il ?
Qui est-il ? Que dis-tu ? » « Je suis connu de ce serviteur »,
760 Dit-il, « Cela fait un certain temps que je ne suis d'aucune aide et c'est sur ce dont il peut avoir
Besoin que je l'interroge. De l'essentiel je suis au courant
Pour l'avoir entendu parler tout récemment à son maître. »
Et devenu écarlate, il se mit un peu en retrait.
Il n'incarnait pas la complète impudence, mais il fut loin de nous plaire,
765 À nous du moins. Un libertin, voilà ce qu'il était plutôt à nos yeux.
(211) Avec de grands cris, nous l'envoyâmes se faire pendre et repoussâmes
(...) l'individu. Et, rentré dans nos rangs, il regardait
La jeune fille et parlait à ses voisins avec animation.
(...)
770 (...) *alors un homme* d'aspect très viril
(...) par Zeus, s'approche
Et avec lui un deuxième et un troisième homme.
(...) Lorsqu'il eut regardé de près
Cette jeune fille, immédiatement c'est un fleuve
775 *De larmes qu'il se mit à verser*, notre homme, dans son émotion, et voilà
(221) *Ses cheveux qu'il* s'arrache en gémissant sourdement.
Alors la pitié s'empara des assistants,
Et tous de crier : « Toi, que veux-tu ? Parle, parle ! »
« *Cette petite est à moi.* », dit-il. « Aussi bien puisse la déesse
780 *Vous donner à l'avenir, Messieurs*, d'être heureux.
La jeune fille, je l'ai élevée alors que, toute petite,
Elle était devenue mienne (...)
(...)

790 (...)   *c'était le serviteur* de son père
À elle ; il est mien maintenant, mais je le rends à la jeune fille.
Les frais de son éducation, j'en fais l'abandon, il n'y a rien que je demande.
Qu'elle trouve son père et sa famille,
Je ne m'y oppose nullement. » « Bravo ! » « Écoutez
795 Aussi mon histoire, Messieurs, vous qui êtes maintenant ses tuteurs
(241) À elle — elle est libre de toute crainte de mon côté.
À la prêtresse confiez-la et que celle-ci la garde
En votre nom : elle est tout indiquée pour une jeune fille. » Grande
Fut la faveur que ce discours, naturellement, lui attira. On criait :
800 « Bravo ! » de tous côtés. Puis : « Parle », de tous côtés encore.
« C'est un Sicyonien qu'auparavant je croyais être
Moi aussi. Mais vous avez là un homme qui maintenant m'apporte
Ce que ma mère m'a laissé, son testament, et, concernant ma famille, les objets de reconnaissance.
Je pense que moi aussi, si les écrits
805 Que voici font preuve et si la confiance que je leur accorde s'impose,
(251) Je suis votre concitoyen. L'espoir,
Ce n'est pas encore le moment de me l'enlever, mais s'il apparaît que je partage avec la jeune fille
La même citoyenneté, cette jeune fille que j'ai conservée saine et sauve à son père,
Laissez-moi la lui demander en mariage et la prendre comme épouse.
810 Que parmi mes adversaires la jeune fille
Ne trouve aucun tuteur avant que ne soit retrouvé
Son père. » « Bravo ! C'est juste. Bravo ! Va
Trouver la prêtresse avec la jeune fille ! » L'homme au teint pâle
Dont j'ai parlé, soudain, se précipite encore
815 Et dit : « Cette histoire, vous y croyez, vous croyez que cet individu,
(261) Maintenant, tout à coup, a reçu un testament je ne sais d'où,

Qu'il est votre concitoyen, et que, si ses accents pathétiques
Et creux lui permettent d'emmener la jeune fille c'est pour la laisser aller ? »
« Ne va-t-on pas tuer cet efféminé ? »
820 « Non, par Zeus, mais toi qui que tu sois, oui » « Ne vas-tu pas vider les lieux,
Pédé ! » « Vous avez tous mes bons vœux »,
Dit l'autre : « Allons, va, lève-toi, jeune fille. » Le serviteur :
« Si vous en donnez l'ordre, elle ira », dit-il, et
« Donnez l'ordre, Messieurs. » « Oui, va ! » Elle se leva,
825 Elle y alla. Jusque-là, j'étais présent. *Le reste*
(271) *Je ne saurais le dire, et je m'en vais.* (*Éleusinios sort par la droite, Malthacé rentre chez elle.*)

SCÈNE III

Stratophanès, Pyrrhias, puis Moschion

Moschion (*arrivant précipitamment par la gauche, sur les pas de Stratophanès et de sa suite*)
Ravisseurs que vous êtes ! Le tribunal devant lequel je vais vous citer[1]...

Stratophanès
Nous citer, toi ?

Moschion
Oui, par le Soleil !

Stratophanès
Tu es en plein délire, Jeune homme

Moschion
Et toi, tout à coup, tu es citoyen, *à ce que nous voyons.*

---

1. Tout citoyen athénien avait le droit d'arrêter un ravisseur.

830 **Magnifique !**

Moschion, en effet, ne croit pas un mot de l'histoire racontée par Stratophanès. Son incrédulité est si forte qu'à l'assemblée, il n'a même pas songé à consulter les documents que Pyrrhias tenait à sa disposition, conformément aux ordres de Stratophanès (Smicrinès, pour les mêmes raisons, n'a pas eu ce réflexe). Mais Stratophanès, sûr de son bon droit, dit rechercher un certain Smicrinès. Moschion lui indique la maison de son père et va le prévenir.

SCÈNE DERNIÈRE

Scriminès, Sa Femme, Stratophanès

Smicrinès examine avec sa femme les objets de reconnaissance présentés par Stratophanès.

La Femme de Smicrinès
(...) *Voilà*
(280) Le pan d'une petite tunique de femme ; il était double.
Il enveloppait ton corps au moment où nous t'avons
 envoyé
À l'étrangère qui alors voulait des enfants.
(...)
(286) (...) je te vois mon enfant.
(...) c'est inespéré
(...)

Smicrinès devait expliquer à Stratophanès qu'il avait eu de graves difficultés financières au moment de sa naissance. Puis sa fortune s'est rétablie, et il a gardé un second fils, Moschion.

Stratophanès
Moschion est mon frère, *père* ?

Smicrinès
(310) C'est ton frère, mais entrons (...).
Il nous attend à la maison (...). (*Ils entrent tous chez Smicrinès.*)

Quatrième intermède choral

ACTE V

SCÈNE PREMIÈRE

Théron, Cichésias

CICHÉSIAS (*arrivant par la droite
et continuant une conversation*)
Dis-moi, que me veux-tu qui soit sérieux, *excellent
homme*,
Et qui justifie avec *évidence tout ce chemin*
Que tu m'as fait faire en me demandant (...)
(315) Chaque fois de faire encore un *pas ? Maintenant,*
J'attends, sois-en sûr, de savoir *qui tu es*

THÉRON
Qui je suis ? Non, par Héphaistos, *tu ne le sauras pas*
(...)
(...)

Si Théron tient à cacher ainsi son identité, c'est que ses intentions ne sont pas très honnêtes. Pour que Stratophanès puisse épouser Philouméné, il faut que celle-ci retrouve son vieux père, Cichésias. Mais comment faire et surtout comment faire vite ? Théron, qui ne s'embarrasse pas de scrupules, veut obtenir, contre argent, un faux témoignage. Il vient de trouver dans la rue, au hasard, un vieillard qui ressemble en gros à la description que lui a faite Dromon du père de Philouméné. Il propose donc à ce vieillard — qui est en fait Cichésias, mais il ne le sait pas[1] — *de jouer le rôle*

---

1. Le même gag se trouve dans le *Carthaginois* de Plaute, v. 1086-1119. La pièce latine est probablement une adaptation d'une comédie d'Alexis, le maître de Ménandre, mais qui lui survécut. On ignore donc qui, des deux, est l'inventeur du gag.

de ce père. Mais son interlocuteur, bien qu'il soit pauvre, ne se laisse pas corrompre.

CICHÉSIAS

Va te faire pendre !

THÉRON

Tu n'es pas un homme facile !

CICHÉSIAS

Disparais
Loin de moi ! Cichésias, ainsi, à ce que tu supposes,
(345) Pourrait malhonnêtement se comporter ou accepter de quiconque
De l'argent ? Quelle indignité ! Cichésias...

THÉRON

... du dème Scambônidès[1] par naissance.

CICHÉSIAS

Bonne supposition de ta part !

THÉRON

Exige de moi un salaire pour cela, et non plus
Pour ce que je disais à l'instant.

CICHÉSIAS

Cela ? Quoi ?

THÉRON

« Cichésias
(350) Du dème Scambônidès ». C'est bien mieux si tu dis cela.
Tu comprends visiblement le genre d'affaire.
Voilà l'homme que tu dois devenir. Tu es camus, par chance,
Et petit : le portrait tracé par le serviteur tantôt.

---

1. Dème urbain, au nord-est d'Athènes.

CICHÉSIAS
Le vieillard que je suis, me le voilà devenu.

THÉRON
                              Ajoute une fillette
(355) Qui, à Halai, te fut enlevée, âgée de quatre ans
Avec Dromon, ton serviteur.

CICHÉSIAS (*avec un soupir*)
          Enlevée !

THÉRON
                              Bien, très bien !
Les ravisseurs étaient des pirates.

CICHÉSIAS
          Tu me rappelles des souffrances,
À moi, malheureux que je suis, et une perte dignes de pitié.

THÉRON
Excellent ! Conserve ce jeu
(360) Et ces larmes. (*À part*) C'est bien l'homme qu'il me faut, ô combien !

SCÈNE II

THÉRON, CICHÉSIAS, DROMON

DROMON
(*entrant par la gauche et perdu dans ses réflexions*)
Ma jeune maîtresse est en sécurité avec la personne qui la garde.

Bien vite Dromon remarque la présence de Cichésias et lui annonce la bonne nouvelle concernant sa fille.

Dromon

Elle est vivante et elle est là. (*D'émotion Cichésias tombe
    évanoui.*) Ne t'évanouis pas ! Relève-toi,
Cichésias ! Théron, de l'eau, de l'eau, vite !

Théron

(365) J'en apporte, par Zeus, de la maison. J'y cours. Et
    Stratophanès,
J'en profite pour vous l'amener.

Dromon (*voyant Cichésias revenir à lui*)
                                        Plus
D'eau à apporter.

Théron
       Alors, c'est lui que je me contente d'appeler.

Dromon
Notre homme revient à lui. Voilà. Cichésias !

Cichésias
Qu'y a-t-il ? Où suis-je ? Quelles paroles
(370) Ont frappé mes oreilles ?

Dromon
                    Tu retrouves, saine et sauve,
Ta fille.

Cichésias
Son honneur est-il, avec elle, sain et sauf, Dromon,
Ou est-elle saine et sauve sans plus ?

Dromon
                            Elle est vierge encore,
Sans expérience de l'homme.

Cichésias
C'est bien.

Dromon
          Et toi, que deviens-tu, maître ?

CICHÉSIAS
Je suis en vie. C'est tout ce que je saurais te dire,
Dromon.
(375) Pour le reste, quand la personne est vieille et pauvre, comme tu vois que je suis,
Et seule, force est bien que tout n'aille pas au mieux.

SCÈNE III

Cichésias, Dromon, Stratophanès

Stratophanès (*à la cantonade*)
Je vais voir ce qu'il en est, mère.

Dromon
                            Stratophanès !
Le père de Philouméné.

Stratophanès
        Qui est-ce ?

Dromon
                        Le voici.

Stratophanès
Salut, père.

Dromon (*à Cichésias*)
    C'est lui qui a assuré le salut de ta fille.

Cichésias
(380) Eh bien ! Qu'il soit heureux !

Stratophanès
                    Si bon te semble,
Je serai même, père, bienheureux.

Les Sicyoniens

DROMON
                    Stratophanès,
Allons voir *Philouméné*. *Allons-y* vite,
Au nom des dieux !

STRATOPHANÈS (*désignant Cichésias*)
            Conduis-*le seul*. Sans tarder.
Je vous rejoins, j'ai quelques ordres *domestiques* à
    donner.

DROMON
(385) Allons-y, Cichésias ! (*Ils sortent par la gauche.*)

STRATOPHANÈS
Donax !
Donax ! Holà ! Holà ! Donax ! Va dire là-dedans à
    Malthacé
De ramener chez les voisins tout ce que nous avons.
    Qu'*elle y ramène*
Portemanteaux, grands sacs, *malles en osier*,
Tous sans exception, coffres, tous sans exception.
(390) (…)
Et qu'elle-même vienne ici auprès de *ma mère*.
Dis-le-lui. Quant à notre *suite*
De barbares réduits en esclavage, qu'elle les *laisse
    encore*
Ici ainsi que Théron, les âniers
(395) Et les ânes. Voilà ce que tu dois dire. Moi, *pour préparer*
Le reste, je vais aller trouver *le père de la jeune fille*. (*Il
    sort par la gauche.*)

SCÈNE IV

MOSCHION

MOSCHION (*sortant de chez Smicrinès
    et continuant à se parler à lui-même*)
Maintenant tu ne peux même plus jeter les yeux sur
    elle, Moschion. *C'est fini.*

La jeune fille t'est interdite, Moschion, *le plus malheureux des hommes*.
Quelle peau blanche elle a vraiment ! Quels beaux yeux ! — Tu *ne dis* rien *qui vaille*.
(400) C'est ton frère qui l'épouse : un bienheureux, *voilà le nom qu'on lui donnera*
Comment toi, tu continues d'en parler, lui qu'en face,
C'est une affaire de louer. (...)
Mais je ne suis plus amoureux ; non, mon ami, pour autant que *c'est possible*.
Je serai le garçon d'honneur, c'est évident, et, *sur le lit du banquet*,
(405) Je serai le troisième avec eux, Messieurs. (...).
(...)

SCÈNE DERNIÈRE

Malthacé, Théron

Le mariage de Stratophanès et de Philouméné devait s'accompagner du mariage de Moschion que son père ne pouvait laisser dans la solitude après tant d'émotions. Théron également devait faire une fin en forçant les dernières résistances de Malthacé.

Malthacé

(...)
Comment pourrais-tu conclure ?

Théron
Une torche ! *Qu'on me donne une torche...*

Malthacé
Avant tout accord ?

Théron
... et des couronnes. *Laisse-toi convaincre par moi !*

MALTHACÉ

(420) Donnerai-je —

THÉRON

Dis oui. (*Il entraîne Malthacé. S'adressant aux spectateurs*) Jeunes gens, *hommes faits, enfants,*
Acclamez-nous, tendez les mains en avant et applaudissez.
Et puisse la déesse issue d'un noble père et amie du rire, la Vierge
Victoire, nous aimer et nous accompagner toujours[1] !

---

1. Même final dans le *Bourru* et le *Haï*.

DÉJEUNER ENTRE FEMMES

(*Synaristosae*)

Ébauche de scénario [1]

---

1. Sources. La comédie de Ménandre a été adaptée à la scène latine par Plaute dans sa *Cistellaria*. Mais outre les modifications que le poète latin a apportées à son modèle, l'état déplorable de la tradition de cette adaptation (amputée de tout son milieu) rend difficile la reconstitution de l'original grec. La première scène est illustrée par la très belle mosaïque de Dioscouridès (fin du IIe s. av. J.-C.), conservée au Musée de Naples et maintenant identifiée grâce à un panneau de la mosaïque de Mytilène (IVe s. de notre ère) ; le thème a également inspiré, toujours au IVe siècle de notre ère, l'artisan d'une autre mosaïque, à Zeugma.

La division en actes de la pièce latine est l'œuvre des modernes. Pour l'original de Ménandre, on a admis les correspondances suivantes : Plaute, *Cist.*, v. 1-202 (acte I) ; v. 203-433 (acte II) ; v. 434-630 (acte III) ; v. 631-773 (acte IV) ; v. 774-781 (acte V).

I *Au petit matin, trois femmes attablées finissent leur petit déjeuner : une mère maquerelle, Philainis, heureuse d'avoir bien mangé,*

1   En ce qui me concerne, j'ai déjeuné, par Artémis,
    Très plaisamment.

dit-elle, mais qui se plaint de ne pas avoir assez bu :

fr. 335 K-A Encore à boire ! Qu'on me donne du vin ! Mais la
            barbare de servante
            Avec la table a aussi embarqué le vin en s'en allant,
            Sans rien laisser devant nous !

sa fille Pythias, déjà bien engagée dans le métier, et une jeune demoiselle, Plangon qui les a fait venir toutes deux pour qu'elle gardent la maison où elles se trouvent présentement et dans laquelle elle vivait avec le jeune homme qu'elle aime. Comment ont-ils fait connaissance ?

fr. *337 K-A   PLANGON
                                    C'était les Dionysies avec
    La procession. (...)
    Lui m'a suivie jusque devant ma porte.
    Puis, à force de visites fréquentes et de paroles gen-
        tilles qu'il m'adressait à moi et
    À ma mère, nous sommes devenus intimes.

Mais voilà que tout récemment la nouvelle a circulé que le jeune homme devait épouser une sienne parente et lui-même n'a pas reparu depuis six jours. L'aurait-il abandonnée ? Elle l'aime toujours, mais le mieux maintenant est qu'elle rentre chez sa mère, une amie de Philainis, et elle demande aux deux femmes d'en prévenir le jeune homme s'il se présente.

Après le départ de Plangon, Philainis indique que Plangon est une enfant trouvée qu'elle a elle-même recueillie avant de la donner à son amie.

Dans un prologue retardé, une divinité précise quels sont les véritables parents de Plangon : les voisins tout simplement. Si elle a été exposée, c'est qu'elle est le fruit d'un viol. Le hasard a fait que ses parents ne se sont mariés que longtemps après cet événement, son père, entre-temps, ayant épousé une première femme dont il a eu une fille et qui est morte. C'est cette fille qu'il destine à l'amant de Plangon. La mère de celle-ci, cependant, a décidé de faire faire des recherches pour retrouver sa fille. Tout se terminera bien pour celle-ci.

La mère de Plangon envoie un esclave pour rechercher sa fille.

II L'amant de Plangon, que son père avait retenu à la campagne malgré lui et qui a réussi à s'échapper, se présente devant la porte de Plangon. Il est reçu par Pythias, d'abord assez fraîchement. Puis quand la courtisane se rend compte de la sincérité des sentiments exprimés par le jeune homme, elle conseille à celui-ci d'essayer de persuader la mère de Plangon.

Arrive alors le père du jeune homme qui vient jeter la perturbation dans ce plan. Il est finalement éloigné.

Mais quand Pythias et Philainis, leur mission accomplie, s'apprêtent à quitter la maison, Philainis est reconnue par l'esclave enquêteur comme étant celle qui a recueilli Plangon et il décide de la suivre.

III *La mère supposée de Plangon interrompant toute relation entre sa fille et l'amant de celle-ci, le jeune homme est prêt à toutes les extrémités.*

Mais voilà qu'elle surprend une conversation entre la vraie mère de Plangon et son esclave. Se sentant découverte, elle décide de prendre les devants et de rendre Plangon à ses parents.

IV Elle révèle donc à Plangon qu'elle n'est pas sa vraie mère et qu'elle va la rendre à ses parents, et elle emporte une corbeille contenant les objets qui doivent permettre la reconnaissance.

A ce moment, l'amant de Plangon, qui allait se suicider, aperçoit sa bien-aimée et l'enlève. Dans le tumulte, la corbeille et les objets de reconnaissance sont égarés.

Ils sont trouvés par la vraie mère de Plangon qui voudrait bien en connaître le propriétaire. La servante qui les a perdus et s'est aperçue de la perte, revient à sa recherche. Les deux femmes s'expliquent. La mère de Plangon retrouve sa fille.

V *Une fois reconnue par son père, Plangon est mariée à son amant. Sa demi-sœur est mariée à un autre jeune homme.*

Table

Introduction 5
Principes d'édition 22
Orientation bibliographique 24

Les Frères, première version (*Adelphoe I*) 27
Les Frères, deuxième version (*Adelphoe II*) 31
L'Andrienne (*Andria*) 39
L'Androgyne ou le Crétois (*Androgynus siue Cres*) 45
Le Bouclier (*Aspis*) 49
La Double Tromperie (*Dis exapaton*) 89
Le Bourru (*Dyscolus*) 101
L'Arbitrage (*Epitrepontes*) 177
L'Eunuque (*Eunuchus*) 233
Le Laboureur (*Georgus*) 241
Le Bourreau de soi-même (*Heautontimorumenos*) 251
Le Héros (*Heros*) 259
La Prêtresse (*Hiereia*) 269
Le Haï (*Misumenos*) 273
La Tondue (*Periciromene*) 299
L'Apparition (*Phasma*) 343
Le Collier (*Plocium*) 347
La Samienne (*Samia*) 353
Les Sicyoniens (*Sicyonii*) 419
Déjeuner entre femmes (*Synaristosae*) 443

Composition réalisée par NORD COMPO

Achevé d'imprimer en juin 2007 en Espagne par
LIBERDUPLEX
Sant Llorenç d'Hortons (08791)
N° d'éditeur : 90179
Dépôt légal 1re publication : juillet 2000
Edition 02 – juin 2007
LIBRAIRIE GÉNÉRALE FRANÇAISE - 43, quai de Grenelle - 75278 Paris cedex 06

31/4302/1